Frank Göhre

Zappas letzter Hit

PENDRAGON

Prolog
7. November 1990

Zappa stöpselte den Rasierapparat aus und rollte das Kabel ein.

Er strich prüfend über Wangen und Kinn, fuhr mit dem Zeigefinger unter der Nase entlang und war zufrieden.

Seine Haut war angenehm glatt.

Er gab ein paar Tropfen *Venice* in die Handfläche und klopfte sein Gesicht ab. Dann feuchtete er den Kamm an und verpasste dem kurz geschnittenen Haar den letzten Schliff.

Er betrachtete seine Fingernägel. Sie waren sauber und gleichmäßig gefeilt. Seine Hände zitterten nicht. Bis auf die Kratzspuren gab es nichts zu bemängeln.

Genüsslich wie lange nicht mehr zündete er sich eine Zigarette an. Er blies den Rauch an den Spiegel und sah zu, wie er sich kringelte und dann auflöste. Wenig später hörte er die ihm längst vertrauten Geräusche.

Die aneinander klirrenden Schlüssel.

Die über den Steinboden schleifende Gittertür.

Schritte. Die schweren Schritte des Aufsehers.

Auch Broszinskis Schritte. Und ihre. Renates Schritte.

Renates Absätze klackten, und Zappa lächelte. Er mochte es, wenn sie auf hohen Hacken ging.

Die Schritte kamen schnell näher.

Zappa nahm einen weiteren tiefen Zug und sah zur Tür. Er war noch immer völlig ruhig.

Renate blieb auf der Schwelle stehen.

Ihre Blicke trafen sich. Zappa sah Renate an, als sehe er sie zum ersten Mal. Broszinski wartete, bis sich der Bann gelöst hatte. Er nickte Zappa zu.

„Zwei Stunden", sagte er. „Bis siebzehn Uhr. Wir lassen Sie allein."

Renate ging zum Tisch und stellte ihre Ibiza-Tasche ab. Sie musste sie festhalten und begann schon, sie auszupacken.

Zappa nickte zu seiner auf dem Bücherbord stehenden Uhr.

„Die Zeit läuft", sagte er. Er ließ die Kippe zu Boden fallen und drückte mit der Schuhspitze die Glut aus.

„Ich klopfe vorher."

„Alles klar."

„Mit uns geht's morgen um Zehn weiter. – Funktioniert Ihr Fernseher wieder?"

„Korrekt."

„Ihre Anwältin ist heute Abend im *Hamburg Journal*. Wir haben es erst vorhin erfahren. Wissen Sie, zu was sie sich äußern wird?"

„Mein letzter Hit, denke ich. Die vermutlichen Auftraggeber."

„Sie hat mir gegenüber angedeutet –"

„Bist du gefragt worden?", fiel Zappa Renate ins Wort. „Ist das deine Begrüßung?"

„Okay", sagte Broszinski. „Wir werden's hören. Bis dann." Er trat zurück und gab dem Aufseher einen Wink. Die Tür wurde geschlossen.

Sich entfernende Schritte.

Wieder das Schließen am Ende des Ganges.

Stille. Drückendes Schweigen.

Renate rührte sich nicht. Auch Zappa stand bewegungslos da. Sekunden verstrichen. Sekunde um Sekunde. Das Ticken der Uhr wurde unerträglich.

„Ja, was ist?", sagte Zappa dann schließlich. „War's das schon?"

„Ach, Kalli." Renate legte die Obsttüte aus der Hand und umarmte Zappa. Sie drückte sich fest an ihn und suchte seinen Mund. „Kalli, Kalli, Kalli."

Er griff in ihr Haar.

„Ich will das nicht", sagte er eindringlich. „Was *du* glaubst. Was *du* vermutest. Was *du* dir aus irgendwelchem Scheiß zusammenreimst. Behalt's für dich und quatsch nicht blöd rum. – Du riechst gut."

„Ja, ja. – Ja?"

„Ja. – Lass das jetzt. Wir haben erst noch einiges zu bereden."

„Es ist –" Sie löste sich von ihm und setzte sich befreit ausatmend auf den Stuhl. „Es ist gut gegangen. Sie haben nur – nur die Lebensmittel kontrolliert."

„Mein Deal", sagte er knapp. Er zog die *Chesterfield*-Packung aus der Brusttasche und flammte wieder eine an. „Julia hat mir geschrieben. Ein schöner Brief. Sie hat ihre Ruhe und will in Bochum bleiben. Hat sich zum ersten Mal richtig verliebt. In einen Soliden – wie findest du das? Sie ist jeden Abend bei ihm draußen in Querenburg. Fast jeden Abend. Witzig, was? Ich hab dran denken müssen, dass ich dich damals nicht so häufig gesehen habe. Aber du warst ja auch nicht so heftig in mich verknallt, oder?"

„Ich war gern mit dir zusammen. Ich bin immer gern mit dir zusammen gewesen. Das weißt du."

„Ja, natürlich. Ich will jetzt auch nicht damit nerven. Es ist schon in Ordnung. Um Julia jedenfalls brauch ich mir keine Sorgen zu machen. Sie geht ihren Weg, und sie ist einigermaßen versorgt. Finanziell, meine ich. Sie will nach dem Abi ins Hotelgewerbe. Management und so. Ich glaube, das bringt sie. – Hast du ihr mal geschrieben?"

„Sie hat mich angerufen. Wir haben –"

„Ja?"

„Wir haben über ihre Sachen gesprochen. Ich hab mir schon so was gedacht. – Sie war kurz angebunden."

„Ja, ja – wen wundert's."

„Bitte, Kalli. Ich war – ich hatte in dem Moment anderes im Kopf. Es war wirklich nicht leicht, das – das zu erledigen."

„Wie seid ihr verblieben?"

„Ich schreibe ihr."

Zappa ging zu dem über der Liege angebrachten Bücherbord, nahm einen linierten Schreibblock und einen Stift herunter und legte beides vor Renate auf den Tisch.

„Schreib ihr", sagte er. „Schreib ihr, dass du jetzt bei mir bist. Dass wir reden und an sie denken. Und dass wir sie lieben. Ihr für alles das Beste wünschen – ein paar Zeilen. Es muss nicht viel sein."

„Jetzt? Das kann ich doch –"

„Schreib. Ich mach uns inzwischen einen Kaffee."

„Das kann ich doch zuhause – mit mehr Zeit."

„Ich will ihr noch was dazuschreiben. Für später. – Ich glaube, es gibt keinen einzigen Brief oder auch nur eine Karte von uns gemeinsam. Sie wird sich darüber freuen, und ich will, dass sie sich freut. Sie hat uns zu oft auf Hass erlebt. Wenigstens einmal soll sie sehen, dass es auch anders geht."

Renate zögerte noch. Zappa machte eine entschiedene Geste. Er füllte Wasser in den Topf und schloss den Tauchsieder an. Er sah nicht mehr zu Renate hin, die sich schwer seufzend setzte und den Filzschreiber in die Hand nahm.

Sie zog die Kappe ab, nagte an ihrer Unterlippe und fing dann an: *Liebe Julia, ich bin bei Papa und wir haben gerade über dich geredet. Du hast ihm ja einen Brief geschrieben, und ich freue mich, dass es dir gut geht. Ich rufe dich bald an und dann musst du mir alles genau erzählen. Papa und ich lieben dich sehr, und wir sind jetzt auch glücklich miteinander. Wir verbringen zwei schöne Stunden und sind ganz allein mit uns. Du kannst sicher sein, dass die schlimmen Zeiten vorüber sind. Ich lass noch Platz für Papa –*

„Ist das genug?", fragte sie.

Zappa stellte sich hinter sie und las.

„Jeder wie er kann", meinte er. „Kümmere dich um den Kaffee. Ich schreib schon weiter."

Als sie kurz darauf mit zwei Tassen an den Tisch zurückkam, faltete er bereits das Blatt und legte es zu Papieren, die er ordentlich gestapelt hatte.

„Die Anklagepunkte reduzieren sich", sagte er und klopfte mit dem Finger auf einen der Stapel. „Dank deiner hervorragenden Unterstützung bin ich von sieben auf drei."

„Du hast es doch jetzt auch bestätigt. Ich –"

„Was ich auspacke, ist allein mein Ding", sagte er. Er nippte an dem Kaffee.

„Ich kann nicht mehr lange. Willst du sie nicht nehmen?"

„Setz dich", sagte er. „Was war mit Milstadt – mit HP, bevor er eingefahren ist? Mit HP und dir? Was lief da? Und vergiss Daniela nicht. Sie war doch bestimmt nicht außen vor."

„Kalli – "

„Setz dich", wiederholte er. „Sag es einfach. Ich will es von dir hören. Aber flachs mich jetzt nicht an."

„Ich habe das alles nur für dich getan."

„Renate." Er hob warnend die Hand.

Renate zündete sich eine Zigarette an. Sie rauchte in kleinen, hastigen Zügen und klopfte nach jedem Zug die Asche ab.

„Daniela", sagte sie dann. „Daniela ist ein Miststück, Karl. Warum willst du das aufrollen? Es – es hat keine Bedeutung. Nicht für uns."

„Milstadt", beharrte er.

Sie schüttelte kurz den Kopf.

„Also gut", sagte sie. „Wir – wir haben über Daniela gesprochen, HP und ich. Über ihre abartigen, perversen Neigungen, und er hat sich das zunutze gemacht. Mit meiner Hilfe. Die Fotos, die ihr jetzt so unangenehm sind, hat er geschossen. Er hat sie damit unter Druck gesetzt, um die Eigentumswohnung behalten zu können. Und das Geld auf ihrem gemeinsamen Konto."

„Mit deiner Hilfe?", fragte er nach.

„Ich – ja, ich – ich war mit ihm und auch mit ihr im Bett. Reicht das jetzt? – Bitte, Karl, es war einzig und allein – "

„Okay", sagte Zappa. „Ich verstehe."

„Es war für dich. Es war für den Stoff, an den sie durch ihre Reisen kam. Und – "

„Ich sage, ich verstehe. Ich bin nicht dämlich."

„Ich konnte es dir nicht sagen."

„Es wäre besser gewesen", sagte er und schüttelte nachdenklich den Kopf. „Ich wollte weg von dem Scheißzeug. – Missverständnisse, nur Missverständnisse. – Was haben wir eigentlich falsch gemacht?"

Renate drückte die Zigarette aus und nahm gleich eine neue. Sie drehte sie zwischen den Fingern.

„Ich weiß es nicht", sagte sie leise. „Ich weiß nur, dass ich mir oft gewünscht habe, ich könnte mit dir über alles reden. Du – du bist immer gleich so furchtbar ausgerastet."

„Aber jetzt höre ich dir zu."

„Ja, ich – ich fühle mich auch schon besser. – Willst du sie nicht – ?"

„Ja", sagte er. „Gleich – bei etwas Musik." Er trank seinen Kaffee aus, stand auf und legte eine Kassette ein. „Hat mir Julia bespielt. *Fleetwood Mac.*" Er schaltete den Recorder an und wartete, bis die ersten Takte erklangen. „*Albatross*. Schön, was? – Komm. Komm zu mir."

Renate ging zu ihm, und er umarmte sie und legte seinen Kopf an ihren.

„Ich hör dir zu", sagte er noch einmal. „Erzähl mir noch was."

„Was?"

„An was du jetzt denkst."

„An dich."

„Und wie?"

„Was du mir bedeutest und was du mir gibst."

„Ist es gut?"

„Ja, es ist gut. Es ist sehr gut. Es ist schön, dich zu spüren. Sehr schön. Und – du musst mich verstehen. Du darfst nicht schlecht von mir denken. Milstadt –"

„Pssst", machte er. „Jetzt nichts mehr von HP, und nichts von den anderen. Das vergessen wir ein für alle Mal." Er begann, sich sanft mit ihr zu wiegen.

„Ja", flüsterte sie.

„Weißt du, woran ich denke?"

„Sag es mir."

„Wie es auf Ibiza war. Im letzten Jahr. Die Tage auf dem Boot. Das Meer. Die Sonne. Das waren gute Wochen. So hätte es immer sein sollen. Die langen Nächte mit dir." Sein Mund war an ihrem Ohr. Er ließ seine Hände über ihren Rücken gleiten. Renate schmiegte sich noch enger an ihn.

„Küss mich", sagte sie.

Sie küssten sich. Immer und immer wieder. Bis zum Ende des Stücks. Dann löste sich Zappa von ihr und spulte das Band zurück.

Fleetwood Mac, Albatross.

Und wieder graute der Morgen. Und wieder lichtete sich der Nebel, und von fern erklang ein sehnsüchtiger Ruf. Der Ruf nach ihm. Und die Mauern fielen, und er ging dem Ruf nach.

Seine Umarmung war nun verlangender. Seine Hände waren tiefer. Die Muskeln ihrer Schenkel spannten sich.

„Ich will dich", flüsterte sie. „Ich will dich ganz. – Nimm sie mir doch bitte ab."

Er antwortete nicht. Er streifte ihren Rock hoch und sie stellte ihre Beine auseinander, um ihm den Zugriff zu erleichtern. Zappa spürte das Eisen unter dem Stoff ihres Höschens. Er tastete den Griff der Waffe ab.

„Nimm sie."

Zappa küsste sie wieder, während er seine Hand unter den Bund schob und den Griff umfasste. Er merkte, dass Renate zitterte.

„Ruhig", sagte er. „Ganz ruhig. Niemand überrascht uns. – Du hast dich rasiert?"

„Das Klebeband – "

„Knie dich hin." Er ging mit ihr auf die Knie, und sie wollte ihm jetzt helfen. Doch er riss schon an dem breiten Streifen. Renate biss die Zähne aufeinander. Dann war es vorbei.

Erleichtert legte sie ihren Kopf an seine Brust. Zappa hielt den Revolver in der Hand.

„Scharf?", fragte er.

„Ja."

„Gab's Fragen?"

„Nein. Ich – kann Milstadt denn wirklich – ?"

„Ja."

„Aber du hast doch –"

„Psst", machte er. „Sieh mich an." Ein sanftes Lächeln war jetzt auf seinem Gesicht. Er legte den Revolver vor sich auf den Boden und nahm ihren Kopf zwischen seine Hände.

Sie sahen sich an.

„Ich bin sehr, sehr zufrieden", sagte Zappa. „Weißt du, ich bin über alles weg. Was man noch von mir hören will, was sie sich weiter erhoffen – es hat nichts mehr mit mir zu tun. Und erst recht nichts mit uns. Ich war zeitweise enttäuscht von dir. Enttäuscht und auch hassig. Was ich dir hin und wieder mal erzählt habe, hättest du nicht aussagen sollen. Ich habe Milstadt aus allem raus gehalten, weil es mein Job war, verstehst du? Allein mein Job. Die Jungs sollten nicht wissen, dass ich versagt hatte. Dass HP abgedrückt hat. Dass der letzte Hit auf sein Konto geht. Aber jetzt haben sie ihn auch am Arsch und er wird alles in Bewegung setzen, um sich frei zu kaufen. Er hat's schon angeleiert, und es zielt auf mich. Nur ich soll der Böse sein, selbst noch aus dem Knast raus. – Okay, so läuft es eben. Wenn du mir noch was sagen willst, dann sag es jetzt."

„Ich – ich habe dir alles gesagt. Es – es tut mir Leid, Kalli. Ich wollte – ich war manchmal sehr allein, und HP war ..."

„Ich hab gesagt, es ist vergessen." Er ließ abrupt ihren Kopf los und rieb sich die Schläfen. „Nein, ich muss auch nichts mehr hören. – Nur noch einmal *Albatross*. Ist dir eigentlich kalt?" Er stand auf und zog auch sie hoch.

„Ein bisschen", sagte Renate.

Zappa ließ das Band wieder zurücklaufen und hob dann den Revolver auf.

Er behielt ihn in der Hand, als er Renate erneut umarmte.

Und alles wiederholte sich. Das sich Wiegen, der lange intensive Kuss. Zungenspiel und eine sich steigernde Erregung.

Als sie später noch halb bekleidet auf der Pritsche lagen, war die Kassette längst durch und es ging auf halbfünf zu. Zappa zog seine Hose an und überprüfte den Revolver.

„Die Zeit ist immer zu kurz", sagte er.

„Mir wird sie lang werden bis zum nächsten Mal."

„Lang wie die Ewigkeit."

Er wartete noch, bis sie vollständig angezogen war. Er legte den Arm um ihre Schultern und küsste sie.

„Ich liebe dich", sagte er.

„Ich liebe dich auch."

„Sag es noch einmal. Sag, dass du mich immer geliebt hast."

„Ich habe dich immer geliebt, und ich werde dich immer lieben."

„Das ist gut." Die Revolverhand kam hoch. Der Lauf berührte ihre Schläfe. Renate zuckte leicht zusammen.

Zappa schloss die Augen und drückte ab.

Der Schuss machte ihn taub. Er hielt Renate fest an sich gedrückt und öffnete dann weit den Mund.

Der Lauf war noch heiß, doch es dauerte nur den Bruchteil einer Sekunde.

ERSTER TEIL
November 2001 – April 2002

Ich habe immer wieder gesagt,
dass es Unsinn ist,
darüber zu diskutieren,
wo und wann
ein nächster Einsatz,
wenn er denn stattfindet,
stattfinden könnte.

        Der Medienkanzler

1

Am frühen Nachmittag eines für Hamburg typisch grauen Novembertages entstieg kurz hinter der Kreuzung Uhlenhorster Weg, Papenhuderstraße eine junge Frau dem 211211 Taxi.

Sie wartete, bis der Wagen sich wieder in den fließenden Verkehr eingefädelt hatte, und ging dann in Richtung Mundsburger Damm. Ihr Ziel war das Gourmetrestaurant *Paulsen*.

Die junge Frau war mittelgroß, schlank und hatte glatt fallendes, nachgedunkeltes Haar. Ihr schmales Gesicht mit den hohen Wangenknochen drückte äußerste Konzentration aus. Obwohl sie ausschließlich nach vorn blickte, schien sie alles um sich herum wahrzunehmen. Bekleidet war sie mit einer knapp sitzenden, ausgewaschenen Jeans, einem übergroßen Sweatshirt und einer dunkelblauen, wattierten Weste mit aufgestelltem Kragen. Ihre Füße steckten in nachlässig verschnürten Nikes.

Im *Paulsen* wurde sie bereits erwartet. Ein Sonnenbank gebräunter Typ unbestimmten Alters geleitete sie in das nach hinten hinaus gelegene Arbeitszimmer und ließ sie dann mit Gottschalk allein.

Mit dem Betreten des funktional eingerichteten Raums setzte sie ihr freundlichstes Lächeln auf.

Gottschalk nahm seine Lesebrille ab und stemmte sich aus dem Bürostuhl. Äußerlich hatte er sich im Verlauf der Jahre kaum verändert. Wie in seiner damaligen Zeit als Ermittler der FD 65, Organisierte Kriminalität, war sein Körperumfang gewaltig. Sein Gewicht musste bei mindestens 150 Kilo liegen. Und wie eh und je trug er auch jetzt den maßgeschneiderten hellen Dreiteiler und ein schwarzseidenes Hemd mit offenem Kragen. Auf seinem kahl rasierten Schädel perlte der Schweiß. Überraschend leichtfüßig aber kam er um den mit Büchern und Papieren überhäuften Schreibtisch herum und streckte ihr die Hand hin.

„Julie – richtig, ja?", begrüßte er sie und trat dann wieder einen Schritt zurück, um sie unverhohlen von Kopf bis Fuß zu mustern. „Da sieht man mal wieder, wie wenig man auf eine Telefonstimme geben kann. Ich habe Sie mir blond vorgestellt. Blond und – entschuldigen Sie – etwas korpulenter."

„Sind Sie enttäuscht?"

„Nein, nein, weiß Gott nicht. – Treiben Sie Sport?"

„Ich schwimme, gehe regelmäßig in die Sauna und mache täglich meine Yogaübungen."

Gottschalk gab sich beeindruckt. Julie zog einen leicht gerollten Umschlag aus der Innentasche ihrer Weste und entnahm ihm etliche Schriftstücke.

„Meine Papiere", sagte sie. „Das Zeugnis des Zürcher Restaurants müsste ich dann nachreichen. Ich habe aber schon gekündigt. Wenn wir übereinkommen, kann ich gleich nächste Woche bei Ihnen anfangen."

Gottschalk hob die Augenbrauen.

„Sie verlieren keine Zeit. Das gefällt mir. Ja, das gefällt mir sogar sehr. Aber –" Er räusperte sich. „Sagen Sie, warum haben Sie sich ausgerechnet Hamburg ausgeguckt?"

„Nicht Hamburg – das *Paulsen*. Wir haben doch telefoniert. Ich habe den *Zeit*-Artikel gelesen – Hippe Szene im Jugendstilambiente, solide deutsche Hausmannskost einmal anders. Genau das hat mir immer vorgeschwebt."

„Die Atmosphäre?"

„Die Küche. Und auch, dass Sie Ihrem Personal keinen Stress machen, oder?" Sie verfiel zum ersten Mal in einen leichten schwyzerdütschen Akzent.

„Ich bin noch nicht allzu lange Chef."

„Ich weiß. Bei *Google* werden Sie ausschließlich im Zusammenhang mit Hamburger Kriminalität erwähnt."

„Das ist Geschichte."

Julie zuckte die Achseln.

„Interessiert mich auch nicht weiter. – Ich ziehe mir allerdings gelegentlich einen Joint rein."

Gottschalk lachte. Das Lachen erstickte in einem asthmatischen Husten. Sein fleischiges Gesicht lief puterrot an. Julie sah sich nach einem Glas Wasser um. Doch Gottschalk fing sich schon wieder. Er wies auf eine silberne Dose.

„Meine Apotheke", krächzte er. Er hob den Deckel und präsentierte ihr einen in Silberpapier gewickelten daumendicken Brocken und etliche der typischen Kokainbriefchen. „Alles saubere Ware. Was bevorzugst du? – Der Afghane ist wieder im Kommen."

Sie war sich nicht sicher, wie sie das unvermittelte „Du" einzuschätzen hatte. Und erst recht nicht das Angebot. Gottschalk stapfte zurück hinter seinen Schreibtisch und setzte sich theatralisch ächzend. Er wischte sich den Schweiß von der Stirn.

„Tut mir Leid", sagte sie.

„Was? Dass ich amüsiert bin? Julie – in jedem einigermaßen gut gehenden Lokal ist in der Küche Hektik, Hektik, Hektik. Ihr ackert alle im roten Bereich. Wenn dann die Nummer durch ist, braucht der eine einen Riesenbecher Wodka und der andere kommt nur wieder mit ein paar kräftigen Zügen runter – es sei denn, er lässt sich lieber ordentlich durchvögeln. Ich hab mit keiner Variante ein Problem."

„Okay."

„Ja – kein Problem. Null."

„Ich habe verstanden."

„Nicht das geringste Problem." Er schnaubte heftig und schob ihre Zeugnisse beiseite. „Deine Papiere seh ich mir später an. Wo bist du untergekommen?"

„Sie haben mir das *Vorbach* empfohlen."

„Nicht Privat? Keine Freunde, keine Bekannte in Hamburg?" Sie hörte einen unangenehmen Ton heraus. Gottschalk fixierte sie. „Gibt's einen Lover?"

Sie hielt seinem Blick stand. Locker trat sie näher an den Schreibtisch heran und beugte sich vor.

„Ich bin auf Ihren Wunsch hin angereist", sagte sie. „Zu einem Vorstellungsgespräch. Was soll diese Scheiße? Das muss ich nicht haben. Wenn Sie mich nicht wollen, sagen Sie es. Aber sparen Sie sich dämliche Fragen. Das geht Sie nichts an."

„Gut, sehr gut. Weiter so."

„Nichts weiter. Das war's. Sie haben meine Handynummer. Ich nehme morgen den Nachtzug zurück nach Zürich. Bis dahin bin ich noch für Sie erreichbar – in Bezug auf eine klare Entscheidung." Sie nickte verabschiedend und ging zur Tür.

Gottschalk machte keine Anstalten, sie zu stoppen. Sie hörte nur noch, dass er auf dem Schreibtisch nach etwas kramte.

2

Sie hatte in guten Häusern gearbeitet: Juliane Tönnes, geboren in Herdecke/Ruhr, dem Wohnsitz der Eltern.

Julie.

Sie wollte Julie genannt werden.

Direkt nach dem Abitur hatte sie in Dortmund die Ausbildung zur Köchin absolviert. In einer Hotelküche. Solider Standard.

Dann aber zwei Jahre Wiesbaden und zwei weitere in Baiersbronn. Beides Top-Adressen. Drei Sterne Restaurants. Höchstes Niveau. Ihr jeweiliger Wechsel wurde aufrichtig bedauert. Gelobt wurden ihre schnelle Auffassungsgabe, ihre Kreativität und vor allem ihr Fleiß. Sie galt als äußerst kollegial und *erfrischte durch ihr freundlich-offenes Wesen.*

Gottschalk lächelte amüsiert.

Er griff zum Telefon und wählte die Nummer von Julianes letzter Arbeitsstelle.

Das kurze Gespräch mit dem Zürcher Gastronom war in gewisser Weise aufschlussreich. Gottschalk glaubte heraus zu hören, dass der Mann Juliane eine vermutlich berechtigte Gehaltserhöhung verweigert hatte. Er dankte und fragte dann noch beiläufig nach ihrer Wohnadresse.

Unter der ihm mitgeteilten Rufnummer meldete sich eine offenbar jüngere Frau mit dem Namen Elisabeth.

Gottschalk gab sich als Julianes Onkel aus, der darüber besorgt war, dass seine Nichte schon seit Monaten nichts mehr von sich hatte hören lassen.

Elisabeth beruhigte ihn.

Julie habe momentan viel Stress. Ihre Arbeitsgenehmigung in der Schweiz sei nicht verlängert worden und sie müsse nun innerhalb kürzester Zeit das Land verlassen – *oder?*

Sie war äußerst gesprächig und Gottschalk hatte letztlich Mühe, ihren Redefluss zu stoppen.

Nachdem er aufgelegt hatte, überflog er die von ihm notierten Stichworte: Frauen-WG. Arbeitet lange. Geht selten aus. Wenig freie Tage. Freunde – Fragezeichen. Ein dickes Fragezeichen.

Gottschalk klickte seinen PC an und aktivierte das Herdecker Telefonbuch.

Die von Julia in ihrem Lebenslauf genannten Eltern Hilde und Hugo-Ernst waren unter *H. E. Tönnes* verzeichnet.

Gottschalk bekam den Vater an den Apparat.

Anfangs skeptisch und mehrere Male nachfragend erklärte der Mann schließlich, bereits seit Jahren keinen Kontakt mehr zu seiner Tochter zu haben. Von ihrer Mutter sei er geschieden und wo die Schlampe zur Zeit stecke, wisse der Geier, es interessiere ihn auch nicht: *Sonst noch was?*

Gottschalk hatte genug gehört.

Er lehnte sich in seinem Stuhl zurück und verschränkte die Arme im Nacken. Nachdenklich schob er die Unterlippe vor.

3

Zwischen geblümter Bettwäsche, blassblau, und Bettgestell, Kiefer Natur, eine Plastikdose, angebrochen, mit Deckelaufkleber in Gelb: Vaseline / 125 ml.

Die Frau lag rücklings auf dem Boden. Allem Anschein nach war sie auf dem glatten Parkett ausgerutscht und gestürzt. Tödlich gestürzt. Volltrunken mit dem Hinterkopf auf die Kante des niedrigen Couchtischs geknallt. Ein Klassiker.

Die Rotweinflasche war ihr aus der Hand gefallen. Die Weinlache war bereits eingetrocknet. Auch das Blut auf dem Teppichläufer und in ihrem Haar.

Sie hatte langes und ungepflegtes Haar, und sie war entsetzlich mager. Eckige Schultern und extrem schmale Handgelenke. Eingefallenes Gesicht, tiefe Falten und um die Augen dunkle Ringe. Die pergamenthafte Haut spannte fahl über den Wangenknochen. Ihre Kleidung war verdreckt. Ein lila Wollpullover. Eine graue Jogginghose.

In dem Zimmer stank es nach kaltem Zigarettenrauch, nach Alkohol und nach Urin.

Fedder trat einen Schritt zurück. Die Kriminaltechniker setzten routiniert ihre Arbeit fort.

Kriminalhauptkommissar Jörg Fedder kannte die Frau nur zu gut. Es war Angelika Garbers, ehemals Garbers-Altmann. Sie war die Anwältin des St. Pauli Killers gewesen. Karl „Zappa" Weber. Nach seinem spektakulären Abgang war auch sie auf die Titelseiten gerückt. Knallige Headlines: *Was verschweigt die schöne Blonde? Ihre Schönheit ist ihre Kälte. 1000 Knackis träumten von der Sexbombe. Die geile Geli. Blond und blind? Das Sündenregister der Pastorentochter.*

Aufgewachsen war sie in Schneverdingen, im Landkreis Soltau-Fallingbostel. Drei Geschwister. Streng neuapostolisches Elternhaus. Der Vater Gemeindeprediger. Tankstellenpächter. Ein trockener Alkoholiker. Er hatte morgens, mittags und abends gebetet. Er hatte sein Jagdgewehr auf Angelikas ersten Freund angelegt.

Fedder erinnerte sich noch genau an alle veröffentlichten Details.

Ihre Mutter war für die Buchführung zuständig gewesen und hatte den Haushalt gemacht. Sie hatte sich ihren Kindern gegenüber nie liebevoll gezeigt.

Angelika sammelte Stofftiere.

Sie absolvierte ihr Abitur mit Bestnote, zog nach Hamburg und studierte Jura. Zweizimmerwohnung in Eimsbüttel, zusammen mit einer später als Grüne in den Senat gewählten Kommilitonin. Ein erster Sommer in der Freien und Hansestadt, Anfang der Siebziger Jahre. Badenachmittage im Kaifu. Eis auf die Hand von *Adda* und abends zum Griechen am Eck.

Fedder war sich sicher, ihr schon in diesen Jahren begegnet zu sein. Dem hoch aufgeschossenen und noch verschüchtert wirkenden Mädel vom Land. Er hatte damals nur knapp 100 Meter weit von ihr entfernt gewohnt. Schräg gegenüber von *Christas Tabakladen*. Zwei lärmende Kindergruppen im Erdgeschoss. Einen *Big Balls*-Fan als Nachbarin. Eine Stewardess, die es in den Nächten zum Sonntag auf mindestens drei lautstarke Orgasmen brachte. Fedder hatte stundenlang wach gelegen, sich unruhig herumgewälzt.

Alles in allem aber war es keine schlechte Zeit gewesen.

Er streifte sich die dünnen Gummihandschuhe über und öffnete eins der Fenster. Der Himmel war dunkel bewölkt, und es nieselte. Schweinisches Februarwetter. Übers Wochenende sollte Larissa bei ihm sein, seine Tochter. Er hatte ihr Shopping, *Burger King* und einen Fernsehabend mit Chips versprochen. Larissa wünschte sich ein neues Handy, irgendwelche speziellen Klamotten und *etwas für den Körper*, was immer das sein mochte. Er hatte nicht nachgefragt. Er hatte bei dem Telefonat Evelyn in ihrer Nähe gewusst.

Seine Ex hatte die Garbers als Gast gekannt. Die Anwältin war nach ihren Besuchen bei Zappas Frau meist noch auf einen Kaffee in Evelyns Lokal am Grindel gekommen. Eine inzwischen Aufsehen erregende Frau im Designer-Kostüm und mit auffallend gemusterten Nylons. Später waren Fotos veröffentlicht worden, auf denen sie in Korsage und Strapsen posierte. Es sollten auch Schnappschüsse mit ihr und Zappa existieren.

Nachdem Zappa seine Frau und sich in der U-Haft-Zelle erschossen hatte, war eine Menge Dreck über sie ausgekübelt worden.

Sie habe es bei jedem ihrer Termine mit Zappa getrieben. Sie habe es auf die harte Tour gewollt.

Sie sei Zappa hörig gewesen. Habe Koks in seine Zelle geschmuggelt. Sei selbst abhängig geworden. Willenlos. Ihm gefügig in jeder Beziehung. Bis hin zur Beschaffung des Revolvers.

Letzteres aber war zweifelsfrei widerlegt worden. Es war zu keinem diesbezüglichen Prozess gekommen.

Fedder blieb an dem offenen Fenster stehen und atmete tief durch. Er fragte sich, wie Angelikas Leben verlaufen wäre, wenn er sie als Studentin kennen gelernt und sich mit ihr eingelassen hätte. Ein absurder Gedanke. Obwohl –

„Ich will zu ihr! Lasst mich zu ihr!", hörte er hinter sich. Fedder schnellte herum.

Ein aufgeschwemmter Mann stolperte wild um sich schlagend ins Zimmer. Der Streifenbeamte griff fluchend ins Leere. Fedder stellte sich dem Mann in den Weg.

„Halt, stopp – wer sind Sie?! Was haben Sie hier zu suchen?!"

„Geli!", schnappte der Mann. „Geli!" Sein Blick erfasste Angelikas leblosen Körper. In seinem Gesicht flammte pures Entsetzen auf. „Ist sie tot? Wer hat das getan? Wer hat sie umgebracht? Oh, mein Gott! Großer Gott – nein! Nein!" Er fasste sich an die Brust und sackte urplötzlich in sich zusammen.

Fedder fing ihn auf.

Der Streifenbeamte und einer der Spurensicherer packten mit an. Mit vereinten Kräften hievten sie den Mann auf die Couch. Fedder knöpfte ihm den Mantel und das über dem Wanst spannende Baumwollhemd auf. Der Mann kam schon wieder zu sich. Er schluckte heftig. Fedder klopfte ihn schnell ab.

„Bleiben Sie liegen!", befahl er. „Holt was zu trinken!" Er hatte die Brieftasche ertastet und zog sie hervor. Der Personalausweis war auf Altmann ausgestellt. Wilfried Altmann.

„Verdammte Scheiße!" Fedder verglich das Foto mit dem

aufgedunsenen Gesicht des nach Luft schnappenden Mannes. „Herr Altmann?! He, hören Sie mich?! Sind Sie krank?! Nehmen Sie irgendwelche Medikamente?!"

„Geli – meine – meine Geli."

„Ja, ja. Ich habe gefragt –" Der Mann schlug die Hände vors Gesicht und stieß einen lang gezogenen, kläglichen Laut aus. Dann krümmte er sich zusammen, wimmerte nur noch, schluchzte und heulte.

Fedder fluchte.

„Wo zum Teufel bleibt der Doc?!", schnauzte er die dumm herumstehenden Kollegen an. „Steckt er in einem Scheiß Stau oder was? Was ist mit ihm? Kümmert euch gefälligst darum! Und haltet mir diesen Mann unter Kontrolle!" Er riss die Tür zum Balkon auf und stützte sich im Freien an der Brüstung ab.

Altmann! Verdammt noch mal! Was trieb den Mann ausgerechnet heute zu der schon seit Ewigkeiten von ihm geschiedenen Frau? Hatte ihn jemand aus dem Haus benachrichtigt? Und wie kam er dazu, dass seine Geli umgebracht worden sei? Seine Geli! Was für eine Scheiße!

Die Garbers hatte sich von dem Arschloch getrennt, weil er in ihrer damaligen gemeinsamen Kanzlei keinen Finger mehr gerührt hatte. Er hatte nur noch dumpf in der Wohnung gehockt und bestenfalls die Fahrgäste der draußen vorbeirauschenden Busse zum Flughafen gezählt. Sich von 5-Minuten-Terrinen und Dosenravioli ernährt. Broszinski war einige Male bei ihm gewesen. Auch Gottschalk. Abschließende Ermittlung im Fall Tötung Renate Weber und Suizid des Ehemanns Karl „Zappa" Weber.

Fedder klopfte seine Taschen ab. Alles in ihm gierte nach einer Zigarette. Aber er hatte vor fünf Tagen mit dem Rauchen aufgehört. Von einer Minute auf die andere. Nach einer dummen Bemerkung seines Kollegen Schwekendieck. Der dämliche Hund. Er hätte auch längst erscheinen müssen.

Fedders Handy meldete sich.

Er blickte auf das Display. Auch das noch! Evelyn. Er zögerte, den Anruf anzunehmen, tat es dann aber doch.

Evelyns abgehackte Sätze ließen ihn erstarren. Ihre Stimme kippte. Sie schluchzte.

Larissa!

Larissa war beim Überqueren der Straße angefahren worden!

Auf dem Schulweg! Auf dem Fußgängerstreifen Osterstraße, Heußweg!

Seine Tochter! Sein Engelchen!

Sie lag auf der Intensiv! Im UKE!

Fedder presste die Lippen fest zusammen. Er ballte die freie Hand zur Faust und hämmerte an die grob verputzte Hauswand.

4

Entsetzen, Angst und Trauer.
Erinnern: Vergessen.
Vergessen ist die Schere, mit der man fortschneidet, was man nicht brauchen kann – unter Aufsicht der Erinnerung.
Kierkegaard, Entweder/Oder.

Broszinski wiegte zweifelnd den Kopf.

„Trifft es das nicht?", fragte Ann.

„Ich habe Birte nicht vergessen. Ich kann sie nicht vergessen."

„Aber du sparst sie auf deinen Bildern aus. Das heißt doch –"

„Für mich ist sie in dem, was ich zeige, präsent."

„Sie ist darin aufbewahrt. Gefällt dir das besser?"

Broszinski stand auf: „Muss überhaupt was gesagt werden? Kannst du die Leute nicht einfach nur begrüßen? Sie werden sich ohnehin ihr eigenes Urteil bilden."

„Jan – ich sitze seit über einer Woche an diesem Text. Und ich will, dass deine Arbeiten verstanden werden."

„Ich weiß. – Ich weiß, wie viel Mühe du dir machst." Er fasste sie an den Schultern. „Ich habe dich vermisst", sagte er.

Er küsste sie auf die Stirn. „Sag, was du für richtig hältst", lenkte er ein. „Bleibst du?"

„Ich hab es wirklich nicht leicht mit dir. Aber gut – ich hab es auch nicht anders gewollt. Ja, ich werde bei dieser Einführung bleiben. Es ist meine Sicht, das werde ich dann noch hervorheben. Und nein, ich fahre gleich wieder zurück."

„Du bist verärgert."

„Die Einladungen müssen raus."

„Morgen ist Sonntag."

„Wenn ich hier übernachte, komme ich frühestens ab Mittag dazu. Das ist mir zu knapp."

Broszinski zündete sich ein Zigarillo an. Er ging zu den rechtwinklig aneinandergestellten Tischen und zog unter Papieren und großformatigen Fotos sein Notizbuch hervor.

„Restaurant *Paulsen*", sagte er. „Peter Gottschalk, Papenhuderstraße, 22085 Hamburg. Die für Fedder schickst du ihm am besten ins Präsidium."

„Willst du die Beiden nicht persönlich einladen? Ein paar Worte dazu schreiben?"

Broszinski klappte das Buch wieder zu. Er nickte: „Du hast Recht. Entschuldige. Gehen wir noch ein Stück?"

Ann hob zweifelnd die Augenbrauen. Doch sie sagte nichts. Sie zuckte lediglich die Achseln und steckte den Ausdruck ihrer Rede in die Umhängetasche. Broszinski nahm schon seine Jacke.

Er war heute nur einmal kurz draußen gewesen, hatte im Ort Zeitungen und Zeitschriften gekauft und auf dem Rückweg bei Kuddel Rührei mit gebratenem Aal gefrühstückt.

Die Scheune, die er nun schon seit über einem Jahr bewohnte, lag direkt am Waldrand, knapp einen Kilometer hinter dem Freibad. Ann hatte sie vor Jahren in einem maroden Zustand gekauft und von einem Trupp Polen nach ihren Plänen renovieren und ausbauen lassen. Von dem die gesamte Grundfläche einnehmenden Arbeitsraum mit einer kleinen Kochnische führte eine schlichte Holztreppe zur Empore, auf der drei nebeneinanderliegende Zimmer eingerichtet waren. In dem ersten standen lediglich ein Doppelbett und eine wurmstichige Wäschetruhe.

Das Zimmer daneben wurde allein von Ann genutzt. Sie schrieb und korrigierte da oft ihre Katalogtexte und ließ sich dabei von Jan Garbarek und Dave Holland inspirieren. Manchmal hörte sie auch Van Morrison.

In dem hinteren Zimmer hatte Broszinski seine Koffer und Reisetaschen deponiert. Bücher und vor allem Aktenordner waren an die Wände gestapelt, und an dem Fenster mit weitem Blick über die Felder war ein bequemer Ohrensessel neben einem hohen, siebenarmigen Kerzenleuchter platziert.

Routinemäßig schloss Broszinski die Eingangstür ab. Ann legte die Tasche in ihren Wagen.

„Dir wird schon jetzt alles zu viel", sagte sie, als sie den Weg zum Bach hin eingeschlagen hatten. Sie stellte den Kragen hoch und vergrub die Hände in den Jackentaschen. Es regnete nicht mehr, aber der Wind war noch heftig. „Die Eröffnung, die Presse, die Besucher – im Grunde genommen willst du dich davor drücken. Du hast eine Scheißangst. Sag es wenigstens. Dann können wir darüber reden."

„Angst? Nein. Ich bin nur erschöpft."

„Das warst du schon oft. Aber das war anders."

„Jetzt ist es halt stärker." Broszinski schnippte das heruntergerauchte Zigarillo weg. „Du wirst dich gut mit Fedder verstehen."

„Was soll das jetzt heißen?"

„Er neigt auch zu solchen Schlüssen."

„Dazu gehört nicht viel. Außerdem weiß ich, dass ich Recht habe."

Broszinski schüttelte den Kopf. Hinter der Brücke wurde der Weg schmaler. Ann legte einen Schritt zu. Sie trug ihre Militaryklamotten und knöchelhohe Schuhe. Ihr Gang war entschlossen.

Zielstrebig, wie bei allem.

Nachdem Broszinski ihr vor eineinhalb Jahren auf einer Vernissage in Köln vorgestellt worden war und sie dann einige Male in ihrer Neuenkirchner Heidegalerie besucht hatte, war sie ihn klar und offen angegangen.

Er müsse seine Malerei ernst nehmen.

Intensiver an den Bildern arbeiten.

Er dürfe sich nicht allein darauf beschränken, die auf Leinwand übertragenen Fotos, die Schnappschüsse von Verhörräumen, von düsteren Verließen und Folterkammern, von Waffendetails, Uniformen und Panzerfahrzeugen flüchtig zu verwischen.

Er habe vielmehr sichtbar zu machen, wo sich das nicht vergessen können und das sich nicht erinnern wollen kreuzen: *Du musst die Mühe auf dich nehmen, all die Gedanken und Empfindungen, die bewusst und unbewusst um den Fall kreisen, durch eine andere Weichenstellung auf neue Gleise zu lenken.*

Der verwischende Effekt als Marmorierung eines tragischen Moments.

Und zugleich darüber hinaus weisend. Auf das eigene Ich zielend.

Wo stehst du?

Sie hatte ihr Glas ausgetrunken, war vom Tisch aufgestanden und hatte seine Hand gefasst: *Und jetzt ficken wir.*

Sie schwiegen, bis sie die Waldlichtung erreicht hatten und Ann sich auf einen der Baumstümpfe gesetzt hatte.

„Fedder", sagte sie. „Gottschalk. Bleiben sie über Nacht? Muss ich ihnen Zimmer bestellen?"

„Für Fedder wahrscheinlich nicht. Möglichweise kommt er mit seiner Tochter."

„Er hat eine Tochter?"

„Larissa – ja. Er hat sie an jedem zweiten Wochenende. Aber das kann sich auch schon wieder geändert haben. Er ist geschieden. Er ist mit seiner Ehemaligen im Dauerclinch."

„Dann werde ich mich ja wirklich gut mit ihm verstehen." Ihre Ironie war unüberhörbar.

Broszinski entdeckte unter einem der Bäume eine zerknüllte Zigarettenpackung. Er zwang sich, sie nicht genauer anzusehen. Letzten Herbst hatte hier ein Fremder campiert. Broszinski hatte ihn sofort gestellt und seinen Ausweis verlangt. Er hatte Fedder die Personalien gemailt und sie abchecken lassen. Der Mann war sauber gewesen. Ein Obdachloser aus dem Ruhrgebiet, der nach dem Tod seiner Frau aus der Bahn geworfen worden war.

„Fedder ist schon in Ordnung. Mit Evelyn hat er halt Pech gehabt. Sie hat's mit Karrieretypen. Ihr Neuer sitzt jetzt in der Bürgerschaft. Er ist einer von Hennings Leuten, diesem Hardliner."

Ann schwieg. Sie schwieg lange. Sie schien zu frösteln.

„Ich komme Anfang der Woche noch mal", sagte sie schließlich und stand auf. „Brauchst du was aus der Stadt?"

„Wenn *Schlüter* auf deinem Weg liegt, könntest du Fisch mitbringen. Ich koch uns dann was." Er zog ein neues Zigarillo hervor.

Ann nickte flüchtig.

„Gehen wir zurück", sagte sie. „Mir ist kalt. – Ich hab's mir überlegt, ich bleibe doch noch ein bisschen."

5

Er war seit sechs Monaten im Amt.

Er war Senator, Innensenator der Freien und Hansestadt Hamburg. Er hatte es geschafft. Wilm Henning, Taufname Wilhelm Heinrich Henning: Ich gelobe bla-bla-bla.

Drauf geschissen.

Wilm war gerade noch okay. Aber auch von Freunden ließ er sich nur Henning nennen: Wir schicken den Henning ins Rennen, der Henning macht das. Aber hallo!

Er hatte eine Blitzkarriere hingelegt. Jurastudium, Medienrecht. Sozius einer alt eingesessenen Kanzlei. Parteiengagement.

Ein paar spektakuläre TV-Auftritte: Sozialdemokratischer Filz. Lasche Justiz. High sein und frei sein? Falsch verstandene Toleranz. Recht stärken, nicht beugen. Scharfzüngige und auch witzige Diskussionsbeiträge, immer voll aus dem Leben gegriffen: Nennen wir es beim Namen! Ich sage Schmarotzer! Schließlich Kandidatur. Spitzenlistenplatz, jawoll!

Kleine Männer habens drauf, kleine Männer bringen es!

Man spottete, er könne aufrecht in seinen Dienst-BMW steigen. Ein Danny de Vito aus tiefster Provinz. Sein Kopf sei ein Kürbis vom flachen Land. Harte Schale, innen Matsch.

Ha-ha-ha! Selten so gelacht!

Elende Kläffer! Neidhammel!

Er pflegte seinen Drei-Tage-Bart, trug eine 1.500 Euro Designerbrille, maßgeschneiderte Anzüge, Krawatten mit breitem Knoten. Seine Schuhe mit den erhöhten Absätzen wienerte er eigenhändig.

Henning ließ die Honda vor dem Haus seiner Mutter ausrollen. Die Maschine war eine Sonderanfertigung, seinem zwergenhaften Wuchs angepasst.

Moni hatte ihn um gut einen halben Meter überragt. Sie war seine erste große Liebe gewesen, noch als Schüler. Auch sie hatte das Heidekaff gleich nach dem Abi verlassen. Sie hatten in Hamburg auf 30 Quadratmetern gehaust, eine billige Bude in Hamm, Matratze auf dem Boden. Sich nächtelang um den Verstand gevögelt. Mein Gott, ja! Bis sie dann glaubte, ihren weißen Knackarsch einem hergelaufenen Bimbo vorbehalten zu müssen, Scheinasylant, Scheißasylant!

Echt drauf geschissen! Seine Mutter hatte von der Schlampe ohnehin nichts wissen wollen. Warum dachte er überhaupt noch an sie?

Henning verschloss die Honda im Schuppen.

Es war kurz nach 23 Uhr. Kühle Nachtluft, klarer Himmel, und die Waldrandsiedlung war wie ausgestorben. Gut so, sehr gut.

Henning ließ einen fahren.

Er machte im Haus seiner Mutter Licht. Die Alte lag jetzt schon seit sieben Jahren unter der Erde. Wie rasend schnell die Zeit verging. Seine steile Karriere aber hatte sie noch erleben dürfen. Und auch Elke.

Nach Monis Abgang hatte er ihr lange Zeit keine seiner weiteren Freundinnen mehr vorgestellt. Sie hätte an jeder was rum zu meckern gehabt. Aber Elke –

Elke stammte aus einer einflussreichen Hamburger Kaufmannsfamilie. Villa hoch über der Elbe, Blick rüber zum Alten Land. Sie hatte Salem besucht, war über ein Jahr um die Welt gereist, sprach neben Englisch und Französisch fließend Italienisch, Spanisch und auch Portugiesisch. In New York war sie dann eine Weile hängen geblieben und hatte – ja, verdammt – einen kleinen Fehltritt begangen, sich von einem verheirateten Börsianer schwängern lassen und das Kind aus welchen Gründen auch immer zur Welt gebracht. Es war ein Junge, er wurde Philip genannt und war zum Zeitpunkt seiner Bekanntschaft mit ihr bereits volljährig. Ein intelligenter Bursche, Respekt, Respekt, seiner nach wie vor ledigen Mutter wie aus dem Gesicht geschnitten. Und Elke war eine ungemein attraktive Frau.

Doch auch bei ihr hatte Mama wieder einmal eine Fresse gezogen: Stürz dich doch nicht ins Unglück, Junge, so eine nutzt dich doch nur aus. Für die bist du gerade mal gut fürs – na ja, du weißt schon.

Wahnsinn! Völlig verbohrt, die Alte.

Henning ging von Zimmer zu Zimmer und öffnete sämtliche Fenster. Er nahm sich ein Bier aus dem Kühlschrank. Die zänkische Stimme der Mutter hallte in seinem Kopf wider.

Nun gib endlich Ruhe!

Die Hochzeit mit Elke war ihr verdammt noch mal erspart geblieben! Also Klappe jetzt! Ende, aus!

Er setzte sich auf die überdachte Terrasse.

Ein schöner Platz. Mamas Lieblingsplatz. Sie könnte jetzt noch hier sitzen. In ihren Fotoalben blättern, sich in Gottes Namen auch einen Schnaps gönnen. Aber nein!

Henning seufzte schwer.

Die Alte blieb präsent. Er sah sie gestochen scharf vor sich.

Er sah Elke vor sich, wie sie nur mit einem Höschen bekleidet zu Mama in die Küche gekommen war. Sich behaglich gereckt und gestreckt hatte.

Seine Mutter hatte böse schnaubend ihren Stock genommen und das Haus verlassen: Ich führe hier kein Bordell! Untersteh dich, dieses Weibstück noch einmal mit zu bringen!

Henning furzte wieder.

So kräftig, dass sein Arschloch schmerzte.

Ach, Mama, das hättest du nicht sagen dürfen. Nicht so, dass es Elke hören musste.

6

Pit Gottschalk fuhr Punkt Zwölf bei Fedder vor. Beim Schlump. Das ehemalige Krankenhaus. Er stoppte sein dunkelrotes Cabrio in der Einfahrt und hupte zweimal kurz. Fedder kam aus dem Haus. Er hatte einen kleinen Koffer dabei und wirkte ausgeruht.

„Wie geht's Larissa?", fragte Gottschalk nachdem sie sich begrüßt hatten.

„Sie wird voraussichtlich noch Monate in der Reha bleiben müssen. Evelyn ist das Wochenende über bei ihr. Lass uns nicht weiter darüber reden. Ich freue mich, Jan wiederzusehen."

„In Ordnung." Gottschalk setzte den Wagen zurück. „Wenn du magst, können wir offen fahren. Das Wetter hält sich."

Fedder nickte zustimmend. Gottschalk kramte eine weitere Kappe aus dem Handschuhfach und drückte sie Fedder in die Hand. Er nahm die Strecke über Hauptbahnhof und Amsinckstraße. Als sie in Höhe des Großmarkts waren, fragte Fedder ihn, wie oft er eigentlich nachts um Drei raus müsse.

„Gar nicht mehr!", lachte Gottschalk. „Das erledigt jetzt Julie. Du musst unbedingt mal wieder zum Essen kommen.

Mit dem Mädel habe ich das große Los gezogen. Anfangs etwas zickig, aber jetzt – es läuft wie geschmiert."

„Seit wann hast du sie?"

„Schon seit Dezember. Mit dem Silvestermenü hast du wirklich was versäumt: Gebratene Jakobsmuscheln und Roulade vom Edelfisch, Melonenkaltschale mit Klößchen von Zitronenmelisse – das ist ihr absoluter Hit. Ich hab mich lediglich um das Lammcarrée gekümmert. Es waren natürlich alle da. Willst du ein bisschen Klatsch hören?"

„Danke – nein. – Ich musste an den Feiertagen nach Itzehoe. Meine Schwester durfte raus."

Gottschalk nickte wissend. Er seufzte.

„Du hast wirklich 'ne Menge Scheiße an den Hacken", sagte er. „Psychiatrie, Krankenhaus und dazu noch der Job. Im Präsidium haben doch nur noch Idioten das Sagen."

Fedder zuckte die Achseln.

„Auf meine Leute kann ich mich verlassen. Schwekendieck –" Er räusperte sich kurz. „Schwekendieck ist wie der Teufel hinter dem Wagen her, der Larissa angefahren hat."

„Dann kannst du sicher sein, dass er den Drecksel auch aufspürt. Schweki – ich hab eigentlich nie was über seine Ehe gehört."

„Ich weiß nur, dass er eine höllische Angst vor der Pensionierung hat. Vor dem zu Hause sein."

„Tja", sagte Gottschalk nur. Er schob eine CD ein. Italienische Schlagerhits. Fedder rutschte ein wenig tiefer in den Sitz. Er sah zum Himmel hoch. Dieser April steigerte sich zu wirklich angenehmen Temperaturen. Doch er würde kaum etwas davon haben. Er verbrachte jede freie Minute am Bett seiner Tochter. Er sprach die ganze Zeit über zu ihr, erzählte irgendwelche Geschichten. In der Hoffnung, zu ihr durchzudringen. Jedes Mal aber musste er auch heulen. Und immer wieder fragte er sich, was er tun würde, wenn Schwekendieck tatsächlich den Fahrer des Wagens anschleppen würde. Gottschalk glaubte offenbar, dass es ein Mann war. Schweki ging ebenfalls davon aus. Wieso eigentlich? Keiner der Zeugen hatte eine entsprechend konkrete Aussage gemacht. Nicht einmal den Wagen hatten sie übereinstimmend beschreiben können. Mittelklasse. Ein älteres Modell. Ein neues. Grau, dunkelblau oder vielleicht doch schwarz? Die unterschiedlichsten Fabrikate waren genannt worden. Alle hatten ihre Augen mehr bei Larissa gehabt. Und dankenswerter Weise schnell reagiert. Gott sei Dank! Wenigstens das.

„Weißt du eigentlich was Genaueres über die Sache mit Dennis?"

„Über wen?"

„Dennis Smoltschek. Der Partykönig. Er hat doch 'ne Anzeige von dieser Promifriseuse am Hals."

„Der Fall liegt bei Brönner. Warum fragst du?"

„Ich kauf ihr das nicht ab. Bei der Sache ging's nicht um Sex."

„Ich kenn die Einzelheiten nicht."

„Aber du hattest schon mit ihm zu tun."

„Als Zeuge. Schusswechsel mit Todesfolge vor einer Disco. – Er ist mir nicht gerade sympathisch."

„Seine Großeltern sind im KZ umgekommen."

„Was hat das damit zu tun? Er ist ein durch und durch arrogantes Arschloch. Seine Weibergeschichten kotzen mich an."

„Soll ich dir mal was über diese Lockendreherin erzählen? Aus welchem Stall die ist? – Holsteiner Landadel, erzreaktionär. Auf dem Gut ihrer Eltern haben in den Dreißigern Zwangsarbeiter die Knute zu spüren gekriegt. Knüppelhart."

„Ah ja? Und genetisch bedingt muss sie dann einem jüdischen Partylümmel an den Karren fahren?"

„Ich will dir nur sagen, dass die Frau ein hartes Teil ist. Und was ihre Lover anbelangt, ist sie alles andere als zimperlich. Aber sie steckt mit ihrem Salon in finanziellen Schwierigkeiten. Da kommt so ein bisschen Publicity ganz gut – die ach so misshandelte und auch noch missbrauchte Frau, da wollen wir uns doch gleich mal wieder einen Termin bei ihr geben lassen."

„Ihr Background ist nicht der Punkt."

„Das sagst ausgerechnet du. Das ist ihr Motiv, ihr einziges. Darauf verwette ich meinen kompletten Laden."

„Ich habe weiß Gott andere Sorgen!"

Gottschalk winkte ab: „Schon gut. Lassen wir das. Ich wollte auch nur was über Dennis hören. Du weißt, dass er in der geplanten Hafencity eine Disco eröffnen will?"

„Hab ich gelesen – ja."

„Einen Rieseneventschuppen – mit angeschlossener Gastronomie."

„Hast du Angst um deine Gäste?"

Gottschalk schob die Unterlippe vor. Er wiegte den Kopf, setzte den Blinker und wechselte auf die linke Spur.

„Mich würd interessieren, wer da noch alles mitmischt", sagte er nach einer Weile. „Ich höre nur Gerüchte."

Auch Fedder ließ sich einen Moment Zeit.

„Und warum?", fragte er schließlich. „Warum willst du das wissen?"

„Ich werd gelegentlich gefragt."

„Von wem?"

„Die Baugenehmigung stinkt", sagte Gottschalk. „Die hatte einen Preis. Man fragt sich, welchen. Einige meiner Gäste fragen sich das. Besorgte Bürger."

7

Henning saß auf dem Lieblingsplatz seiner Mutter. Mit großer Genugtuung. Das war jetzt alles seins. Der Stuhl, das Frühstücksgeschirr, das Stück Rasen, das Haus. Bis hin zum letzten verschissenen Fläschchen Underberg. Die Alte hatte sich in ihren letzten Lebensjahren kräftig einen genehmigt.

Henning nippte an seinem Kaffee. Weit entfernt tuckerte ein Trecker über die Felder. Ein Wochenendbauer. Auch ein Schicksal.

Henning verscheuchte eine Fliege.

Er vertiefte sich wieder in das von seinem Staatsrat zusammengestellte Dossier.

Dokumente. Fotokopierte Zeitungsartikel.

Ein lang zurück liegender Fall. Zu der Zeit war er auf eine Anwaltskollegin heiß gewesen. Sie hatte ausschließlich Analverkehr zugelassen. Eine verquere Nuss. Gelegentlich aber wichste er noch in Gedanken an sie. Ja, Mama, das tue ich! Ich tue es mit Vorliebe in *deinem* Bett.

Er las.

„STERN", 11. Juli 1991: **Mord in Miami**

Polizeifoto Horst Ullhorn: *Als Horst Ullhorn bei der Miami Beach Police fotografiert wurde, waren seine Haare noch schulterlang und geföhnt. Er war braun gebrannt. Anfangs wurde er nur wegen Waffenkaufs, dann aber wegen Mordes an seiner Begleiterin Barbara Keil verhaftet.*

Foto Barbara Keil: Rundliches Gesicht, breite Nase, kleiner Mund. Kurzes, hennarot gefärbtes Haar. Ohrring mit anhängendem Kreuz.

Halleluja!

Gepriesen seien ihr Arsch und ihre Titten!

Erst sah es aus wie eine Bluttat ohne Motiv, als Barbara Keil mit Kopfschuss auf dem Beifahrersitz eines Mietwagens in Miami lag. Jetzt kommt Ullhorn in Florida vor Gericht. Der Hamburger Türsteher einer Kiez-Disco soll Barbara erschossen haben, um 1,7 Millionen Mark Lebensversicherung zu kassieren.

Grün markierte Textpassage: *Ullhorns Ehe mit der Kaufmännischen Angestellten Christa war ein einziges Auf und ab, doch zu einer Scheidung wollte oder konnte sich das Paar nicht entschließen. Ullhorn lernte währenddessen die gerade Achtzehn gewordene Barbara Keil im „Chicago" kennen. Er machte auf die junge Karstadt-Verkäuferin mächtig Eindruck. „Sie hat ihn geliebt, sie war ihm in jeder Hinsicht hörig", sagen Freunde und Geschwister von ihr. Schon bald stand sie für ihn im Hamburger „Eros Center" auf der Reeperbahn. Im Kontakthof, wo ihr knapper weißer Body-Anzug im UV-Licht lila leuchtete, verdiente sie als „Babsi" bis zu 2000 Mark pro Tag.*

Ebenfalls markiert: *Horst Ullhorn begann, sich um seine Zukunft zu kümmern. Er schloss hohe Lebensversicherungen ab: drei große für Barbara zu seinen Gunsten, zwei kleine für sich, von denen eine seiner Immer-noch-Ehefrau Christa zugedacht war. Die zweite war zu Barbaras Gunsten.*

Eine weitere markierte Passage: *Anfang November letzten Jahres kam das Paar in Florida an. Bei der Hertz-Autovermietung schlug Ullhorn Riesenkrach, weil der Wagen nicht – wie bestellt – rote Sitze hatte.*

Henning las, dass Ullhorn den Wagen mit *Diners Club*-Kreditkarte gemietet und damit automatisch eine weitere Lebensversicherung für sich und seine Begleiterin erworben hatte. 500 000 Mark, falls ihnen in dem Auto was zustoßen sollte.

Miami Beach. Strandleben. Kleinere Ausflüge.

Eines Abends dann sechs Cocktails auf der Terrasse eines Restaurants am Hafen.

Aufbruch zwischen 21 und 22 Uhr.

Rückfahrt zum Motel.

Falsch abgebogen.

Einen an einem parkenden Wagen stehenden Mann nach dem richtigen Weg gefragt.

Ein Schuss.

Die Kugel trifft Barbara rechts hinten in den Kopf.

Ullhorn gibt Gas. Er steht unter Schock.

Er wird von einer Polizeistreife gestoppt. Die Streife nimmt Abstriche von seinen Händen. Die Laboranalyse ergibt Schmauchspuren.

Weitere Indizien:

Blutspritzer an Stellen, die von ihm verdeckt gewesen sein müssten. Im Motel versteckte Munition des Typs, mit der Barbara erschossen wurde.

„MOPO" 2. August 1991: **Miami-Mord: Schuldig!**
Jetzt zittert der Zuhälter vor dem „Stuhl".

„So kann man sich täuschen", kommentierte Horst Ullhorn den sensationellen Spruch der 12 Geschworenen.

Seine Ehefrau Christa wäre gerne zum Prozeß nach Miami gereist – aber für den Flug fehlte ihr das Geld.

Handschriftliche Anmerkung des Staatsrats: *Christa Ullhorn hat inzwischen wieder ihren Mädchennamen angenommen. Christa Dierks. Lebt mit dem türkischen Gebrauchtwagenhändler Izmir Tüsdan zusammen. Ist zum islamischen Glauben konvertiert. Tüsdans Kontakte zu möglicherweise kriminellen oder auch terroristischen Gruppierungen werden z.Zt. überprüft.*

Henning strich die Passage an.

Aus dem gegenüberliegenden Ferienhaus tobten zwei Knirpse. Henning nickte der Mutter grüßend zu. Sie leerte den Müll in die Tonnen. Sie schien völlig genervt zu sein, war sicher allein mit den Blagen ins Wochenende geschickt worden, während der Alte in Bremen oder Hannover angeblich Termine wahrnahm. Ein junges Ding vögelte.

Henning beachtete sie nicht weiter. Er blätterte um.

„BILD" 2. August 1991: **Der Henker gibt ihm 2250 Volt**

„Nehmen Sie's nicht persönlich", sagte der Richter. Ullhorn (Häftling 112 887) ist einer von 276 Todeskandidaten in Starke, Florida. Dienstags dröhnt der Stromgenerator für den elektrischen Stuhl. Probelauf.

Der Stuhl. Genannt „The Rock" (Der Fels) oder „Old Sparky" (Alter Funke). Aus Eiche, 1923 von Häftlingen für Häftlinge gebaut. 27 starben drauf. Einer brannte. Qualm stieg aus seinem Kopf. Proteste. Der Gouverneur: „Der Stuhl ist okay. Ihr werdet's sehen."

„DER SPIEGEL" 16. September 1991: **Die Geißel von Florida**

Hoffnung für einen deutschen Todeskandidaten. Bonn setzt sich für Horst Ullhorn ein .

Aber sicher doch – *Der Spiegel.*

Henning nickte bitter. Das musste er sich nicht Zeile für Zeile antun.

Drauf geschissen. Er drückte einen Furz ab.

Auf der nächsten Seite zwei Meldungen.

„WESTDEUTSCHE ALLGEMEINE ZEITUNG" 16. November 1990: **Die makabere Beerdigung des St. Pauli-Killers „Zappa".**

Trauerfeier auf dem Grummer Friedhof.

Bochum – Unter dem „Schutz" einer Horde betrunkener Rocker sind gestern auf dem Grummer Friedhof der St. Pauli-Killer Karl „Zappa" Weber und seine Frau Renate beerdigt worden. Einzige Trauergäste der ungewöhnlichen Veranstaltung: Webers 16jährige Tochter Julia und seine aus Hamburg angereiste Anwältin Angelika Garbers-Altmann in Begleitung des Medienagenten Gerd Mahlzahn.

Zu den Klängen von Fleetwood Macs „Albatross" begann die Trauerfeier um 12.15 Uhr in der kleinen Kapelle. Der Prediger leerte erstmal eine Dose „DAB"-Bier und passte sich damit ein wenig dem Trunkenheitsgrad seiner Zuhörer an. Webers Tochter Julia wiegte die Urne ihres Vaters zu den Takten der Rock-Musik im Arm. Dann zog die kleine Trauergemeinde zur Grabstätte.

Wenige Meter vom Grab der RAF-Terroristin Monika Stickel fanden Karl Weber und seine Frau Renate die letzte Ruhe. Die Rocker prügelten einen Fotografen, die Trauergäste schaufelten hastig Sand auf die frischen Gräber – dann war alles vorbei.

Und gleich darunter:

„BILD" 23. Oktober 1991: **Das Vermächtnis des St. Pauli-Killers**

Die Gerüchte, dass der St. Pauli-Killer Karl „Zappa" Weber brisante Aufzeichnungen hinterließ, verstummen nicht. „Bild" brachte in Erfahrung, dass in der offiziell nicht existierenden Kladde die wahren Hintergründe der Milieu-Morde beschrieben sind. Auch der in Miami zum Tode verurteilte Horst Ullhorn sei mehrfach erwähnt – inklusive seiner Hamburger Wohnadresse.

In dem nächsten umfangreichen Artikel waren wieder mehrere Textpassagen grün markiert. Er war vor eineinhalb Jahren erschienen.

„SÜDDEUTSCHE ZEITUNG MAGAZIN" 8. Dezember 2000: **Häftling Nr. 112887**

Markiert: *Er wurde zum Verdächtigen. Die Polizei durchsuchte sein Motelzimmer und bat um Auskunft bei den deutschen Behörden. Neue Verdachtsmomente stellten sich ein: Barbara Keil und Horst Ullhorn waren nicht verheiratet, sie hatten gegenseitig hohe Lebensversicherungen abgeschlossen. Barbara war als Prostituierte registriert. Horst hatte einige Vorstrafen und Kontakte im Hamburger Milieu. Im Motelzimmer in Miami Beach fand man Pornozeitschriften und drei Pistolen. Das reichte aus, um ihn vor dem Bezirksgericht in Miami des Mordes anzuklagen.*

Markiert: *Dass Ullhorn jetzt an einen Freispruch glauben kann, verdankt er Peter MacRain, einem Anwalt von legendärem Ruf. Horst Ullhorn ist der erste Fall in seiner 15jährigen Praxis, wo es nicht um Strafmilderung, sondern um erwiesene Unschuld geht.*

Markiert: *MacRain schickte einen erfahrenen Detektiv in den Stadtteil, der vermutlich der Schauplatz des Verbrechens gewesen war – ein elendes Viertel, in dem der Drogenhandel gedieh und wo schon viele Carjackings stattgefunden hatten. Viele Gespräche mit den Gestalten, die sich dort nur im Dunkeln aufhalten, brachten zögernde Informationen und endlich auch drei Zeugen. Einer von ihnen hatte aus nächster Nähe gesehen, dass der jugendliche Streetgansta John D. in den Wagen geschossen hatte. Gegenüber den beiden anderen hatte John sich damit gebrüstet, eine „weiße Schweinebraut" ausgeknipst zu haben.*

Henning fasste sich an den Kopf.

Unglaublich! Dealer und Fixer als Entlastungszeugen.

Empört las er weiter. Er las von einem *deutschen* Forensiker aus Marbach.

Markiert: *Professor Uwe Flessner kam aus dem Staunen über die wissenschaftliche Leistung seiner amerikanischen Kollegen nicht mehr heraus. Nach dem Studium der ihm übersandten Fotos, der Gutachten und der angewandten Methoden gab es für ihn nur einen Schluss: „Horst Ullhorn hat seine Begleiterin nicht erschossen!"*

Und: *„Der Schuss wurde ins Auto abgegeben, also in einen geschlossenen Raum. Dabei entweicht der Großteil des Pulverdampfs nach vorn ins Auto und setzt sich dort überall ab. Es ist völlig klar, dass an Ullhorns Händen Spuren dieses Schmauchs gefunden wurden."*

Der letzte Absatz: *Inzwischen liegen die drei Zeugenaussagen der Staatsanwaltschaft von Miami vor. Die neu gefundenen Beweise und die Gegengutachten sind Ullhorns letzte Chance, einen neuen Prozess zu bekommen. Peter MacRain: „Wir haben genug Material, um zu belegen, dass es sich um ein Fehlurteil handelt."*

Abschließender Vermerk des Staatsrats: *Aus gut unterrichteten Kreisen amerikanischer Freunde ist zu hören, dass Ullhorn aller Wahrscheinlichkeit nach noch in diesem Jahr begnadigt wird. Es ist anzunehmen, dass er dann nach Hamburg zurückkehrt. Hans-Peter Milstadt, z.Zt. noch inhaftierter Komplize des Karl „Zappa" Weber, hat seine Haftstrafe im Juli d.J. verbüßt. Ich gehe davon aus, dass Ullhorn Kontakt mit ihm aufnehmen wird.*

Henning nickte. Er zeichnete den Vermerk ab und schrieb dazu: *„Im Auge behalten. Wichtige Informanten. Milieu-Kenntnis."*

Er klappte die Mappe zu und legte sie beiseite. Bevor er zur nächsten griff, sann er noch einen Moment nach.

Verdammt, ja. Er würde es besser machen als die verschnarchten Sozis.

Ja, zum Teufel. Er hatte auch schon eine Idee.

Henning grinste hämisch.

8

„Jan Broszinskis Bilder zeigen die Wirklichkeit und gehen dennoch weit darüber hinaus. Sie lassen eine Geschichte nachvollziehen – ich sagte bereits, dass der Künstler Kriminalbeamter war –, die auch seine eigene ist. Aber eben nur ‚auch' – als Moment eines Prozesses, Erlebtes und Erfahrenes in Erinnerung zu rufen – es dabei jedoch nicht zu belassen, vielmehr Freiräume zu schaffen, in denen sich der Blick des Betrachters bricht, wir auf uns selbst zurückgeworfen sind. Ich danke Ihnen."

Ann trat einen Schritt beiseite und wies auf Broszinski. Applaus brandete auf. Gottschalk wischte sich den Schweiß vom Schädel.

„Hast du das alles kapiert?", fragte er Fedder.

„Ich denke schon. Die eigentliche Person der Geschichte bleibt ausgespart."

„Danke. Soweit hat's bei mir auch noch gereicht. Ich meine diesen Kierkegaard-Sermon."

Fedder zuckte die Achseln. Er verfolgte, wie Broszinski sich bei der Galeristin bedankte. Er küsste sie auf beide Wangen und seine Hand blieb einen Moment zu lang auf ihrer Hüfte. Sie schlafen miteinander, schloss Fedder. Er empfand Neid. Diese Ann hatte ihn überaus herzlich begrüßt. So, als seien sie schon seit Jahren eng vertraut. Ihr Mund, ihr Lachen hatte ihn an Evelyn erinnert. An die guten Zeiten. Fedder holte geräuschvoll Luft.

Gottschalk sah ihn an.

„Was ist? Bin ich dafür zu blöd?"

„Ach was. Ich kann's dir jetzt auch nicht erklären. Es machte irgendwie Sinn."

„Irgendwie! Irgendwie habe ich das Gefühl, du knackst immer noch an meiner Bemerkung über Smoltschek herum."

„Mir ist das hier zu viel Gedränge." Fedder schlängelte sich zum Nebeneingang durch und ging ein Stück den Weg zur Straße hoch.

Ein kleiner Mann in einem eleganten Freizeitanzug stolzierte ihm entgegen. Fedder stutzte. Er erkannte den Mann auf Anhieb und wollte es doch nicht glauben. Es war Innensenator Henning. Sein oberster Vorgesetzter.

Fedder blieb stehen.

Henning kam zielstrebig heran. Er lächelte erfreut und reichte Fedder die Hand.

„Sie sind doch – ?"

„Fedder."

„Richtig, richtig – sind wir uns nicht schon mal auf dem *Klönschnack* begegnet?"

„Schon möglich", sagte Fedder.

„Doch, doch. Ich erinnere mich gut. Tja, so klein ist die Welt. Sie waren doch früher in Broszinskis Truppe. Guter Mann. Überhaupt ein gutes Team. Sagen Sie, ist der dicke Gottschalk etwa auch da?"

„Ja."

„Hervorragend! Meine Frau spricht in den höchsten Tönen von seiner Küche. Bin selbst leider noch nicht dazu gekommen. Na, schön. Wird schon noch. Dann genehmigen wir uns später einen Lütten. Auf die alten Zeiten, auf *Ihre* große Zeit. Nichts für ungut, aber – warum haben Sie sich eigentlich aus der OK zurück gezogen?"

„In Hamburg gibt es keine Organisierte Kriminalität mehr", konnte Fedder sich nicht verkneifen. Henning lachte.

„Na, na", sagte er. „Nicht mehr die alten Seilschaften, das ist richtig. Aber –" Er drückte vertraulich Fedders Arm. „Lassen Sie sich in den nächsten Tagen mal einen Termin bei mir geben. Probleme haben wir nach wie vor. Und ich hätte gern ein paar erfahrene Leute an vorderster Front." Er nickte bekräftigend. „Ich muss jetzt der lieben Ann guten Tag sagen. Hat man Sie schon mit ihr bekannt gemacht? Eine großartige Frau. Wenn sie in Hamburg ist, sehen wir uns regelmäßig. Man erinnert sich ja gern an die gemeinsamen Studienjahre. Juristen, das war schon immer ein Haufen für sich. Jedenfalls die Besseren." Er klopfte Fedder jovial auf die Schulter. „Nun ja, manch einer bleibt auch auf der Strecke. Tragische Geschichte mit unserer Angelika Garbers, wirklich traurig so ein Ende." Und damit ließ er Fedder stehen.

ZWEITER TEIL
Mai – August 2002

Wenn ich mit jemandem zusammen bin, lüge ich.
   Aber die Lüge ist eine doppelte Wahrheit.
   Entdecken Sie die Wahrheit, die sich darin befindet. Entdecken Sie, was ich verbergen wollte, indem ich gewisse Sachen sagte.

   Hubert Fichte im Gespräch mit Jean Genet

Der Grundriss der Zelle. Die Umrisse der beiden Körper. Neben der Hand des einen die Waffe. Schlagzeile: „Zappas letzter Hit". Gottschalk beugt sich über dem Schreibtisch vor: „Warum haben Sie sich ausgerechnet Hamburg ausgeguckt?" Julie hält seinem Blick stand: „Das geht Sie nichts an."
   Gottschalk.
   Peter „Pit" Gottschalk.
   Gottschalk steuert sein Cabrio über die Autobahn. Er wendet sich an den neben ihm sitzenden Fedder: „Mit dem Mädel habe ich das große Los gezogen." Julie verlässt das „Paulsen". Abfahrttafel Hauptbahnhof. Nachtzug nach Zürich. Draußen die nächtliche Heide. Julie sieht auf das Display ihres Handys. Keine Mitteilungen.
   Julie.
   Broszinski küsst Ann auf die Stirn. An den Wänden stehen großformatige Bilder. Auf Leinwand übertragene Fotos: Folterkammern, Waffendetails. Broszinski betritt mit Ann eine Waldlichtung: „Ich habe Birte nicht vergessen. Ich kann sie nicht vergessen."
   Broszinski.
   Jan Broszinski.
   „Ich habe weiß Gott andere Sorgen!" Fedder stoppt einen schreiend ins Zimmer stürzenden Mann: „Geli! Wer hat sie umgebracht?! Er blickt entsetzt auf die am Boden liegende tote Frau. Henning klopft Fedder jovial auf die Schulter: „Tragische Ge-

schichte mit unserer Angelika Garbers, wirklich traurig so ein Ende."
Fedder.
Kriminalhauptkommissar Jörg Fedder.
Ein Zeitungsfoto: Angelika Garbers-Altmann steht an einem offenen Grab. Hinter ihr einige Hell's Angels. Henning legt die Fotokopien zusammen. Er blickt nachdenklich über die Nordheide. Seine Mutter schwingt böse schnaubend ihren Stock.
Henning. Wilm Henning.
Innensenator Wilhelm Heinrich Henning.
Schwarzbild.
Aufblende. Totale: Hamburg im Sonnenuntergang.

1

Es ist Mai. Der Mai ist gekommen. Die Bäume schlagen aus. Wir beklagen uns auf hohem Niveau. Die Balkone können immerhin noch bepflanzt werden. Zwei Brückentage aber sind ein Urlaubstag zuviel. Christi Himmelfahrt bietet sich an. Dann ist auch Hafengeburtstag. Helikopterflug über die Freie und Hansestadt. Die Elbe, die Elbe, sie ist nicht mehr dieselbe. Hamburger Apokalypse.

Der Preis für Becks Bier ist um 2 Prozent gestiegen. Auf St. Pauli trinkt man Astra und was sonst noch terrorgeil reinknallt. Aufruf zum Teuroboykott. Auch die Hühner in der Herbertstraße wollen mindestens einen der neuen Fünfziger abgreifen. Ein ehemaliger Innensenator soll in der „Ritze" gesehen worden sein. Der Machtwechsel im Hamburger Rathaus war unerlässlich. Schluss mit dem rot-grünen Filz. *Bild* war dabei. Auch *Der Spiegel* hat kräftig mitgemischt. Beamte aber bleiben Beamte. Rechtspopulisten sind auch nur Menschen. Henning war Stammkunde beim schwulen Hähnchengriller auf der Osterstraße. Das hat nichts weiter zu bedeuten. Der Erste Bürgermeister kennt sich auch nicht in der französischen Küche aus. Er steht nachts weinend am Kai und trauert der ach so früh verlorenen Unschuld nach. Hosen runter, Gesäß hoch. Gegen mehr Sicherheit auf all unseren Wegen ist im Prinzip nichts einzuwenden. Wo sind wir heute eingeladen? Kann man zu Fuß gehen?

Im Mai sind viele Geburtstage und ebenso viele Feste. Komm, lieber Mai und mache. Eine Bundesgrüne wünscht sich *Ich will ich sein*. Das ist der Kracher des Monats. Das Geständnis des roten Tränensacks. Die grüne Mutter Beimer. Ich sehe nach wie vor die *Lindenstraße*. Vorerst aber wird noch der Amoklauf des Erfurter Schülers diskutiert. Das darf weiß Gott nicht vergessen werden. Wer Gewalt sät. Man wundert sich, dass so etwas nicht öfter passiert. Sieh mir in die Augen, Kleiner. Ein Pädagoge im Palast der Träume. Highnoon in der Abstellkammer. Ein Gast will den Todesschützen mit seiner Mutter auf Teneriffa erlebt haben. So wie die Ossis eben sind. Man erkennt sie auf den ersten Blick. Sandaletten, weiße Socken und knielange Shorts. Das sommerliche Karstadt-Outfit. Die Garderobe kann im Gästezimmer abgelegt werden. Nehmen Sie doch einen Prosecco.

Ein neues Zeitalter ist angebrochen. Ich sage nur Elfnullneun. Ich sage nur New York, New York. Ich dachte anfangs an ein Hollywood Szenario. Aber Bruce Willis kam nicht ins Bild. Der amerikanische Präsident spricht jetzt vor dem zum Bundestag umfunktionierten Reichstag. Helm ab zum Gebet. Gott segne Sie alle. Trockene Alkoholiker sind tickende Zeitbomben. Das müssen Sie mir nicht sagen. Ich kenne meine Laster. Wie zu sehen war, töten Vermummte leichter. „Star Wars – Episode II" bricht alle bisherigen Rekorde. Was kann man wem noch schenken? Fragen Sie Frau Christiansen. Die Gästeliste der am Sonntag auf Sendung gehenden Stewardess steht bereits im Internet. Würden Sie sich auch so einer Operation unterziehen? Die Lippen aufgespritzt? Die Gesichtshaut hinter die Ohren gezogen? Live auf RTL? Wir basteln uns eine Fragepuppe?

Im Mai blüht auch wieder der Flieder. Eingeladen wird zum Samstagabend. Wer was auf sich hält, kommt erst nach 21 Uhr. Man muss sich nicht miteinander bekannt machen. Wir sind eine große Familie. Der Hamburger Kulturwanderzirkus. Der Rechtsanwalt. Der Pferdedoktor. Die ewig jugendliche Journalistin. Das *Paulsen* liefert das Buffet. Julie wird zum Service abkommandiert. Sie spitzt die Ohren. Der Umsatz im Gastgewerbe ist um 5,7 Prozent gesunken. Wir stehen vor neuen Herausforderungen. Ich kann nur wiederholen: Der elfte September. Hamburger Studenten weltweit gesucht. Gibt es denn kein anderes Thema? Haben Sie meine Rosensträuche schon gesehen? Rückt Deutschland nach rechts? Darf man die Herrenrunde in einer gewissen Lokalität eine schwule Kumpanei nennen? Nicht nur die Hamburger Richtervereinigung fragt. Nicht allein *Bild* hat die Antworten. Auch die *FAZ* ist entsetzt. Ein deutscher Dichter soll voll und ganz aus sich herausgekommen sein. Senile Bettflucht?

Wir stehen vor einer aggressiven Kraft. Das Dessert ist ausgezeichnet. Das konservativ-rechtspopulistische Hamburger Bündnis war gewollt. So einer wie Henning kommt nicht ohne die Medien nach oben. Die Allianz der kleinen Männer. Kleine Männer an den Schalthebeln der Macht. Kleine Männer im Presseclub. Kleine Männer sitzen nicht nur als Herrenreiter hoch zu Ross. Nachts hocken sie neben ihren schlafenden Ehefrauen im Bett und betätigen schnell noch einmal das Handy. Eine Geliebte zu haben ist kein Kapitalverbrechen. Eiskunstläuferinnen sind heiße Geräte. Auch so wird in den Chefetagen geredet. Der Brötchenpreis kann mir allerdings gestohlen bleiben. Ich trinke heute Abend mein erstes Glas Wein seit Anfang Januar. Und das hält man aus, Sie glauben es nicht. Der Islam jedoch zeigt allabendlich gen Rathaus hin seine grausame Fratze. Die City schläft. Bleiben Sie noch ein Weilchen. Der harte Kern spricht jetzt Klartext.

Wonnemonat Mai. Der Mai, der Mai, der setzt die Triebe frei. Nicht das Wetter ist schlecht, sondern unser Vorurteil. Es regnet, wenn Gott segnet. Absprachen werden nicht auf dem Herrenklo getroffen. Was hinter geschlossenen Bungalowtüren geschieht, ist eine andere Sache. Wenn ich reden dürfte wie ich wollte, ich sage Ihnen. Heimwerker machen jetzt Politik. Berlin ist ein einziger Billigbaumarkt. Von der Hauptstadt aus blickt man besorgt nach Hamburg. Allerdings auf Augenhöhe. Auch der Kanzler ist eher kleinwüchsig. Ihm fehlt jedoch die gute Kinderstube. Gut frisiert zu sein reicht nicht. Es wird sich einiges ändern. Das wird zu Recht als Drohung verstanden. In Eppendorf und Winterhude hatte Henning seine größten Wahlerfolge. Nach so kurzer Zeit aber kann man noch gar nichts sagen. Ich wiederhole: Absolut gar nichts. Immerhin gibt es eine Initiative gegen Hundekot im Innocentiapark. In Wilhelmburg möchte ohnehin niemand wohnen. Schon Wandsbek ist Ausland. New York aber liegt gleich vor der Tür. Können Sie sich vorstellen, dass ich am Elften abends keinen Bissen herunterbekommen habe? Ich sage nur, was ich jetzt schon einige Male gesagt habe. Man muss an das Gute im Menschen glauben. Der Witz ist die Auflösung einer gespannten Erwartung ins Nichts. Sparmaßnahmen sind unausweichlich. Statistiken werden frisiert.

Das ist natürlich erst der Anfang. Bestellen Sie mir bitte ein Nichtrauchertaxi? Es geht um die Kriminalität als solche. Szenarien werden schon entwickelt. Die Hafencity soll megageil werden. Kennen Sie eigentlich diesen Smoltschek? Lesen Sie *Gala*, dann wissen Sie alles. Für Discotheken bin ich zu alt. Der U-Bahn-Anschluss jedenfalls ist so gut wie beschlossene Sache. Treibt es der Bausenator wirklich mit einer Minderjährigen? Was, bitteschön, sonst? Inzwischen will man wissen, dass der deutsche Dichter einen Kritiker jüdischer Abstammung gewaltsam hat sterben lassen. Das jedoch erregt nur das Feuilleton. Ich lese ausschließlich die *SZ*. Die liberale Spaßpartei hat sich bereits vor Wochen an „Wetten dass …?" gewandt: Wetten, dass man einem Juden den Juden ansieht? War nicht auch der Parteivorsitzende Gast in dieser gewissen Lokalität? Warum sagen Sie nicht, was Sie sonst noch alles wissen?

So ist der Mai. So lieblich. Allabendlich feuchtfröhlich und sturzbesoffen. Ein allgemeiner Ausnahmezustand. Maibowle wird kaum noch getrunken. Auch das Meckern über Malle ist out. Übern Berg bringt uns allein noch ein Underberg. Angefangen hat es mit dem italienischen Vorspeisenbuffet. Weit nach Mitternacht greift immer noch der ein oder andere die ein oder andere ab. Es geht auch heute wie damals darum, sich in den dunklen Stunden der Wurzeln der Vergangenheit zu besinnen. Mahlzeit! Habe die Ehre. Wir bleiben auf Sendung und haben keine Illusionen mehr. Zu befürchten ist, dass auch in diesem Jahr der Sommer kein Sommer wird. Maikäfer flieg, mein Vater blieb im Krieg.

- Mein Vater wurde im Mai geboren. Er hat seinen 45. Geburtstag nicht mehr erlebt. Er starb in der Nacht vom 4. auf den 5. oder 5. auf 6. Mai 1945, zwei oder eine Nacht vor der Kapitulation.
- Er fiel in Schlesien, südlich von Breslau.
- Er war in der 5. Kompanie, Infanterie Regiment Nr. 30 und hatte die Feldpostnummer 42106 B.
- Ein Volkssturmmann.
- Tödlicher Kopfschuss.
- Ich habe keine Erinnerung an meinen Vater. Es gibt nur eine Handvoll Fotos von ihm. Auf einem steht er mit einem Freund oder Arbeitskollegen an einem hohen Bierfass und prostet zur Kamera hin.
- Mitte Vierzig hatte ich die gleiche Statur wie er. Auch dieses rundliche Gesicht. Ich habe mir allerdings früh einen Schnauzbart wachsen lassen.
- Mein Vater war erst im Oktober 44 zur Wehrmacht einberufen worden.
- Das letzte Aufgebot des Führers.
- Kanonenfutter.
- Über dem Ruhrgebiet warfen englische Flieger ihre Bomben ab.
- Meine Mutter floh mit mir und ihrer Mutter aufs Land. Ein Bauer gewährte uns Unterkunft. Er hatte einen großen Hof zu bewirtschaften. Mutter und Großmutter waren eine willkommene Hilfe.
- Später habe ich ihn und seine Familie einige Male besucht. Seine Frau backte dann immer eine riesige Platte Butterkuchen.
- Die Bauerntochter war in meinem Alter. Mit ihr erlebte ich mein erstes Osterfeuer. Wir rösteten Kartoffeln in der Glut. Wir blieben bis spät in der Nacht auf dem Feld. Auf dem Weg zurück zum Hof küssten wir uns.
- Bei meinem letzten Besuch auf dem Land schlief ich mit ihr. Sie gestand mir, schon seit Jahren mit ihrem älteren Bruder

gevögelt zu haben. Ich weiß nicht mehr, wie ich darauf reagiert habe. Ich weiß nur noch, dass ich vorzeitig ejakulierte und es erst in der zweiten Nacht richtig klappte.
- Als ich schon im Polizeidienst war, schrieb sie mir, dass ihr Bruder sich erhängt habe. Er hatte in Aachen Maschinenbau studiert und war beschuldigt worden, eine Achtjährige missbraucht zu haben. Die Ermittlungen waren angelaufen.
- Ich habe nicht geantwortet.
- Ich fuhr in meiner Heimatstadt Streife.
- Ich war gern im Nachtdienst.
- Mein damaliger Partner nutzte jede Gelegenheit, seine Frau zu betrügen. Sie wohnten in einem der Hochhäuser, die im Umkreis der neuen Uni gebaut worden waren. Die Frau arbeitete als Schreibkraft in der Verwaltung. Sie hatte strohblondes Haar. Sie wusste von den Seitensprüngen ihres Mannes. Sie zahlte es ihm heim, indem sie es mit mir trieb.
- Ich erinnere mich, dass ich oft nur auf einen schnellen Fick bei ihr war.
- Dass wir nie im Bett waren.
- Dass sie es mochte, stehend genommen zu werden.
- Nach einer Fortbildung in Norddeutschland beendete ich unser Verhältnis. Ich wechselte zur Kripo.
- Meine Großmutter starb.
- Meine Mutter hatte sie bis zuletzt zuhause gepflegt.
- Bei der Beerdigung sagte sie zu mir, dass sie sich jetzt nur noch um mich sorgen müsse.
- Ich ließ sie stehen.
- Ich war Siebenundzwanzig.
- Ich war Oberkommissar im Betrug- und Diebstahldezernat, hatte keine ernsthaften Probleme mit Kollegen und Vorgesetzen, kam finanziell gut zurecht und war gesundheitlich in bester Verfassung.
- Ich war lediglich auf der Suche nach einer Frau, mit der ich zusammen leben wollte.

2

Der hagere Typ vor dem frisch verputzten Bunker wartete, bis sein Kumpel die Motoguzzi ausgeschaltet und Julie sich hinter ihm vom Sitz geschwungen hatte. Breitbeinig stakste er auf sie zu.

„Hey", sagte er gedehnt. „Man lebt also noch."

„Wie du siehst – Knochenmaxe."

„Lief's glatt?"

Der Fahrer hob nur den Daumen. Er zog ein Päckchen Tabak aus seiner Westentasche und drehte sich eine. Seine nackten Arme waren rundum tätowiert. Schlangen, Kreuze, Tränen und ein Ave Maria.

„Wer ist alles da?", fragte Julie.

„Hast du Druck?"

Julie straffte sich.

„Hör zu", sagte sie. „An mir lag's nicht, dass wir uns erst jetzt treffen. Ich hab zig mal mit Gunther telefoniert. Er hat's immer wieder verschoben." Sie gab dem Tätowierten zu verstehen, ihr auch eine Kippe zu bauen. „HP kommt früher aus dem Knast. Wir haben gerade mal noch drei Wochen. Das ist Scheiße eng."

„Piss dich nicht voll. Milstadt ist 'n Wichs."

„Für mich nicht. Und ich brauch euch verdammt noch mal. Das seid ihr mir schuldig. Das seid ihr meinem Vater schuldig."

„Logo", sagte Maxe. „Zappa ist nicht vergessen."

„Nie, hieß es damals. Lass uns in die Gänge kommen. Ich hab um zwei Uhr meine Schicht."

„Gunther pennt noch. Und die anderen –" Knochenmaxe wandte sich an seinen Kumpel. „Von Hardy weiß ich, dass er 'ne Fuhre hat. Hast du was von Opa gehört?"

„Opa hatte was in Hannover."

„Hardy, Opa – ich denk', ihr seid mindestens zwei Dutzend! Hat Gunther mich geflachst oder was?"

„Wir haben auch sonst noch was auf'm Zettel. He – komm wieder runter. Gunther verklickert dir das schon." Er ging zur Maschine seines Kumpels und zog ein Sixpack aus der Satteltasche.

Julie schüttelte ärgerlich den Kopf. Gunther. Gunther pennt noch. Sie konnte sich vorstellen, was bei Gunther lief.

Sie hatte es vor Augen. Ein flackriger alter Film mit dem Geruch verbrannten Fleischs und kräftigem Dope, überbelichtete Szenen, Wortfetzen.

Eine Sommernacht in Haltern. Lagerfeuer, Grill und Canned Heat. Abrockende und grölende Typen unter sternklaren Himmel.

He Babe!

Ein paar heiße Bräute. Eine Alte aus Werne.

Gunther haute sie weg. Gunther bockte sie auf. Gunther knallte sie. Eine Fickshow. Last exit Hölle. Mehr Bier. Neuer Stoff von der Tanke.

Die Nacht war noch jung. Noch frisch. Gepennt wird in der Ewigkeit.

Papa wäre im Knast krepiert, hinterrücks abgestochen worden. Auf dem Hof. Unter der Dusche. In seiner Zelle.

Keine Frage. Er hatte es ihr geschrieben. Auf liniertem Papier: Liebe Kleine, liebe Julia, ich weiß zuviel, aber mach dir keine Sorgen, Hauptsache, du bist in Sicherheit. Auf Gunther ist Verlass.

Die Alte stelzte ans Wasser. Mösendusche. Sie kotzte.

Diese Rocker sind kein Umgang für dich, sagte die Oma. Die Oma sagte auch, du hast dich doch gerade so nett mit diesem Volker angefreundet.

Aber Volker langweilte. Volker wohnte noch bei seinen Eltern. Draußen in Querenburg. Blick auf die Ruhr. Sein Vater war Verlagsvertreter und Vorsitzender des Rudervereins. Seine Mutter hatte eine Boutique eröffnet. Volker war die Woche über allein in dem Sechziger-Jahre-Bungalow. Er baute Joints und wollte sie bumsen: Guter Stoff, saugut.

He Babe! Wie isses? Gunther hat abgedrückt. Gunther ist satt.

Sie schoss Volker in den Wind.

Sie war nur noch mit Gunther und seiner Clique unterwegs.

Die Alte hielt schon für den nächsten hin. Erst der Boss. Dann die Offiziere. Klare Strukturen. Vorgegeben aus Amiland.

Papa hatte als Jugendlicher mit ihnen Automaten geknackt. Ketten geschwungen. Schrebergärtnern das Fürchten gelehrt.

Papa hatte immer Verträge gehabt. Schon im Revier und dann in Hamburg. Banken und Bruch.

Skimütze. Dünne Lederhandschuhe. Knarre. Motorrad.

Der Geldtransporter. Die Post. Das Einfamilienhaus in Övelgönne an der Elbe. Renate war mit dicker Patte shoppen gegangen.

Manchmal hatte es sie dann auch noch gejuckt.

Roomservice im Elysee.

In vielen frühen Morgenstunden hatten sich die Eltern böse gefetzt.

Gleich nach dem Zugriff der Bullen hatte die Oma in Bochum ein Zimmer frei gemacht: Schick mir das Kind. Ich kümmere mich.

Bei Oma gab es Gulasch und Erbsensuppe mit Mettwurstscheiben. Bütterken mit Schmalz zu jeder Zeit.

Umschulung auf die Hildegardis also. Sechzehn Jahr, Apfelshampoohaar. Die Träume von später verblassten.

Gunther bretterte am Schultor vor. Offene Weste auf nackter Haut.

Gunther. Papas bester Kumpel aus alter Zeit. Blutsbrüder.

Auch in der überregionalen Presse wurde Papa jetzt nur noch der Killer genannt. Zappa, der Killer. Zappa, der Killer in U-Haft. Zappa und seine ihm hörige Frau. Der St. Pauli-Killer und seine schöne Anwältin. Der Killer mit seinem brutalen Charme. Ein silberzüngiger Teufel. Er wünschte sich ein Tape. Frank Zappa und die Mothers nach jeder zweiten weiteren Nummer: *Dirty Love. Give me your dirty love.*

Creedence Clearwater Revival, Hey Tonight
Neil Young, Mystery Train
Johnny Cash, Folsom Prison Blues
Rolling Stones, Sympathy For The Devil
Curtis Mayfield, Pusherman
Pink Floyd, Money
Bob Dylan, It's All Over Now, Baby Blue
Ten Years After, Going Home
Rory Gallagher, Too Much Alcohol
WAR, The World Is A Ghetto
Ruts Dc Meets Mad Professor, Whatever We Do
Bob Marley, I Shot The Sheriff
John Mayall, Room To Move
Canned Heat, Wait and See
Eric Clapton, Cocaine
Roger Chapman And The Shortlist Live,
   Let's Spend The Night Together
Neil Young & Crazy Horse, Hey Hey, My My
   (Into The Black)
Fleetwood Mac, Albatross

Und der Morgen graute.

Die Jungs soffen sich high. High – wir sind dabei. Nackt in den See. Untertauchen bis zum Abkacken. Noch was Gegrilltes zwischen die Zähne. Verkohlt. Zurück in den Pott. Ins Viertel. In den Kotten. Die Stadt ist unser. Asphaltcowboys auf der B1. Die Weiber rieben sich auf den Öfen feucht. Scheiß auf den Frisörladen. Auf die Verkaufstheke, auf die Penne.

He Babe! Wer dir mit Vorschriften kommt, den rauch in der Pfeife. Mach ihn platt. Kill ihn!

Papa hatte einen spektakulären Abgang gemacht. Renates Hirn war an die Zellenwand gespritzt. HP wichste sich einen auf der Pritsche ab. Mit seiner Daniela vor Augen, die sich den doppelschwänzigen Dildo reinsteckte und Mama in den Arsch fickte.

Zum Kotzen!

Family life im hohen Norden. Im heißen Hamburger Sommer.

Und Gunther hob bei Hundertachtzig die Kralle in den Fahrtwind. Zappa, wir stehen wie ein Mann zu dir. Wir rächen dich.

Das war ein Wort. Sein Wort.

Das war der Halterner Schwur. Besiegelt auf Gunthers Matratze. In seinen Armen. Unter und auf ihm. Mit ihrem ersten voll geilen Orgasmus.

Gunther pennt noch!

„Scheiße!" fluchte Julie. Sie drückte die Kippe aus.

Papa war in den Selbstmord getrieben worden. HP hatte ihn verraten. Das sollte er büßen. Vor ihr auf den Knien rutschen und alles ausspucken. Die Wahrheit. Die ganze Wahrheit

Sie war längst nicht mehr die kleine Julia und süße Sechzehn. Sie war Julie, und sie war hassig.

Die Jungs vorm Bunker konnten sie nicht mehr zurückhalten.

Sie riss die schwere Eisentür auf und orientierte sich schnell.

Ein schmaler Gang. Niedrig. Feucht.

Hinter der Maschendrahtabgrenzung flackerten Kerzenflammen.

Mattes Licht fiel auf zwei debattierende Typen.

Der eine war der hünenhafte Gunther. Voll in Kluft. Mit all dem Ketten- und Nagelscheiß.

Der andere war ein modisch gestylter Schönling.

Julie hatte ihn bislang nur auf Fotos gesehen. In der *Gala* und in der *Bunten*. Es war Dennis Smoltschek. Der Partykönig.

3

Evelyn legte den Finger auf die Lippen und schloss leise die Tür: „Sie schläft." Sie streifte Fedder leicht, als sie an ihm vorbei in den Wohnraum ging. Fedder folgte ihr.

„Wann muss sie zurück in die Reha?"

„Ich fahr sie Montag wieder raus. – Wir müssen besprechen, wie wir das dann weiter organisieren. Rein theoretisch könnte sie jedes Wochenende zu Hause sein."

„Du willst in Urlaub fahren."

Evelyn öffnete eine Flasche Prosecco. Fedder sah eine offenbar schon leere Flasche draußen auf dem Balkontisch. Er sah die auf dem Boden ausgerollte Bastmatte, Handtuch, Sonnenöl und einen BH. Im Innenhof wurde gegrillt. Die Nachbarkinder planschten noch juchzend im Minipool. Evelyn schenkte zwei Gläser ein und reichte Fedder eins: „Können wir nicht einmal vernünftig miteinander reden?" Fedder zuckte die Achseln.

„An mir soll's nicht liegen", sagte er. „Ich nehme Larissa liebend gern."

„Ich bin genauso für sie da."

„Was sagt denn dein Freund dazu?"

„Jörg – bitte."

„Ja, was bitte?"

„Larissa ist mir wichtiger als alles andere."

„Dann ist ja alles klar. Sie darf wie bisher alle vierzehn Tage zu mir." Er nippte kurz an seinem Glas und stellte es beiseite. „Was gibt's da noch groß zu bereden."

„Larissa kann vorerst auch noch durchgängig in der Klinik bleiben. Vielleicht ist das sogar besser für sie."

„Besser als bei mir? Entschuldige – ich denke, sie soll sich allmählich in einen normalen Alltag einleben."

„Du willst mich nicht verstehen. Du hast keinen normalen Alltag."

„Nein", sagte Fedder. „Sich ständig nach deinen Launen richten zu müssen ist allerdings nicht normal."

Evelyn schüttelte seufzend den Kopf: „Ach, Jörg, das hatten wir doch wirklich schon oft genug. Aber gut – ja, natürlich denke ich auch daran, mal ein paar Tage auszuspannen."

Sein Handy meldete sich. Fedder sah auf das Display. Ein unbekannter Teilnehmer.

Fedder zögerte einen Moment. Doch dann meldete er sich.

„Ich bin's – Jan."

„Ja?"

„Sorry, du bist beschäftigt."

„Ich bin bei Larissa."

„Verstehe. – Ich wollte dich fragen, ob du vielleicht Lust hast, eine Kleinigkeit mit mir zu essen. Ich bin auf dem Weg zu Pits Lokal."

„Du bist hier?"

„Ich habe eine Wohnung gemietet – direkt auf dem Kiez."

Fedder schwieg. „Wir können uns auch die Tage mal treffen."

Fedder sah zu Evelyn hin. Sie hatte sich in ihren Fernsehsessel gesetzt und die Beine übereinander geschlagen. Schlanke Beine. Sonnengebräunte Beine. Beine, die sich um den fetten Wanst eines reaktionären Arschlochs schlangen.

„Das lässt sich machen", sagte er.

„Okay", sagte Broszinski. „Ich melde mich dann wieder."

„Ich meine jetzt – in einer Viertelstunde."

Broszinski schien nicht überrascht zu sein. Er sagte lediglich noch, dass er sich freue. Fedder steckte sein Handy wieder ein.

„Das war's also", sagte Evelyn. „Hast du endlich auch jemanden?"

„Natürlich. Du bist Gott sei Dank nicht die einzige Frau."

Evelyn lachte.

„Wenn Larissa nicht nebenan schliefe, müsste ich nur mit dem Finger schnippen, um dich aus den Hosen steigen zu lassen."

„Versuch es bei Gelegenheit, und ich schlage dich grün und blau."

Evelyn stand auf und streifte ihren Rock glatt.

Sie baute sich vor ihm auf. Ihre Augen blitzten.

„Sollen wir's drauf ankommen lassen?" fragte sie und schnaubte verächtlich. „Schwächling."

4

„Es ging nicht mehr mit Ann. Sie blieb dabei, Henning nicht weiter zu kennen. Sie lügt." Broszinski nahm eine Gabel von dem speziellen Kartoffelsalat des *Paulsen*. Das Schnitzel sah phantastisch aus. Ein Riesenlappen. Fedder bereute, sich für das Zanderfilet entschieden zu haben. Obwohl es wirklich gut war. Aber ein Wiener Schnitzel und dazu ein Bier – Schwächling! Er hätte ihr wirklich eine reinhauen sollen.

Er löste seinen Blick von Broszinskis Teller und schaute zur Mundsburger hoch.

Sie saßen an einem der Tische vor dem Restaurant. Broszinski hatte die Jacke abgelegt. Sein Gesicht war schmaler geworden und er hatte dunkle Ringe unter den Augen. Er kaute unendlich langsam.

„Was hat sie denn gesagt?", fragte Fedder.

Broszinski schluckte und tupfte sich mit der Serviette die Lippen ab.

„Dass Henning ein Zugezogener ist. Oder besser, seine Mutter. Sie hat sich Ende der Sechziger Jahre ein Haus am Dorfrand gekauft. Von ihrem Erbe. Ihr Mann war kurz vorher verstorben. Er war Schuldirektor in Hannover – an einem Mädchengymnasium."

„Warum betonst du das?"

„Die Ehe soll nicht gut gewesen sein."

„Du meinst, Henning hatte schon früh einen Knacks weg."

Broszinski machte eine unentschiedene Geste.

„Er hat bis zum Studium bei Mama gewohnt. Und dann jedes Wochenende und auch die Semesterferien bei ihr verbracht. In der Zeit will Ann ihn gelegentlich getroffen haben. Nur damals, und das soll über zehn Jahre her sein."

„Warum sollte sie lügen?"

„Hattest du inzwischen das Gespräch mit Henning?"

„Ich denke nicht daran. Solange es keine offizielle Aufforderung gibt, kann er mich."

Broszinski nickte.

„Ich war in der Uni. Was er dir vor der Galerie gesagt hat, stimmt. Ann Siebold, Angelika Garbers und Wilhelm Heinrich Henning waren zwei Semester lang gemeinsam in sämtlichen Seminaren – die so genannte ‚Heidefraktion'."

Fedder ließ das sacken. Er sah die Garbers vor sich.

Angelika. Geli. Das Mädel aus Fallingbostel. Die erschreckend abgemagerte und leblos auf dem Boden liegende Frau. Zweifellos tödlich gestürzt. Keine Fremdeinwirkung. Der Fall war zu den Akten gelegt. Abgeschlossen. Es fiel ihm schwer, sich die Garbers und Ann als in etwa gleichaltrige Kommilitoninnen vorzustellen. Ann hatte auf ihn wesentlich jünger gewirkt. Und Henning – ein kleinwüchsiger und durch und durch eitler Affe. Auf ewig jung machend.

„Das kann Ann dann doch nicht abstreiten."

„Sie hat es als dummes Geschwätz abgetan – alles. Jeden Fakt, den ich ihr aufgelistet habe."

„Was denn noch?"

„Hast du die Homestory über Henning im *Hamburger* gelesen?"

„Nein."

„In seiner Wohnung hängen zwei Bilder einer Düsseldorfer Malerin – von Susanne Opeschka. Ann hat sie exklusiv unter Vertrag. Die Opeschka hatte im September eine Einzelausstellung bei ihr. Das heißt –"

„Okay", unterbrach Fedder ihn. „Fortlaufender Kontakt – offenbar nachweislich. Aber die Frage ist doch, warum deine Galeristin nichts davon wissen will."

„Ann ist nicht mehr meine Galeristin. Sie ist auf nichts

weiter eingegangen und hat mir nur noch die Endabrechnung präsentiert. Verkaufte Bilder minus Miete für die Scheune – Vieracht mit beiliegendem Scheck."

„Sie hat dich raus geschmissen?"

„Ich hätte mich ohnehin getrennt. – Magst du noch das Schnitzel? Mir wird's zuviel."

„Was? Was sagst du da? Das ist hauchdünn!" Von ihnen unbemerkt war Gottschalk an den Tisch gekommen. Er trug seine weite, weiße Anzughose und ein über den Bund fallendes beigefarbenes Leinenhemd. Die Ärmel waren hochgekrempelt. Sein Gesicht war gerötet und verschwitzt. Er stellte Gläser und eine Flasche Wein ab und zog sich einen Stuhl heran. „Zuviel – lass das nur ja nicht Julie hören. Das nimmt sie als persönliche Beleidigung. Ich sag euch –" Er senkte die Stimme. „Die Kleine hat Feuer im Arsch – man müsste dreißig Jahre jünger sein. Und dann – mein Gott, wenn ich nur daran denke –"

„Wir sprechen gerade über Henning", stoppte Fedder ihn. Er lehnte sich zurück und lächelte maliziös. „Stimmt es eigentlich, dass du seine Frau vögelst?"

Broszinski blickte überrascht von Fedder zu Gottschalk.

Gottschalk füllte die Gläser. Er zeigte nicht eine Spur Verlegenheit.

5

Nur die beiden Nachttischlampen spendeten noch weiches Licht. Die eine erleuchtete auch das in einem Silberrahmen steckende Foto eines jungen Mannes. Er hatte glattes und in die Stirn fallendes blondes Haar und die ausgeprägte Nase seiner Mutter.

Elke Henning bedachte das Foto mit einem liebevollen Blick, bevor sie eine weitere Schokotrüffel anbiss. Sie rückte sich das Kissen in ihrem Rücken zurecht und lauschte einen Moment den von Keith Jarrett gespielten Bach-Präludien. Ihr

Mann hackte neben ihr in seinen Laptop. Elke räusperte sich.

„Wir müssen unbedingt noch über die Gästeliste reden", sagte sie. „Ich möchte wirklich nicht mehr als zwanzig Personen einladen."

„Du machst das schon."

„Natürlich", erwiderte sie. „Ich habe mit Gottschalk schon über das Menü gesprochen. Er stellt seine Köchin ab. Aber es gibt doch sicher Leute, die dir besonders am Herz liegen."

Henning drückte einen lautlosen Furz ab und klappte zugleich seinen Laptop zu.

„Kuntze", sagte er. „Kuntze sollte dabei sein."

„Kuntze? Dieser Lastwagenfahrer?"

Henning verdrehte die Augen.

„Das ist nicht komisch", sagte er. „Kuntze hat eine Spedition. Und, meine Liebe, er leitet sein Amt mit beachtlichem Sachverstand."

„Er hat keine Manieren."

„Entschuldigung, aber er ist sehr wohl in der Lage, mit Messer und Gabel zu essen."

„Ich möchte keinen dieser rechtspopulistischen Wirrköpfe im Haus haben – egal, ob ihr politisch mit ihnen paktieren musstet oder nicht. Das kann ich auch Vater nicht zumuten."

„Dein Vater kommt? Mit wem? Mit einer seiner Neunzehnjährigen?"

„Lenk bitte nicht ab. Wir reden über deinen Kuntze."

„Also *mein* Kuntze ist es nun wirklich nicht. Aber einen guten Kontakt zum Bauamt zu haben, ist mir schon wichtig."

„Kontakte dieser Art kannst du im Rathaus halten – wenn es denn unbedingt sein muss."

„Ich denke", sagte Henning und gab sich diesmal keine Mühe, verhalten einen fahren zu lassen, „davon verstehst du nichts."

Elke schlug das Laken zurück und stieg angewidert aus dem Bett.

Henning hob beschwichtigend die Arme. Es nutzte nichts.

Ohne auch nur noch ein Wort zu sagen, warf sich Elke den Morgenmantel über und verließ das Zimmer. Sekunden später brach das erbärmliche Klaviergeklimper ab und Henning hörte ein Glas an einen Flaschenhals klirren.

Nun gut, sagte er sich, dann gehen wir eben verkatert in das Wochenende. Bei dem Gedanken, dass sich seine Gattin jetzt reichlich abfüllen würde, grinste er. Besoffen ließ Elke gemeinhin jegliche sexuellen Hemmungen fallen.

Henning rollte sich auf die Seite und angelte die Fernbedienung vom Boden auf. Er zappte zu N 3 durch und hatte gleich seine Lieblingsmoderatorin im Bild. Sie befragte einen ihm unbekannten Glatzkopf.

... an diesem Tag?

Ich war direkt gegenüber in Brooklyn, bei einem Freund, einem gebürtigen New Yorker, und wir wollten gerade zum Frühstück aufbrechen, unten im Haus ist einer der üblichen Coffeeshops, da sahen wir, also mein Freund sagte, oh my God, da war das erste Flugzeug schon in den Tower geschossen, und wir sahen die Explosion und dann auch die nächste, das zweite Flugzeug.

Wie war Ihre erste Reaktion?

Fassungslosigkeit, und natürlich waren wir entsetzt, man konnte sich ja vorstellen, dass schon oder noch Menschen in den Gebäuden waren, wir haben dann gleich den Fernseher eingeschaltet, das heißt, einen Moment lang haben wir daran gedacht, rüber zu fahren und sozusagen unmittelbar Augenzeugen dieser Katastrophe, also ihrer schrecklichen Auswirkungen, zu sein.

Sie haben aber dann, das schreiben Sie im Vorwort ihres Buchs, einer Art Tagebuch unter dem Titel ‚Das Schweigen der Wölfe', die Medienberichterstattung sogleich aufgezeichnet und alles notiert, was Aufschluss über die Hintergründe dieses Terroranschlags geben könnte.

Ja, und ich möchte bei dieser Gelegenheit noch einmal meinem New Yorker Freund und Kollegen, Hubert Brillston, für seine Unterstützung und all die Hinweise danken, er hat die über Google abgerufenen Informationen ausgewertet und dabei auch die Spreu vom Weizen getrennt, was, zugegebenermaßen, das größte Problem war, was ist barer Unfug und was ist eine wirklich seriöse Nachricht?

Dennoch aber, jedenfalls wird Ihnen dieser Vorwurf gemacht, sei ihre umfangreiche Tagebuch-Reportage tendenziös, vor allem in Bezug auf die Rolle der US-Regierung ...

Das hat mich nicht überrascht, ich meine, dass aus den Leitartikeletagen des Mainstreamjournalismus eine solche Reaktion kommen musste, war uns klar, denn schließlich haben sich eben diese Medien nahezu ohne Ausnahme von ihren Kardinalpflichten befreit, also von der Überprüfung des Wahrheitsgehalts offizieller Behauptungen ...

Darauf wollte ich hinaus, dass Sie von einer Art Verschwörung sprechen und, ich nehme das jetzt einmal vorweg, zu dem Schluss kommen, dass, verkürzt gesagt, die furchtbaren Geschehnisse jenes Tages, des 11. Septembers, das Resultat einer Geheimdienstoperation sein sollen, mit dem Ziel ...

Das ist wirklich nur, entschuldigen Sie, wenn ich hier gleich widerspreche, aber dieser Komplex ist weitaus vielschichtiger und wir bieten weiß Gott nicht einfache Lösungen auf die unzähligen Widersprüche und Ungereimtheiten an, wir haben vielmehr Fragen gestellt, und eine der Fragen ist, das ist richtig, stimmt es, dass die CIA bereits im Sommer vom israelischen Geheimdienst Mossad mehrfach über bevorstehende Terroranschläge gewarnt wurde und wie hat die CIA darauf reagiert ... ?

Sie sagen aber dann, diesen und anderen Warnungen sei bewusst nicht weiter nachgegangen worden ...

Sie hatten keine entsprechende Überprüfung zur Folge, ja, jedenfalls keine, die zu vorbeugenden Maßnahmen geführt hätte, im Gegenteil, aber wie gesagt, das sind Teile eines Puzzles, aus denen jeder auch nur annähernd wache Leser auf Zusammenhänge schließen kann, die im Bezug auf die Interessen Amerikas, der amerikanischen Regierung, ihres Präsidenten, in der Tat erschreckend sind ...

Henning nickte wissend. Er verschränkte die Arme hinter

dem Kopf und verspürte bei dem Gedanken, mit dem von ihm entworfenen Szenario in einer vergleichbaren Liga zu spielen, eine überraschend starke Erektion.

6

„Warum?", fragte Gottschalk. Er öffnete eine zweite Flasche Champagner und schenkte Julie und sich neu nach.

Julie sog an dem Joint. Sie sah zum Fenster hinaus.

„Es ist Vollmond", sagte sie.

„Der sechste oder auch schon siebte, seit du Küchenchefin bei mir bist. Und ich hab dich immer wieder mal angemacht."

„Du hast gesagt, in Jeans kommt mein Arsch besser zur Geltung."

„Das war mein erster Eindruck, und der hat sich gehalten. Ich hab sogar heimlich drauf gewichst, wie ein Pennäler. Ich wette, du hast es mitgekriegt."

„Klar", sagte sie. „Und jetzt hast du ihn gehabt. Wir haben gefickt und hatten beide unseren Spaß. Also – was soll die Fragerei?"

„Ich glaube nicht an Zufälle." Julie musste lachen.

„Dito", sagte sie. „Aber ich war geil – okay?" Sie nahm einen letzten tiefen Zug und schnippte die Kippe in den Ascher.

Gottschalk wiegte nachdenklich den Kopf.

„Na schön", sagte er dann. „Belassen wir's vorerst dabei. – Möchtest du Käse? Trauben, Obst?"

„Eiscreme", sagte sie. „Softeis. Aber das muss ich mir um die Uhrzeit wohl abschminken."

Gottschalk sah auf die Uhr.

„Wir können an die See fahren."

„He – wir haben schon Samstag, und für heute Abend sind wir voll ausgebucht. Weiß der Geier, wie ich das überhaupt durchstehen soll. – Nein, nein, ich will wenigstens noch `ne

Runde pennen." Sie stand auf und löste das um ihre Körper geschlungene Laken.

Gottschalk betrachtete sie. Er schob die Unterlippe vor und nickte zustimmend. Ächzend stemmte er sich hoch.

„Ich bring dich nach Hause", sagte er.

„Hm-hm." Sie schüttelte den Kopf. „Wenn du mich loswerden willst, geh ich allein."

„Bei dir kannst du dich ausschlafen. Neben mir musst du damit rechnen, dass es mich noch einmal überkommt."

„Kein Problem – wenn du nicht wieder anfängst, blöd rumzuquatschen."

„Ich komm schon noch dahinter."

Julie zuckte gleichmütig die Achseln. Sie kippte den Champagner und warf einen Blick auf die offene Silberdose. Einen Moment lang zögerte sie. Doch dann fingerte sie eins der Kokainbriefchen heraus.

„Scheiß auf den Schlaf", sagte sie. „Was dagegen, wenn ich mir 'ne Linie reinziehe?"

„Nur zu."

„Du auch?"

Gottschalk seufzte.

„Auf ein Neues?", fragte er.

„Lass dich überraschen."

Gottschalk ging kommentarlos ins Bad. Er pinkelte und wiegte seinen schlaffen Schwanz in der Hand. Einen Moment lang dachte er an Elke. Eine reife Frau. Eine verheiratete Frau. Eine Frau, die ihm in jeder Hinsicht viel gab. Er sah in den Spiegel. Er zog eine Grimasse. Seine Fratze ekelte ihn.

Als er zu Julie zurück kam, lag nur noch ein winziger Rest für ihn bereit. Er stippte ihn auf und rieb ihn sich auf das Zahnfleisch.

Julie legte ihre Hände auf seine Schultern.

Gottschalk sah, dass der Mond verblasste. Er schloss die Augen und atmete tief durch.

Julie hob sich auf die Zehenspitzen und küsste ihn. Sie

küsste ihn hart und verlangend. Eng umschlungen fielen sie schließlich aufs Bett.

„Streck dich aus", flüsterte Julie. „Streck dich aus und bleib so liegen." Ihm den Rücken zuwendend hockte sie sich rittlings auf ihn. „Jetzt nimm ihn, nimm ihn dir richtig vor, das willst du doch, mach ihn mir heiß – nun mach schon." Es dauerte aber doch noch, bis sie ihn endlich spürte. Sie warf den Kopf in den Nacken. Sie bog sich weit zurück.

Sie stützte die Arme auf seinen Armen ab.
Sie hob ein wenig ihr Becken.
Sie nahm ihn ein Stück tiefer in sich auf.
Sie wünschte sich Gunther herbei.
Sie spreizte ihre Schenkel.
Sie musste sich mit ihrer Hand begnügen.
Sie ballte sie zur Faust.
Sie hörte nicht auf Gottschalks Stöhnen.
Sie hörte nicht auf seine Worte.
Sie machte weiter und weiter, und immer weiter, und der Schweiß rann in Strömen an ihr herab.

Das Bild ihres Vaters blitzte vor ihr auf. Er sah auf sie herab.
Ihr kamen die Tränen.

7

Das schwere Tor öffnete sich, und Milstadt trat hinaus ins Freie. Jubelnde Rufe brandeten ihm entgegen, heisere Schreie. Für Sekunden glaubte er, zu träumen. Irritiert blinzelte er ins Sonnenlicht. Doch die Horde vor ihm war real. Die Hell's Angels stießen die Fäuste in die Luft, drückten auf die Hupen ihrer blank geputzten Maschinen und ließen die Motoren donnern. Gaben volles Rohr. Es war ein ohrenbetäubender Lärm. Sie rissen ihre Granaten auf, und der Bierschaum spritzte in hohen Fontänen auf den Kies.

Milstadt stand wie angewurzelt da.

Die Angels! Er konnte es noch nicht fassen.

Schließlich zwang er sich ein dünnes Lächeln ab.

Seine Augenlider zuckten.

Unsicher setzte er sich in Bewegung, ging die paar Schritte auf Gunther zu.

„Hab keinen Text", murmelte er. Gunther zog ihn an sich, presste ihn an die Brust.

„Alter!", dröhnte er. „Alter – das ist dein Tag! Der Stoff knallt, das Schwein steckt schon am Spieß und die Hühner wollen geritten werden. Ab in die Hufe – wir brettern rüber zur Veddel! Der Bunker steht noch!"

„Is' mir zu heftig", wehrte Milstadt ab. „Wollt's erst mal ruhig angehen."

Gunther schnippte mit den Fingern, bekam eine Jim Beam-Pulle gereicht.

„Hau weg, was weg muss. – Mann, Alter, du bist raus aus der Kacke!"

„Woher – woher wisst ihr eigentlich – ?"

„Alter – hast du vergessen, dass wir 'ne hellwache Truppe sind?", fiel ihm Gunther ins Wort. „Gunther hört alles, Gunther sieht alles, Gunther weiß alles – Alter, echt, der Knast is 'ne offene Telefonzelle! Die Ölaugen quatschen, die Wollköppe quasseln bis zum Abkacken, und selbst deine alte Braut hält sich auf dem Laufenden."

„Daniela?"

„Daniela. Null Interesse natürlich – quak-quak-quak. Hat aber jeden, der rausspaziert kommt, nach dir angebaggert."

„Sie hat sich nie gemeldet. Was macht sie jetzt?"

„Alter", Gunther legte ihm den Arm um die Schultern, drückte ihn wieder an sich. „Alter, die Torte hat sich fleißig hochgeackert. Sie ist mit Dennis zusammen – 'n cleverer Typ."

„Dennis – ?"

„Der King – der Partyking. Mann, hast du da drin gar nichts mitgekriegt? Kein TV, kein Tittenblatt? Alter, hör zu – wir haben viel zu bereden. Wir sind wieder voll im Kommen –

und man braucht dich, verstehst du? Die alten Connections!"
Er gab ihm einen Klaps auf den Rücken, schrie der Meute zu: „Aufgesessen! Und auf Kommando – drei, zwei, eins – Power!"

Ein ohrenbetäubender Lärm brach aus, getragen von einem bis zum Anschlag aufgedrehten Höllenrittsound.

8

„Okay", sagte Smoltschek. „Was müssen Sie wissen?" Er hatte lange geschlafen, war mit Daniela und der kleinen Dunkelhäutigen im Pool gewesen und hatte die beiden dann sich selbst überlassen. Das Mädel konnte sicher sein, schon bald ihr Foto in irgendeinem der Klatschblätter zu sehen, Daniela war voll auf ihre Kosten gekommen, und er fühlte sich angenehm entspannt und war klar im Kopf. So musste es sein. So sollte es bleiben. So würde es ein guter Tag werden.

Smoltschek lehnte sich locker in seinem Bürosessel zurück.

Nicole stellte einen kleinen Recorder vor ihm auf den Schreibtisch.

„Sie haben doch nichts dagegen", sagte sie.

„Absolut nichts", sagte Smoltschek. Er lächelte sie an und strich sanft über die blanke Tischplatte.

Es war *die* Nicole. Die Quotenkönigin des Vorabendprogramms. Blond, wache Augen und eine Traumfigur. Ein Newtonweib. Aufgewachsen in Husum, gelernte Bankkauffrau, früh geheiratet und schnell wieder geschieden. Praktikum bei einem friesischen Lokalsender, die erotischste Stimme des Nordens. Liebschaft mit einem einflussreichen Zeitungsverleger, nach Hamburg gezogen. Den Gerüchten nach längere Zeit heimlich mit dem Programmdirektor des Lokstedter Senders liiert. Festanstellung. Moderation des Magazins „DAS" und dann diese enorm erfolgreiche Quizsendung im Ersten. Jetzt mit einer dreiviertelstündigen Personalityshow betraut: Personen des öffentlichen Lebens an einem für sie ganz normalen Sonntag, begleitet von der kühl charmanten, der unwiderstehlichen Nicole. Smoltschek sah sich schon neben ihr durch die Hafencity schlendern. Durch sein neues Revier. Er verstärkte sein Lächeln.

„Fragen Sie, was Sie wollen – Nicole", sagte er.

Nicole nickte. Sie schaltete das Gerät ein.

„Sie leben allein?"

„In gewisser Weise – ja."

„Das heißt?"

„Ich bin niemandem verpflichtet."

„Und beruflich?"

„Sie fragen nach meinen gelegentlichen Begleiterinnen?"

„Es sind sehr junge Frauen."

„Sie sind volljährig", sagte Smoltschek. „Und es gehört zu meinem Job angehenden Models die entsprechende Publicity zu verschaffen. Alles andere sind böswillige Unterstellungen."

„Diese Mädchen müssen sich nicht erkenntlich zeigen?"

„Nicole – Sie wissen ebenso gut wie ich, was diese jungen Dinger wollen. Und wie weit sie gehen, um ihr Ziel zu erreichen. Was soll's?" Er machte eine wegwischende Handbewegung. „Für mich persönlich hat das keine Bedeutung."

„Was dann?"

„Mein Projekt", sagte Smoltschek. „Einzig und allein der Wunsch, in Hamburg eine Location zu etablieren, die absolutes Weltniveau hat."

„Ihre Discothek."

„Discothek allein ist zu kurz gegriffen. Geplant ist wesentlich mehr. Wellness, Beauty, Fitness, Hairdressing. Mehrere Bars, ein Café, Gastronomie. Alles unter einem Dach, dem Muscheldach. Entworfen von einem japanischen Architektenteam. Die besten auf diesem Gebiet." Er nickte bekräftigend. „Die ‚Discothek' sind drei übereinanderliegende, frei in den Speicherschuppen ragende Tanzflächen. Rundum schalldicht verglast. Über der oberen kann das Dach hydraulisch geöffnet werden – Blick in den Nachthimmel, Abtanzen unterm Sternenhimmel. Zur Eröffnung stehe ich sowohl mit populären

Comedykünstlern wie auch mit dem Shakira-Management in Verhandlung. Sie sehen –"

„Ja", unterbrach Nicole ihn. „Das ist inzwischen weitgehend bekannt. Wer finanziert das alles?"

Smoltschek straffte sich. Er sah zur Decke hoch.

„Gute Ideen stoßen weltweit auf offene Ohren", sagte er dann. „Ich kann Ihnen beim besten Willen keine Namen nennen. Die Investoren haben zur Bedingung gemacht, anonym zu bleiben."

„Das gibt zu Spekulationen Anlass."

„Das kann ich nicht verhindern. Sorry. Ich kann Ihnen nur sagen, es sind international bedeutende Unternehmen und – ich glaube, darauf wollen Sie hinaus, Nicole – es ist sauberes Geld."

„Okay." Nicole schlug ihre Beine übereinander. „Das Konzept meiner Sendung zielt auch mehr auf die Privatperson. Und wir führen hier ohnehin nur ein Vorgespräch. – Sie reisen viel."

„Zwangsläufig."

„Urlaub?"

„Wenn ich mich entspannen will – Sie werden lachen – gehe ich mit ein paar alten Freunden wandern."

„Wer ist das?"

„Tom, Axel und Peter. Mit Tom war ich in England auf dem College. Er ist Banker. Axel habe ich vor Jahren auf einer Kreuzfahrt durch die Karibik kennen gelernt. Ein Unternehmensberater. Und Peter – nun ja, er hat in der Politik Karriere gemacht. Er sitzt im Auswärtigen Amt."

„Eine illustre Gruppe."

„Wir haben eine Vereinbarung, Nicole. Wir reden nicht über Geschäfte."

„Über was dann?"

„Geschichten von früher. Eltern, Geschwister, Lehrer. Der erste eigene Wagen, verrückte Liebschaften – Sport, sehr viel über Sport. Axel ist ein großer Fußballfan."

„Sind Sie das auch?"

„Weniger. Ich spiele Golf und übe mich vor allem im Bogenschießen. Japanisches Bogenschießen. Eine hohe Kunst. Das ist fester Bestandteil meiner Sonntage." Er stand schwungvoll auf. „Kommen Sie, ich zeige Ihnen, wie ich mich darauf vorbereite."

9

Julie setzte sich zu Gunther auf die Bank und schaute ebenfalls in den Sonnenuntergang über der Elbe. Sie knackte die Dose Bier und leckte den hervorquellenden Schaum ab. Sie trank und wartete. Gunther stippte seine Sonnenbrille zurück. Er drehte sich eine Kippe. Er rauchte und schwieg weiterhin. Als der Himmel tiefrot wurde, streckte er die Beine aus und verschränkte die Arme im Nacken.

„Geil", sagte er.

„Ja", sagte Julie. „Hamburg kann sehr schön sein."

„Scheiße, ja. Aber die Sonne geht überall unter." Er spuckte in den Sand. „HP haben wir fest."

„Darüber wollte ich mit dir reden", sagte Julie. „Wir warten noch, bis der andere Dreckskerl eingeflogen ist."

„Der andere? Was ist das jetzt für'n Text?"

„Ullhorn kommt frei."

„Der Wichser? Was willst du von dem?"

„Er war der erste, der hier in Hamburg Ma flach gelegt hat."

„He, Babe – nichts gegen deine Alte. Aber dazu gehörte nicht viel."

„Er hat sie versaut. Und er hatte was mit Milstadt laufen. Weißt du, wann er damals nach Miami abgedüst ist?"

„Der Arsch is ne kleine Nummer."

„Nee", sagte Julie. „Er hat sich genau an dem Tag verdünnisiert, als Pa sich erschossen hat. Zufall?" Sie schnaubte bitter. „Nee, Gunther, das kann man sonst wem erzählen, mir nicht. Er hat was mit Vaters Tod zu tun. Wie Milstadt. Und ich will wissen, was."

DRITTER TEIL
September 2002

Mein Fall ist,
in Kürze, dieser:
Es ist mir völlig die Fähigkeit abhanden gekommen,
über irgend etwas zusammenhängend zu denken
oder zu sprechen.

Hugo von Hofmannsthal

Koalitionspartei nicht beschlussfähig.
Bausenator Kuntze ging die Puste aus.

Hamburger Morgenpost

In Hamburg wurde am Donnerstag
der stärkste Niederschlag
seit Beginn der Wetteraufzeichnungen 1906 gemessen:
65 Liter/m² innerhalb von 45 Minuten.

dpa

Julie sitzt mit dem Hell's Angel Gunther am Elbufer: „Ullhorn hat was mit Vaters Tod zu tun." Tonspur The Rolling Stone, Let it bleed. Julie drückt auf einen Klingelknopf: A. Garbers. Sie muss lange warten, bevor ihr geöffnet wird. Ein gellender Schrei. Eine zu Boden fallende Flasche. Julie hastet über nächtliche Straßen. Rotationsdruck: „Frühere Milieu-Anwältin tödlich gestürzt!" Julie zieht eine Linie Koks. Sie überreicht in der Küche des „Paulsen" Gottschalk einen Teller mit Schnitzel und Beilage zum Servieren. Gesprächsfetzen aus dem Lokal. Julie lauscht. Sie löst das um den nackten Körper geschlungene Laken. Sie weint. Sie rennt durch das Niendorfer Gehege und schreit den Namen ihres Vaters heraus.
  Julie.

Zappas Tochter Julia.
Die Tochter des „St. Pauli Killers".
Broszinski bringt seine Habseligkeiten in einem leeren Zimmer unter. Das bunte Licht der Leuchtreklamen flackert auf. Der Kiez belebt sich wie jeden Abend. Der St. Pauli-Fan. Die Fressmeute aus Eppendorf und Winterhude. Das bisexuelle Paar auf dem Weg zum Swinger-Club. Broszinski beugt sich zu Fedder vor: „Ann Siebold, Angelika Garbers und Wilhelm Heinrich Henning – die so genannte Heidefraktion." Er nimmt von Ann einen Scheck entgegen. Broszinski wählt die Nummer der ihm von früher bekannten Ärztin. Er trifft sich mit ihr und schildert sein Problem: „Ich komme nicht von Birte los."
Jan Broszinski.
Gottschalk beaufsichtigt den Aufbau eines Büffets. Henning verfolgt angespannt eine Talkshow im Dritten: „Sie sprechen von einer Verschwörung." Elke Henning gibt Gottschalk einen Wink. Er folgt ihr ins Gartenhaus. Gottschalk steht nackt im Bad und wiegt seinen schlaffen Schwanz in der Hand. Er hievt sich in die Badewanne und lässt Quiekenten schwimmen. Auf den Schaumkronen strippen die Frauen aus seiner Vergangenheit.
Pit Gottschalk.
„Schwächling", sagt Evelyn. Fedder fingert sein Handy hervor. „Du hast keinen normalen Alltag." Fedder steht vor der toten Angelika Garbers. Ein elendes Ende. Ein erbärmlicher Tod. Ein dunkler Wagen erfasst seine Tochter Larissa. Fedder sitzt am Bett der an Schläuche angeschlossenen Tochter: „Ich habe andere Sorgen." Henning kommt ihm lachend entgegen.
Jörg Fedder.
Dennis Smoltschek steht in einem Bunkerraum dem Hell's Angel Gunther gegenüber. Er wendet sich von ihm ab. Ein schweres Eisentor öffnet sich. Hans-Peter Milstadt tritt ins Freie. „Alter, die Torte hat sich fleißig hoch geackert." Gunthers heisere Stimme. „Sie ist mit Dennis zusammen." Dennis sieht die hoch gewachsene und langbeinige Moderatorin Nicole unverhohlen begehrlich an. Er spannt den Bogen. Der Pfeil verfehlt sein Ziel.

Dennis Smoltschek. Der Partykönig.
Schwarzbild. Aufblende: Ein Dutzend Hell's Angels donnern über die Elbbrücke. Sound: Deep Purple in Rock.

1

Es war kurz nach 22 Uhr, als sich Broszinskis Handy meldete. Das Display verzeichnete einen unbekannten Anrufer. Broszinski zögerte einen Moment, bevor er den Anruf annahm. Er hörte die Verkehrsgeräusche einer stark befahrenen Straße, er hörte Gelächter und Rufe vorbei eilender Passanten und sonst nichts.

Broszinski gab keinen Laut von sich. Er wartete. Auch der Anrufer schwieg. Aber Broszinski glaubte, ihn atmen zu hören. Knapp eine Minute verging. Dann wurde die Verbindung gekappt. Broszinski runzelte die Stirn. Nachdenklich schaltete er sein Handy aus und nahm einen kleinen Schluck Whiskey. Er beschloss, die Arbeit an dem neuen Bild für heute zu beenden.

Es war eine 120 cm hohe und 30 cm breite Leinwand, auf die er von einem Foto Anns linke Gesichtshälfte projiziert und mit feinen Pinselstrichen ausgemalt hatte. An ihrem Auge hatte er am längsten gearbeitet. Es schien den Betrachter auch bei wechselndem Standort ständig anzusehen. Der untere Teil der Leinwand war noch frei.

Broszinski hatte anfangs daran gedacht, die weiße Fläche bis zu Anns Kinn hinauf aufzuschlitzen, war aber dann doch von diesem allzu gewalttätigen Aspekt abgekommen und überlegte nun, mit einem breiten Spachtel kaltblaue Farbschichten aufzutragen. Eisige Kälte.

Er stellte die Leinwand an die einzige noch freie Zimmerwand und ordnete seine Arbeitsmaterialien. Mit seinen Gedanken aber war er noch bei dem anonymen Anrufer. Ihm war klar, dass es niemand gewesen war, der sich verwählt hatte. Aber wer konnte seine neue Handynummer herausgefunden haben? Er hatte sie nur wenigen und absolut vertrauenswürdigen Personen gegeben. Einem ehemaligen Bochumer Kollegen, einem auf Drogenhandel spezialisierten Reporter, der zur Zeit in Afghanistan recherchierte, dann noch Birtes Vater und Gottschalk selbstverständlich und – Ann, durchzuckte es ihn. Ann, ja!

Einmal, ein einziges Mal, hatte er sie noch sprechen wollen, sie nicht erreicht und die Nummer auf ihrer Mailbox hinterlassen. Das war's. Sie war es. Er war sich jetzt absolut sicher. Aber warum hatte sie sich nicht gemeldet, nichts gesagt?

Er leerte das Glas und ging hinunter ins *Piceno*.

Die Tochter des alten Italieners musste nicht nach seinen Wünschen fragen. Sie hob nur kurz die Augenbrauen und Broszinski nickte. Er bekam Brot und eine Karaffe Rotwein serviert und wenig später die Pasta.

Das Lokal war wie immer gut besucht. Mehrere Paare saßen zusammen und im hinteren Teil feierte lautstark eine größere Gesellschaft. Der Service hatte alle Hände voll zu tun.

Nach einer Weile spürte Broszinski den Blick einer ihm schräg gegenüber sitzenden Frau auf sich. Sie war offenbar ohne Begleitung. Er schätzte sie auf Mitte, Ende Dreißig. Sie hatte langes, blondes Haar und trug wie zu Hippiezeiten ein mit Strass besetztes Stirnband. Auch die Schulterstücke und die Knopfleiste ihrer Jeansbluse waren mit glitzernden Punkten und Sternchen besetzt. Broszinski registrierte einen schlichten, breiten Silberring am Finger ihrer linken Hand.

Die Frau kam ihm bekannt vor, aber er erinnerte sich nicht, wo und bei welcher Gelegenheit er sie schon einmal gesehen hatte. Als er seinen Teller beiseite schob und sich ein Zigarillo anzündete, sprach sie ihn an.

„Entschuldigen Sie – Jan Broszinski?"

„Ja – ?"

„Claasen", sagte sie schnell. „Nicole Claasen. Darf ich mich zu Ihnen setzen?" Sie rückte bereits heran. Broszinski nahm für einen Moment ihre ungewöhnlich langen Beine wahr. Sie steckten in einer hüftengen, beigen Leinenhose. „Ich bin Journalistin. Sie haben vielleicht eine meiner Sendungen im Ersten gesehen. ‚Happy Sunday mit ... XY'."

„Bedaure. Aber – doch, ja. Ich habe in der ‚Mopo' darüber gelesen."

„Die ‚Mopo'." Sie machte eine abfällige Geste. „Denen

ging's nur um dieses alte Foto von mir. Überregional hatte ich eine wirklich gute Presse."

Broszinski nickte. Er sah die Seite jetzt vor sich. Auf dem Foto war Nicole Claasen barbusig zu sehen gewesen. An irgendeinem Strand, mit einer Palme im Hintergrund. Ein Eyecatcher.

„Das freut mich", sagte er.

„Ja, das Format funktioniert. Sie wissen – ich bin einen ganzen Sonntag über mit einer mehr oder weniger prominenten Person zusammen und lasse mir zeigen und erzählen, wie sie diesen Tag verbringt. Eine relativ unverfängliche Plauderei."

„Ich verstehe."

Die Claasen klopfte eine Zigarette aus ihrer Packung und griff nach Broszinskis Zündhölzern. Sie zündete sie an, legte den Kopf ein wenig zurück und stieß den Rauch aus.

„Vor der Sommerpause war ich bei Smoltschek. – Dennis Smoltschek sagt Ihnen doch was?"

„Ich habe von ihm gehört."

„Unehelicher Sohn einer Jüdin, der Vater vermutlich ein marokkanischer Teppichhändler. Dennis Großeltern sind im KZ umgekommen. Er ist in Amsterdam und London aufgewachsen. Hat dann in England viel Geld gemacht. Fragen Sie mich nicht, mit was alles. Er spricht nur von seinem Handel mit Antiquitäten. Seit ungefähr fünf Jahren ist er in Hamburg. Angeblicher Neubeginn als Partyorganisator, finanziell an drei oder auch vier Discotheken beteiligt und momentan –"

„Sorry", unterbrach Broszinski sie. „Aber warum erzählen Sie mir das?"

„Und momentan realisiert er diesen Rieseneventschuppen in der Hafencity", schloss sie. „Warum ich Ihnen das erzähle? – Bei meinem Besuch bin ich auf Sie gestoßen."

„Auf mich?"

„Sie wissen vielleicht, dass Smoltschek einen Japan-Tick hat. In seiner Leinpfad-Villa gibt es ausschließlich schwarz und rot lackiertes Mobiliar, Pergamentschiebetüren, Bastmatten,

Futons, Bonsaibäumchen – diesen ganzen Nippon-Scheiß. Entschuldigen Sie."

„Was?"

„Ich krieg bei so was den Horror. Die Vorstellung, mit Samuraischwertern vor Augen zu –" Sie winkte ab und schüttelte den Kopf. „Okay", sagte sie dann ruhiger. „Er hat mir auch seinen ‚Meditationsraum' gezeigt, um da – er wollte mit mir bumsen. Das kam – nein, lassen Sie mich das noch zu Ende bringen – das kam nach der Aufforderung, sich ein den Raum dominierendes Bild genau anzusehen. Es war eins Ihrer Bilder."

Broszinski hob die Augenbrauen.

„Was für ein Bild?", fragte er. Ihm war, als sei er aus dem Stand in seine Dienstzeit zurückkatapultiert worden. Der Bulle und vor ihm eine zu verhörende Person. Eine Zeugin. Eine bereitwillig ihre Aussage machende Augenzeugin.

„Ein Selbstporträt", sagte sie. „Sie blicken darauf in die überdimensionale Mündung eines Revolvers."

Broszinski streifte behutsam die Asche seines Zigarillos ab. Einen Moment lang schwieg er. Er dachte nach. Er entschied sich, offen zu sein.

„Das Porträt war im Besitz meiner Galerie."

„Er will es erst vor kurzem erworben haben. Auf Empfehlung eines Freundes. Er war ungeheuer stolz darauf. Es mache ihn an."

„Und Sie?"

„Was ich –?"

„Wie haben Sie reagiert?"

„Wie wohl?" Sie drückte heftig ihre Kippe aus. „Nur weil ich früher mal meine Titten gezeigt habe, bin ich nicht für jeden zu haben."

„Ich meine, haben Sie weiter nachgefragt?"

„Ich bin gegangen. Er wurde etwas unangenehm." Sie lachte ein hartes Lachen. „Nein, der Mann ist von meiner Liste gestrichen und damit aus. – Was mich allerdings noch interessiert, ist die Frage, was Smoltschek tatsächlich mit Ihrem Bild verbindet."

2

Fedder überraschte Schwekendieck über einem Stapel alter Zeitungen hockend. Die Spätsommersonne stand bereits hoch am Himmel und ihre Strahlen fielen auf den emsig in den Ausgaben der letzten Wochen blätternden Kollegen. Schwekendieck murmelte etwas vor sich hin.

„Was sagst du?"

„Ich suche was. – Machst du schon Mittag?"

„Ich muss rüber zu Henning."

„Oho, oho, oho", tönte Schwekendieck. „Da bin ich aber gespannt. Um eine Beförderung wird's wohl nicht gehen. Der Zwerg will weitere Stellen einsparen."

Fedder musste unwillkürlich lächeln. Schwekendieck war bestenfalls eine handbreit größer als Henning.

„Ich denke, ich bin in ein-, eineinhalb Stunden zurück. Was suchst du da eigentlich?"

„Die Kfz-Verkaufsangebote von Februar, März. Ich hätte schon früher darauf kommen müssen, dass dieses Fahrerfluchtschwein die Karre gleich danach abgestoßen hat."

„Schweki – "

„Ja, ja – ich weiß. Wir haben keinen Fahrzeugtyp, wir haben weder alt noch neu, wir haben praktisch nichts. Und trotzdem –"

„Schweki, deine Bemühungen in allen Ehren. Glaub mir, ich bin jedes Mal wieder – Mensch, du bist ein echt klasse Kumpel. Aber –"

„Nichts aber. Ich hab in den Eiern, dass ich die Drecksau kriege. Garantiert. Selbst wenn ich noch ein paar Monate daran sitze. Außerdem gibt's momentan nicht groß was zu tun. Für mich jedenfalls nicht." Er blätterte weiter.

Fedder legte ihm impulsiv die Hand auf die Schulter. Gerührt. Dankbar. Sein Blick fiel dabei auf die aufgeschlagene Seite: *Rot-Gelb-Blaues Sommerfest im Yachtclub. Der Regionalsender feiert.*

Die Klatschkolumne war mit Fotos umrahmt:

„,BILD'-Chefredakteur Kai Diekmann und seine Gattin."

„,Klaus, du hast da was ...' Jette Joop macht RTL-Chef Klaus Ebert liebevoll fürs Foto zurecht."

„Michael Stich und Lebensgefährtin Alexandra."

„Der Bürgermeister legt eine heiße Sohle auf die Planken."

„Innensenator Henning in attraktiver Gesellschaft."

Evelyn! Eine neben Henning fröhlich in die Kamera lachende Evelyn!

Auch Schweki hatte sie auf dem Foto entdeckt. Er patschte seine stark behaarte Pranke darauf.

„Schon gut", sagte Fedder. „Ich hab's an dem Tag offenbar nicht registriert. Macht nichts. Also mir macht's nichts mehr aus, dass sie in diesen Kreisen verkehrt."

„Scheiße – nein! Das seh ich dir doch an! Du könntest gleich wieder heulen. – Jörg." Er blickte Fedder fest in die Augen. „Einer von euch sollte schnellstmöglich die Stadt verlassen."

„Red keinen Unsinn."

„Ich mein's ernst. In Niebüll suchen sie einen neuen Leiter der Kripo."

Fedder blähte entrüstet die Backen.

„Willst du mich los werden? Niebüll – !"

„Larissa täte ein etwas ruhigeres Umfeld gut."

„Niebüll! Das ist doch absolut bescheuert! Und Larissa – glaubst du etwa, Evelyn lässt sie so ohne weiteres aus den Klauen?!"

„Das wär alles machbar."

„Du spinnst. – Sorry, Schweki, aber das ist völlig unrealistisch. In jeder Hinsicht."

„Hör's dir wenigstens mal an." Schwekendieck ging zur

Bürotür und schloss sie ab. „Dass die Stelle in Niebüll frei wird, hab ich von meiner Nichte: Kirsten, knapp über Dreißig, ein hübsches Ding."

„Schweki –", setzte Fedder wieder an.

„Hör zu. Mit einer soliden und verlässlichen Lebenspartnerin kannst du das Sorgerecht für Larissa beanspruchen, zumindest ist das nicht völlig ausgeschlossen – nein, halt jetzt mal die Klappe! Du hast besonders dann beste Chancen, wenn deine Ex weiterhin mal mit dem, mal mit jenem herum ludert. Das ließe sich meines Erachtens nach zweifelsfrei belegen. Sie ist eine Schlampe, Jörg! Ein hundsgemeines Miststück!"

„Das – Schweki, ich weiß, wie sie ist, das musst du mir nicht sagen. Aber die Nummer – nein! Du meinst doch, ich soll so was wie eine Scheinehe eingehen. Nur um Larissa bei mir zu haben."

„Nur?!" Schwekendieck fasste sich an den Kopf. „Nur?! Sie ist verdammt noch mal dein ein und alles! Mehr hast du nicht! Gesteh dir das endlich mal ein! – Jörg, es geht um dein Glück, um deins und um das deiner Tochter! Das wäre mir jeden schmutzigen Trick wert. Was willst du denn noch hier? Karrieremäßig ist für dich nichts mehr drin, und dieser Scheißladen geht ohnehin den Bach runter! Aus, Ende! Aber Niebüll –"

„Nein", fiel ihm Fedder ins Wort. „Nein, nein und nochmals nein."

„Du wärst auch näher bei deiner Schwester. Jörg – zieh einen Schlussstrich. Mach einen neuen Anfang."

Fedder schloss die Augen. Er wollte nichts mehr hören.

Aus der Schwärze löste sich ein winziger, heller Punkt.

Larissa tappte über den dunklen Flur heran.

Ihr Gang war der einer alten Frau.

Sie sah ihn traurig an.

3

Milstadt lenkte den Wagen auf den Zubringer Richtung Norden. Es war ein von Smoltscheks Anwaltskanzlei geleaster BMW. Smoltschek hatte ihm eingeschärft, auf der Autobahn nur ja nicht die Sau rauszulassen: Mach mir nicht den Schumacher, ich will keinen Ärger. Milstadt hatte gehorsam genickt. Weder bei diesem, noch bei den beiden vorherigen Gesprächen hatte er Daniela zu Gesicht bekommen. Und Smoltschek hatte kein Wort über sie verloren. Gunther hingegen wollte wissen, dass er sie zur Kur geschickt hatte, was immer das heißen mochte. Scheiß drauf! Früher oder später würde er der Alten schon begegnen und sich ihr verlogenes Gesabbel anhören müssen. Er schnaubte bitter.

Neben ihm hatte sich Ullhorn tief in den Sitz gefläzt und die Augen geschlossen. Er hatte ihn im Frankfurter Airport Terminal abgefangen und ihm kurz und knapp erklärt, warum es für ihn besser war, nicht per Flieger in Hamburg einzurauschen. Presseheinis, Fotos, Fotos und noch mal Fotos und mit Sicherheit auch die Bullen. Ullhorn hatte gleich kapiert, und Milstadt hoffte jetzt, dass er auch in nächster Zeit einigermaßen gut mit ihm klar kommen würde. Sie hatten sich eine Ewigkeit nicht gesehen, keinen Kontakt mehr gehabt. Wie auch? Anrufe von Santa Fu aus nach Florida in die Todeszelle? Ullhorn hatte ohnehin jeden Tag damit rechnen müssen, gegrillt zu werden. Es schien ihn allerdings kaum verändert zu haben. Er war lediglich ein wenig schmaler geworden und hatte Haare gelassen.

HP ging auf die Überholspur und schaltete das Autoradio ein. Nachrichten auf allen Kanälen: ... *Fernsehduell Schröder – Stoiber hatte 15 Millionen Zuschauer ... das Damen Moderations-Duo ... Punktsieg für Schröder ... Frühere Chefredakteurin des Hessischen Rundfunks wirbt für die PDS ... Aus der Region ... Badeunfall am Main ... Das Wetter ...* Milstadt suchte den Amisender und empfing eine alte Southside Johnny-Nummer. Ullhorn setzte sich auf. Er rieb sich das Gesicht und zündete sich eine Kippe an.

„Dann gib mal durch, was laufen soll", sagte er.

„Smoltschek erwartet dich."

„Klar. Und?"

„Das wird er dir dann schon sagen."

„Sag du's mir."

„Es tut sich einiges."

„Scheiße, Mann! Spuck's aus. Was hat er in der Mache?"

Milstadt beschleunigte den Wagen. Sein Blick blieb nach vorn gerichtet.

„Er hat die Angels aktiviert", sagte er schließlich. „Gunther und seine Gang. Er will sie in seinem neuen Schuppen einsetzen."

„Gunther." Ullhorn schüttelte zweifelnd den Kopf. „Gunther lässt sich nicht kaufen. Das wär ja ganz was Neues."

„Sie schieben schon Wache bei den Bauarbeiten. Smoltschek befürchtet, dass ihm die Albaner ans Bein pinkeln. Die Meile ist nicht mehr die alte. Du triffst kaum noch jemanden von früher."

„Wen gibt's denn noch?"

„Ein paar aus der zweiten Liga, die den Arsch nicht mehr hoch kriegen. Sie lassen's schleifen."

„Was?"

„Sie haben nicht mehr das Sagen, keine Verträge mehr. Die Angels sind die einzigen, die's noch bringen."

Ullhorn drückte die Kippe aus.

„Okay", sagte er. „Und was ist deine Rolle?"

„Das siehst du doch. Ich hol dich ab, ich fahr dich – "

„Red keine Scheiße!"

„Ja, was?! Smoltschek lässt bei mir den Gönner raushängen. Ich hab die ganzen Jahre über dicht gehalten und dafür – meine Fresse, ich hab nichts weiter auf der Naht. Ich muss irgendwie zurecht kommen. Sieht's bei dir etwa anders aus?"

„Erstmal nicht." Ullhorn schürzte die Lippen. „Aber dabei fällt mir was ein."

„Weiber auftun kannst du vergessen."

„Geh hinter Hannover von der Autobahn."

„Was –?"

„Richtung Soltau."

„Was willst du denn da? In 'nen Provinzpuff?"

„Auch keine schlechte Idee", sagte Ullhorn und lachte. „Aber ich denke, das spar ich mir bis Hamburg auf. – Was ist eigentlich mit deiner Ex?"

Milstadt presste unwillkürlich die Hände so fest ums Lenkrad, dass die Knöchel weiß hervortraten.

„Was willst du in Soltau?", beharrte er.

Ullhorn lachte wieder.

„Entspann dich, Alter. Ich will nur kurz nach was sehen."

4

Broszinski stellte den Wagen auf dem Parkplatz des Heidegasthofs ab. Er überquerte die Straße und nahm in dem Imbiss einen Kaffee. Der Pächter hatte schon wieder gewechselt. Er bot türkische Kost an, serviert aus der Mikrowelle. Der Kaffee schmeckte grauenhaft. Broszinski strich das gesamte Wechselgeld ein und ging zur Galerieeinfahrt hinüber.

Je näher er dem Ausstellungsgebäude kam, desto stärker stieg der seit Tagen, seit Wochen schon schwelende Zorn in ihm auf, aber auch Trauer. Er hatte nicht nur Ann, er hatte sie und ihr gesamtes Umfeld geliebt, diese dörfliche Ruhe, die Abgeschiedenheit, die Regelmäßigkeit des alltäglichen Lebens. Ann war hier zuhause, fest verwurzelt. Die Tochter eines früh verwitweten Landarztes, ein Einzelkind, umsorgt und sicher auch verwöhnt.

Ihr Vater hatte sich dann mit der aus gesundheitlichen Gründen in die Heide gezogenen Galeristin Gundula angefreundet. Es sei eine enge aber rein platonische Beziehung gewesen. Gundula war zu Anns Ersatzmutter geworden. Als Ann in Hamburg studierte, war sie gestorben. Brustkrebs. Sie hatte Anns Vater testamentarisch die Galerie vererbt. Anns spätere Existenz.

Über der Eingangstür zu den Ausstellungsräumen waren die beiden auf den Balken gemalten und ineinander verschlungenen Buchstaben geblieben: GG – Gundulas Galerie.

Broszinski atmete tief durch und trat ein. Und jetzt ficken wir, schoss es ihm durch den Kopf.

Ann saß an der Kasse. Sie sah irritiert auf und erschrak.

„Ich muss mit dir reden", sagte Broszinski ohne Umschweife. Er zog einen Stuhl heran und setzte sich ihr gegenüber.

„Es gibt nichts mehr zu besprechen."

„Es geht um eins meiner Bilder. Das große Selbstporträt mit dem Revolverlauf."

„Das habe ich mit dir abgerechnet."

„Ich weiß. – Du hast es vor kurzem verkauft."

„Das ist mein Job. Damit hast du nichts weiter zu tun."

„Auf wen hat sich der Käufer berufen?"

„Was soll das? Du bist korrekt bezahlt worden."

Broszinski nestelte ein Zigarillo aus der Brusttasche seines Hemds.

„Ich will wissen, wer Smoltschek zu dir geschickt hat", sagte er. „Das war doch der Käufer – Dennis Smoltschek. Jetzt lüg mich nicht wieder an."

„Wenn du rauchen willst, geh vor die Tür", sagte Ann scharf. Sie stand auf. Broszinski schnappte nach ihrem Handgelenk.

„Antworte."

„Bist du verrückt?! Lass mich los!"

„Ann." Er stand ebenfalls auf und fasste sie an den Schultern. „Ann – Smoltschek kommt hier reingeschneit. Er will ein Bild, ein ganz bestimmtes Bild. Da fragst du doch, wer ihn darauf aufmerksam gemacht hat. Das tust du in solchen Fällen immer. Das weiß ich. Ich war oft genug dabei. Also – wer ist diese Person? Wie heißt sie?"

„Ich – ich muss dir nichts offen legen! Gar nichts! Nimm deine Hände weg!" Sie stieß ihn zurück.

„War es Henning?"

Sie sah ihn kopfschüttelnd an, sah ihn nur an.

„Geh", sagte sie dann. „Verschwinde. Ich will dich hier nie wieder sehen. Das geht dich alles nichts an! Hau ab, hau endlich ab und lass mich in Frieden!"

5

„Sag nichts." Kuddel stellte Broszinski das Bier hin. „Nimm 'ne ordentliche Portion Knipp, das bringt dich wieder auf die Beine." Er zwinkerte Broszinski zu und gab die Bestellung schon zur Küche durch.

Es war noch früh am Abend und nur die drei Senioren aus der Waldsiedlung klopften vorn neben der Tür eine Runde Skat. Aus dem Radio hinter dem Tresen ertönte ein Walzer. Der Schneewalzer.

„Setz dich 'n Moment", bat Broszinski. „Trinkst du was mit?"

„'nen Schluck kommt immer gut." Kuddel griff die Flasche und zwei Pinnchen. Er goss randvoll ein. „Ann", sagte er, nachdem er den Klaren gekippt hatte. „Ann, denk ich mal. Du warst bei Ann. – Tja, die Frau ist ein Fall für sich. Das wollte ich dir immer schon stecken, aber man wusste ja nicht so."

„Dann sag es mir jetzt."

Kuddel schürzte die Lippen. Er knetete seine dicken Finger, zögerte nachsinnend.

„Wie soll ich das sagen?", begann er schließlich. „Ich kenn sie ja nu, da war sie noch so'n lüttes Ding. Ne ganz Wilde war das. In der großen Pause immer gleich vom Schulhof rüber zu Bäcker Becker und den armen Mann schier verrückt gemacht."

„Verrückt? Mit was?"

„Nenn es Flirten oder so. Sie hatte meist so luftiges Zeug

an, was zum Gucken. Wenig genug jedenfalls, um 'nen Mann wie ihn auf dumme Gedanken zu bringen. Der Becker, weißt du, der Becker war 'n Geizhals erster Güte, aber der Ann hat er immer heimlich was zugesteckt."

Broszinski nahm einen Schluck.

„Irgendwelche Übergriffe?", fragt er. Kuddel wiegte bedächtig seinen breiten Schädel.

„Gerüchte, nur Gerüchte, wie das so ist. Der Becker ist jedenfalls später über Nacht auf und davon, hat Frau und zwei Kinder zurückgelassen. Niemand weiß, wo er abgeblieben ist."

„Mhm", machte Broszinski. „Und was denkst du?"

„Die Ann war 'n frühreifes Ding, das is' nu' ma' klar. Und dass 'ne Menge Frauen hier Angst um ihre Männer und Söhne hatten, kann man auch sagen. Ist schon möglich, dass der olle Becker sich zu was hat hinreißen lassen, was ihn in Schwierigkeiten gebracht hätte. Ausschließen kann man in der Hinsicht nichts."

Broszinski nickte.

Fick mich, fick mich, fick mich! Sie hatte dabei nie was hören wollen. Nicht reden und auch nicht küssen.

Er gönnte sich noch einen Schnaps und spülte nach.

Ann. Ihre stumme Hingabe. Ihr in die Kissen vergrabenes Gesicht.

Broszinski entschied sich, über Nacht zu bleiben. In Kuddels Hütte oder wo auch immer. Für den Bruchteil einer Sekunde dachte er sogar daran, sich in Anns Scheune zu schleichen.

„Hielt das an?", fragte er dann. „Ich meine, diese Masche?"

„Masche würd ich das nu nicht nennen. Sie ist nun mal so, das steckt schlichtweg in der Frau drin. Ihr Vater, der nun wirklich die Sanftmut in Person war, Gott hab ihn selig, den hör ich noch wie heute in seiner Praxis rumtoben, als ihn die alte Henning –"

„Henning."

„Ja, die Mutter von eurem neuen Senator da. Als die sich drüber beklagte, dass seine Ann ihren Sohn ja nu völlig um den

Verstand bringt."

Broszinski nickte wieder.

„Henning. – Henning und Ann", sagte er mehr zu sich. Er verspürte jetzt nichts mehr. Keine Genugtuung darüber, es schon bei seiner ersten Auseinandersetzung mit Ann vermutet, sich sogar sicher gewesen zu sein. Keine Enttäuschung, keine Wut mehr über ihr beharrliches Abblocken, ihre Lügen. Kein Hass. „Wann war das?", fragte er.

Kuddel zuckte die Achseln.

„So um die Zeit, als die beiden nach Hamburg gingen. Man dachte ja, die sind zusammen. War aber nicht."

„Nein?"

„Nein", sagte Kuddel. „Euer Henning war wohl doch mehr mit 'ner anderen zugange. Moni, glaub ich, das Mädel vom Behr, dem Buchhändler. Die Ann kam dann ja auch schon bald wieder zurück und hat sich in der Galerie eingenistet."

„Die Galerie – ja. Mit dem beachtlichen Bestand an zeitgenössischer Kunst. Eine Goldgrube." Kuddel schüttelte den Kopf.

„Ach was", sagte er. „Was die Gundula an den Wänden hängen hatte, war von Hobbymalern wie dem Pastor Kruse. Das mit den Modernen hat die Ann sich erst viel später erlauben können. Flüssig war sie erst, nachdem ihr Papa gestorben war – tja, was so'n Doktor an einem verdient hat, das mag man nicht glauben."

„Der Alte war vermögend?"

„Stinkreich muss der gewesen sein. Die Ann kann mit ihren Ausstellungen noch so daneben liegen, das kratzt sie nicht. Die hat auf ewig ausgesorgt."

Er wurde gerufen. Der Knipp war fertig.

Broszinski blieb am Tresen hocken. Er aß und er trank viel, und er rauchte ein Zigarillo nach dem anderen. Als Kuddel abschloss, war er abgefüllt wie lange nicht mehr. Kuddel verfrachtete ihn auf die Couch in seiner guten Stube, ein mit wuchtigen Möbeln zugestelltes Zimmer. Er schlief sofort ein, fiel tief und kreiste über dichten Büschen. Dunkle Büsche. Büsche aus denen hellrote Flammen züngelten. Er schaufelte Sand hinein, stand in einer Grube, legte Knochen frei. Der Wind trieb ein Stück Stoff vor sich her. Es spannte sich zu einer Leinwand. Ann trat daraus hervor. Sie war nackt. Bis auf die schweren Stiefel. Armeestiefel. Ein Revolverlauf richtete sich auf ihre Schläfe. Eine Gittertür wurde von unsichtbarer Hand aufgeschlossen. Er watete durch Kot. Versank darin. Griff nach oben. Ein Arm legte sich um ihn. Birte küsste ihn. Birte! Sie lächelte ihn an. Birte! Er zog sie an sich, verspürte einen Schlag in den Magen, übergab sich. Er krümmte sich auf einer mit Abfall überhäuften Straße. Ein Slum. Er hörte Trommeln und Rasseln, einen beschwörenden Gesang. Kehlige Laute. Ein Flugzeug hob ab. Stieg hoch und immer höher, überflog Gebirge, unendlich weite Landschaften, Städte. Es explodierte ...

- Ich habe Birte kennen gelernt, als sie in einem Peepshowschuppen arbeitete. Sie war Journalistin und hatte sich als jobsuchende Studentin ausgegeben.
- Ich wusste auf Anhieb, dass es die Frau war, nach der ich seit Jahren gesucht hatte. Ihr ging es ebenso. Wir zogen zusammen. Birte kaufte die Wohnung. Ihr Vater gab ihr das Geld. Er ist Manager eines Autoleasingunternehmens.
- Birte arbeitete auch weiterhin als freie Journalistin. Es war nicht ungewöhnlich, dass sie kurzfristig einen Auftrag annahm. Aber sie hinterließ mir immer eine Nachricht.
- Als ich an dem besagten Abend vom Dienst nach Hause kam, fand ich nichts vor. Birte war spurlos verschwunden. Nur ihre Handtasche wurde in der Nacht am Bahnhof gefunden.
- Ich habe alles mir Mögliche in Bewegung gesetzt.
- Ich bekam von höchster Stelle Unterstützung. Ich war als leitender Ermittler mit der Aufklärung der damaligen Milieumorde beauftragt. Nicht nur ich vermutete einen Zusammenhang zwischen meiner Arbeit und Birtes Verschwinden.
- Wir hatten den mutmaßlichen Killer verhaftet und verhör-

ten ihn rund um die Uhr. Er hieß Karl Weber und nannte sich Zappa.
- Zappa hatte mir gegenüber bei einem der Verhöre durchblicken lassen, dass seine Auftraggeber vor nichts zurück schreckten, um zu verhindern, dass er auspackte. Er rechnete offenbar damit, durch Birte frei gekauft zu werden. Doch ich bekam keine entsprechende Aufforderung.
- Ich hörte nichts.
- Wir kreisten einen von Zappas mutmaßlichen Hintermännern ein. Er hatte eine Firma für Objekt- und Personenschutz. Er lief bei uns unter S-C. Der Security-Mann. Ich observierte ihn auf eigene Faust. Aber dann erschoss Zappa seine Frau und sich mit einem in die Zelle geschmuggelten Revolver. Und der Security-Mann wurde von einer ehemaligen Geliebten vor meinen Augen in einem Zürcher Kino erschossen.
- Birte blieb verschwunden.
- Ich konnte und wollte mich nicht damit abfinden.
- Ich kopierte alles, was wir über Zappa und seine Verbindungen hatten und quittierte den Dienst.
- Ich machte mich privat auf die Suche. Birtes Vater unterstützte mich finanziell.
- Ich sprach mit allen, mit denen Zappa je zu tun gehabt hatte. Einige saßen im Knast, andere betrieben Bordelle in den neuen Bundesländern oder machten in Immobilien. Aber niemand wollte etwas wissen.
- Ich reiste weiter nach Südamerika, nach Kolumbien und Bolivien. Dieser S-C hatte Kontakte zu den dortigen Drogenkartellen gehabt.
- Ich hörte von weit verzweigten Verbindungen. Von brutalen Machtkämpfen.
- Ich war mehr als einmal in Lebensgefahr. Aber nirgends stieß ich auf eine Spur von Birte. Mir blieb nur die Erinnerung an sie.
- Auf einer thailändischen Insel begann ich zu malen.
- Ich malte anfangs nach früheren Fotos.

- Ich malte ausschließlich Birtes Gesicht.
- Ich überdeckte es dann mit dunkler Farbe.
- Ich mauerte ihr Gesicht sozusagen zu.
- Als mir das bewusst wurde, kopierte ich all das auf die Skizzen, was mit ihrem Verschwinden zu tun haben konnte.
- Sie konnte irgendwo auf der Welt eingekerkert sein. Gefoltert werden, getötet worden sein.
- Ich zeichnete die Folterinstrumente nach, Waffen, vergitterte Fenster und voll gekotete Zellen, blutverschmierte Wände.
- Hin und wieder fuhr ich mit dem Boot rüber nach Phuket, um neue Leinwände zu kaufen.
- Bei einem dieser Einkäufe begegnete ich überraschend der Frau meines früheren Partners. Sie war inzwischen von ihm geschieden.
- Wir verbrachten eine Nacht zusammen.
- Danach übergab ich mich. Ich hatte Birte betrogen.
- Ich blieb eineinhalb Jahre in Thailand.
- Als ich nach Deutschland zurück kehrte, wohnte ich anfangs bei Birtes Vater.
- Ich schlief in Birtes Jungmädchenzimmer.
- Ich träumte viel.
- Ich träume auch heute noch jede Nacht. Einige Träume kann ich deuten.
- In den meisten taucht eine Leinwand auf.
- Sie ist völlig weiß.
- Ich werde davon geblendet.
- Das ist etwas, was ich nicht verstehe.
- Ich weiß nicht, ob ich mich beim Anblick dieser Leinwand wie gelähmt fühle oder davon laufe.
- Vor kurzem erst ist Ann daraus hervor getreten.
- Über Ann möchte ich jetzt nicht sprechen. Vielleicht später einmal.
- Sie hat mir zur künstlerischen Anerkennung verholfen.
- Wir hatten auch eine Beziehung. Sie ist beendet.

- Ich weiß, dass immer etwas zurückbleibt. Aber das hat nichts mit meinem eigentlichen Problem zu tun.
- Mein Problem ist, dass ich Birte nicht vergessen kann.
- Ich fühle mich schuldig.
- Ich glaube, Schuld an ihrem Verschwinden zu sein.
- Eine objektive Rückschau auf das, was geschehen ist, ist mir unmöglich.
- Das macht mich mitunter schier wahnsinnig.
- Jeder Gedanke an Birte schmerzt.

6

Remember, remember: Spätestens im September.

Im diesjährigen September hat so manch einer den Augustschock noch in den Knochen. Regen, Regen und wieder Regen. Diesmal aber bringt er keinen Segen. Er bringt die Jahrhundertflut. Hochwasser an der Elbe, der Mulde, an Havel und Donau. Volle Kanne Land unter. Der Kanzler hat gleich die Gummistiefel über. Helikopterflug ins Katastrophengebiet. Aus den Bordlautsprechern dröhnen die „Scorpions". Der bayrische Kanzlerkandidat kommt Tage zu spät. Eindeutiges Wahlkampfversäumnis. Die Ossis ziehen die rote Karte. Am Dreiundzwanzigsten ist Abpfiff. Dabei tritt der schlohweiße Konkurrent aus dem Süden als Familienvater mit drei leiblichen Kindern gegen einen Mann mit drei gescheiterten Ehen an. Ein gläubiger, katholischer Christ gegen den, der noch nicht fertig ist mit Gott. Was immer das heißen mag. Der Bayer genießt lediglich „Das aktuelle Sportstudio", der Hannoveraner „Weltstaatsmann" hingegen Zigarren, Rotwein, Bier und die Macht. Und „im übrijen": „Wenn die Manege offen ist und der Zirkusgaul die Trompeten hört, dann trabt er los." Als gesamtdeutscher Deichgraf sichert er den ohnehin nah am Wasser gebauten Jammerlappen unbürokratische Soforthilfe zu. Da trauert nicht allein der Hamburger Partygänger dem niedergerissenen Schutzwall nach.

Innensenator Henning aber geht auf die Straße. Dezentes Tuch am kleinwüchsigen Leib, solides Schuhwerk mit erhöhten Absätzen, Krawatte mit Hamburger Wappen. Er lässt eigenhändig die Sammelbüchse kreisen. Der Personenschutz hält sich bedeckt. Henning hat einiges rauszureißen. Er steht nach Veröffentlichung der letzten Kriminalstatistik enorm unter Druck. Seine Behörde soll Zahlen manipuliert haben. Auch sein enger Kontakt zu dem rechtspopulistischen Bausenator Kuntze wird scharf kritisiert. Selbst parteiintern. Der Erste Bürgermeister mahnt im Vorübergehen: „Bring die Sache in Ordnung, Henning."

Henning äußert sich im Lokalteil der „Bild".

Er spricht in die Mikrophone von „RTL Nord" und „SAT 1 Hamburg".

Er ist auf „NDR 2", „AlsterRadio" und „Radio Hamburg" zu hören.

„HH-1" lädt ihn zur Diskussion.

Er gibt der „Welt", der „Welt am Sonntag" und dem „Hamburger Abendblatt" Interviews.

Die „MOPO" zitiert ihn.

Die „taz" höhnt: „Ein wild gewordener Gartenzwerg".

Henning ist rund um die Uhr im Einsatz. Er spricht vor der Kirchengemeinde in Osdorf und steht in einer Jenfelder Kneipe mit Arbeitslosen am Tresen. Selbst auf dem Kiez ist man nicht vor ihm sicher. Er geißelt das Rot-Grüne Berliner Regierungsbündnis und plaudert als gebürtiger Niedersachse über den „Medienkanzler" aus dem Nähkästchen: „Seht euch doch nur einmal vom Typ her seine bislang vier Frauen an! Ihren knabenhaften Wuchs! Mehr will ich nicht gesagt haben."

Er schlägt tief unter die Gürtellinie. Er schießt aus der Hüfte.

Er ist heiser. Seine Augen sind rot unterlaufen. Er schlingt unregelmäßig und zuviel Essen in sich hinein und ertappt sich dabei, wie einst seine Mutter, Gott habe sie selig, tagtäglich ein Sechserpack Magenbitter zu verputzen. Er muss ständig furzen.

Gattin Elke ist oft nächtelang allein zu Haus.

Gottschalk besucht sie gelegentlich.

Mal bringt er frische Austern mit, Champagner und Beluga Kaviar. Mal ist es ein Strauß langstieliger Rosen, zwischen den Blättern zwei, drei witzige Kondome. Er füttert Elke mit ausgesuchten Pralinen. Sie heizt die Saunakabine an. Sie liebt es, sich den perlenden Schweiß von den Schenkeln lecken zu lassen. Nach und nach erfährt Gottschalk, was sie sonst noch alles mag. Was sie verabscheut und dann auch, was sie über die Verbindungen und Absprachen ihres Mannes weiß.

So verstreichen die Tage.

Die Blätter der Bäume färben sich allmählich.

Im Geäst vor dem „Elysee" schrumpelt ein blau-gelber Luftballon.

Die Liberalen wollen es auf 18% bringen. Ihr Quartalsirrer hat sie angefixt.

Alles in allem aber ist der September ein schöner Monat. Trotz immer neuer Horrormeldungen.

Über 4 Millionen Arbeitslose.

Wegknickende Steuereinnahmen.

Frei herumlaufende „Sexverbrecher".

Auch Fedder hat nichts zu lachen. Mit Evelyn liegt er im Dauerclinch. Er sorgt sich verstärkt um seine Tochter. Sie spricht nur stockend und ihr linker Arm ist noch immer ungelenk. Mit ausdruckslosem Gesicht tappt sie ihm an jedem zweiten Freitagnachmittag entgegen. In seiner Stellinger Zwei-Zimmer-Wohnung hockt sie sich an das Balkonfenster und starrt schweigend auf die Straße hinunter. Fedder muss sich immer wieder die Tränen aus den Augen wischen. Er stellt ihr Haribo-Konfekt hin und kocht ihre Lieblingsgerichte.

„Da-anke", sagt sie dann. „Ha-ast du auch Fa-anta?"

Sie sagt: „Ich bin mü-üde."

„Was ma-achen wir morgen?"

„Darf ich Mu-sik hören?"

„Bist du a-auch bö-öse?"

Böse, worüber? Fedder muss hören, dass Larissa von Evelyn gedrängt wird, sich genau an den Wagen zu erinnern. Er kann seine Wut nur mühsam unterdrücken. Nachdem Larissa fest eingeschlafen ist, ruft er seine Ex an. Er hört Gläser klirren und munteres Lachen im Hintergrund. Eine offenbar größere Gesellschaft. Fedder schreit in den Hörer.

Evelyn erwidert nichts. Sie geht mit dem Handy am Ohr auf die Terrasse. Sie blickt auf die Alster. Hamburg ist wirklich eine phantastische Stadt. Allein eine solche Nacht.

„Bist du fertig?", fragt sie schließlich. „Was soll das heißen, wo ich bin? Was geht dich das an?"

Evelyn trägt ein schwarzes Abendkleid. Es ist auf dem Rücken tief ausgeschnitten. Darunter ist sie lediglich mit einem ebenfalls schwarzen Slip bekleidet. Kalt aber ist ihr nicht. Sie hat bereits drei starke Martinis getrunken. Soeben ist ein auf jamaikanische Art zubereiteter Schweinebraten serviert worden und dazu ein kräftiger kalifornischer Rotwein. Es ist eine illustre Tischrunde. Insgesamt sind es zwölf Personen.

Ein Staatsanwalt mit seiner zweiten, wesentlich jüngeren Frau, einer am Mittelweg praktizierenden Hautärztin.

Eine Modedesignerin in Begleitung ihrer Lebensgefährtin, die unentwegt von ihrer angeblich bevorstehenden Karriere als Schauspielerin plappert.

Eine ungemein attraktive Bankerin und ihr kettenrauchender Ehemann, der ebenfalls irgendwas „in Geld" macht.

Ein erst vor kurzem geschiedener Architekt, der eine hagere Hosenanzugträgerin mit kurzen und stark gegelten blonden Haaren als seine langjährige und beste Freundin vorgestellt hat.

Der Gastgeber, Innensenator Hennings Staatsrat, und seine die gemeinsame Anwaltskanzlei momentan allein betreibende Frau, eine burschikose Endvierzigerin, die leidenschaftlich gern kocht. Und natürlich sie, Evelyn, mit ihrem momentan favorisierten Lover, Mitarbeiter und engem Vertrauten des Staatsrats, gut zehn Jahre jünger und in sexueller Hinsicht von einer Energie, die ihr jedes Mal mehrere, kurz aufeinander folgende

Orgasmen verschafft.

Ihr Ex ist offenbar gewillt, ihr den Spaß zu verderben.

Evelyn blickt zu den Sternen hoch.

Broszinski schläft schlecht, nicht nur bei Vollmond.

Er kann Birte nach wie vor nicht aus seinen Gedanken verbannen. Auch Ann taucht verstärkt in seinen Träumen auf. Er macht assoziative Notizen. Er studiert beim Einordnen jahrelang aufbewahrte Papiere. Fotokopien aus Polizeiakten, Protokolle.

Für den eingeschalteten Fernseher hat er nur hin und wieder einen Blick.

Eines Abends jedoch nimmt er in einem Featurebeitrag über eine durch das Hochwasser total ruinierte Familie in Pirna eine Frau wahr. Er glaubt, in ihr Birte zu erkennen.

Er ist wie elektrisiert.

Angespannt verfolgt er den Beitrag bis zum Schluss. Doch die Frau taucht nicht mehr auf.

Broszinski telefoniert mit der Fernsehjournalistin Nicole.

Sie will ihm eine Cassette der Sendung besorgen. Einige Tage später bringt sie ihm das Band vorbei. Sie schaut sich interessiert in seiner Wohnung um. Broszinski brüht Tee auf. Er zwingt sich, ruhig zu bleiben. Als Nicole sich dann verabschiedet, muss er ihr versprechen, bald mit ihr essen zu gehen. Endlich kann Broszinski die Cassette starten.

Er spult sie vor.

Die Frau ist im Bild.

Eine offensichtlich zufällig hinter dem interviewten Familienvater vorbei gehende Passantin. Sie hat Birtes damalige Frisur. Sie hat ihre Figur und auch ihren Gang.

Broszinski stoppt den Film.

Spult zurück, spult wieder vor.

Nach mehrmaligen Rück- und Vorläufen und entsprechend vielen intensiv betrachteten Standbildern ist er sich sicher.

Es ist Birte.

Sein Herz klopft heftig.

Noch in der Nacht packt er ein paar Sachen.

Er ruft Gottschalk an und bittet ihn, ihm das Cabrio zu leihen.

Nach zwei doppelten Espresso und einem Liter Mineralwasser im *Paulsen* fährt Broszinski kurz nach 2 Uhr los.

Die Stimmabgabe am Wahlsonntag ist für den Wolfratshausener Herausforderer eine arge Enttäuschung. Nur eine Handvoll Journalisten lungern in der Grundschule am Hammerschmiedweg herum. Der Kanzler lässt sich in Hannover von seiner Gattin den Schirm aufspannen. Es gießt in Strömen. Der Regen erscheint dem Instinktpolitiker als gutes Omen. Gegen 17 Uhr wird in vielen Haushalten der Hansestadt das Wasser aufgesetzt. Mit den ersten Prognosen im ZDF und der ARD kommen Kartoffelsalat und Knacker von „Beißer" auf den Tisch. Der gesamtdeutsche Kulturwanderzirkus ist in Berlin eingetroffen und sammelt sich im Willy-Brandt-Haus. Um 18.28 Uhr liegt die SPD mit 301 Sitzen knapp vorn. Soll man schon die Rotweinflaschen entkorken? Innensenator Henning herrscht Elke an, ihm Eis aus dem Kühlschrank zu holen. Er trinkt Whiskey mit einem Schuss Cola. Seine Nerven liegen blank. Gottschalk hat sein Lokal geschlossen. Er ist mit Julie auf Sylt. Sie genießen am Kampener Strand die letzten Sonnenstrahlen und einen leichten Wind. In der Ferienwohnung bereitet Gottschalk ein Risotto zu. Fedder hat wieder sein Wochenende mit Larissa. Es nähert sich dem Ende. Er bringt Larissa früh zu Bett. Das Wahlergebnis interessiert ihn einen Scheiß. Für ihn bleibt eh alles beim Alten. Er stülpt sich den Kopfhörer über und hört eine Mahler Symphonie. Evelyn ist stinkig. Ihr Rathauslover hat ihr gestanden, eine Nacht mit der dürren Hosenanzugträgerin verbracht zu haben. Evelyn hat ihn daraufhin erst einmal zum Teufel gejagt. Sie mixt sich einen Krug Wodka-Martini. Jetzt liegen CDU/CSU vorn. Der bayrische Kanzlerkandidat strahlt. Siegessicher reißt er die Arme hoch und spricht überraschend flüssig. Evelyn ruft der Reihe nach ihre vorherigen Liebhaber an. Alle geben vor, anderweitig eingeladen zu sein. Innensenator Henning umarmt jubelnd seine Elke. Sie entschuldigt sich mit Kopfschmerzen. Nicht nur in Momenten wie diesen vermisst sie den dicken Gottschalk. Gottschalk hat es sich mit Julie auf der Couch bequem gemacht. Er erzählt ihr Geschichten aus seinem damaligen Polizeialltag. Fedder ist eingenickt. Evelyn bestellt lallend ein Taxi. Kurz vor Mitternacht rückt die SPD in den Hochrechnungen wieder auf. Innensenator Henning ist inzwischen in der Hamburger Parteizentrale. Elke versucht, Gottschalk auf dem Handy zu erreichen. Fedder schreckt hoch. Von nebenan wummert ein „Abba"-Song. Im Treppenhaus wildes Getrampel: „Gerhard! Gerhard!" Ein Rakete schießt in den Himmel. In Berlin stehen der Kanzler und sein Außenminister auf der Bühne. Sie feixen sich fröhlich an. Evelyn ist in einer Absturzkneipe gelandet. Nach mehreren Runden Bier und Korn muss sie sich auf der Toilette übergeben. Noch an das Becken geklammert wird sie von einem der Tresenhengste brutal vergewaltigt.

VIERTER TEIL
Oktober – Anfang November 2002

Derjenige,
der irgendwo reingeht,
muss sehr genau wissen,
was er dort will
und wie er wieder
rauskommt.

Der Medienkanzler

Fedder hat Larissa auf dem Arm. Er hämmert an Evelyns Wohnungstür: „Mach auf! Mach bitte auf!" Ein ICE hält am Bahnhof Niebüll. Aus dem Off die Stimme Schwekendiecks: „Hör's dir wenigstens mal an." Fedder sitzt im Vorzimmer des Innensenators Henning. An der Wand hängt ein großformatiges, gerahmtes Foto. Es zeigt zum Abholzen gekennzeichnete Bäume. Ein Baumstamm ist in sich zu einem Knoten geschlungen. Fedder entdeckt eine unleserliche Signatur. Er sieht Henning auf die Heidegalerie zugehen.
   Fedder. Jörg Fedder.
   Kriminalhauptkommissar.
   Gottschalk betritt in Kampen mit Julie das Lokal Manne Pahl. *Der Schweizer Gastronom begrüßt Julie freudig überrascht. Gottschalk hackt mit seiner Kreditkarte eine Linie Koks. Steigende Flut. Starker Wind. Gottschalk steht am Fenster des Ferienapartments und sieht auf das Meer hinaus. Elke hakt ihren BH auf und streift ihr Höschen ab: „Ich glaube, dass Wilm mich auch betrügt. Er fährt oft allein aufs Land." Gottschalk lächelt ein müdes Lächeln. Er steigt aus dem Bett und deckt die sich frei gestrampelte und noch schlafende Julie zu.*
   Peter „Pit" Gottschalk.
   Patron des Hamburger Restaurants Paulsen.
   Broszinski sitzt einer älteren Frau gegenüber: „Ich fühle mich schuldig." Die Frau nickt wissend und lehnt sich in ihrem Sessel

zurück. Broszinski zieht einen Kontoauszug aus dem Automat. Insert Kontoauszug. Gutschrift 3.000 Euro, angewiesen von Klaus Heinrich, Betreff: Abschlag Erbe Birte. Broszinski streift nachts durch St. Pauli. An einem Stehtisch vor dem Imbiss Lukullus verzehrt HP Milstadt eine Currywurst. Broszinski geht auf ihn zu. Milstadt zeigt ihm den Finger. Broszinski startet Gottschalks Cabrio. Der Wagen rast über die kaum befahrene Autobahn.

Jan Broszinski.

Aus dem Dienst geschiedener Ermittler.

HP Milstadt parkt den BMW auf einem Waldweg. Ullhorn steigt aus: „Du wartest hier!" Milstadt sieht ihm nach. Renate betritt eine Discothek am Hans Albers-Platz. Sie ist voll auf Speed und geht gleich auf die Tanzfläche. Ullhorn schleppt sie ab. Er hat schulterlanges Haar und trägt eine rote Lederhose. Zappa zieht die Skimütze vom Kopf. Er zertrümmert mit dem Hammer das Schloss einer Geldkassette: „Hotte fickt sie." Milstadt zuckt die Achseln. Er steckt seinen Anteil ein. Zappa sagt: „Ich knall ihn ab!" Er drückt Patronen in die Trommel des Revolvers.

Hans Peter „HP" Milstadt.

Beschuldigt der Mittäterschaft bei drei Morden an Milieugrößen.

Lebenslängliche Haftstrafe. Nach 11 1/2 Jahren entlassen.

1

Smoltschek gab Milstadt und Ullhorn zu verstehen, sich zu setzen. Milstadt nahm nach kurzem Zögern auf der überdimensionalen und zu einem Sitz geformten schwarzen Hand Platz. Ullhorn betrachtete erst noch die an der Wand angebrachten Samuraischwerter.

„Tee?", fragte Dennis.

„Bier", sagte Ullhorn. Milstadt schloss sich an. Dennis ging zum Wandkühlschrank und versorgte die beiden Männer. Er selbst blieb bei seinem grünen Tee.

„Ich will es kurz machen", sagte er dann. „Ich bin einer gewissen Person etwas schuldig. Einer Frau aus seinem engeren Bekanntenkreis ist übel mitgespielt worden. Man hat sie in der Nacht zum Montag auf dem Kiez überfallen und vollständig ausgeraubt. Nach ihrer Beschreibung waren es zwei dunkelhäutige Typen Anfang, Mitte Zwanzig."

Weder Milstadt noch Ullhorn sagten etwas. Ullhorn trank sein Bier und Milstadt blickte zu Boden. Er knibbelte am Flaschenetikett.

„Es können Albaner gewesen sein oder auch Türken", erklärte Smoltschek noch. „Aber egal." Er machte eine kleine Pause und nahm einen Schluck Tee. „Egal", wiederholte er. „Jedenfalls hatten sie die Frau auf dem Kieker – Mitte Vierzig, aber wesentlich jünger aussehend, sportliche Erscheinung, dunkelbraunes, leicht gelocktes Haar und, der Jahreszeit entsprechend, relativ leicht bekleidet. Sie hatte den Wahlabend mit Freunden im ‚La Paloma' verbracht und war allein auf dem Heimweg."

„Tja", sagte Ullhorn jetzt. „So kann's kommen." Smoltschek straffte sich.

„Ich möchte", sagte er. „Ich möchte, dass ihr euch kundig macht und diesen – diesen Abschaum abstraft."

Milstadt blickte ungläubig auf.

„Wir?", sagte er. „Ich muss keinen Knast mehr haben!"

„Ihr riskiert nichts. Darauf habt ihr mein Wort. Zapft ein paar von euren alten Quellen an. Irgendwer wird schon was wissen."

„No", sagte Ullhorn. „Null Bock, den Bullen in die Quere zu kommen. Absolut nicht."

„Der Vorfall ist nicht gemeldet worden – aus für mich verständlichen Gründen. Erledigt das, und wir kommen zu unserem eigentlichen Geschäft."

Ullhorn zog sich das restliche Bier rein und stellte die Flasche hart ab.

„Heißt?", fragte er.

„Was?"

„Du hast schon verstanden. Deine Pläne. Was hast du verdammt noch mal vor? Jetzt red endlich mal Klartext, Smoltschek! Dass wir die Augen bei den Angels offen halten, kann es nicht sein."

„Löhn ich euch, oder löhn ich euch nicht?"

„Pissgroschen!", sagte Ullhorn. „Für'n Wichs!"

„Ach ja?", sagte Smoltschek. „Pissgroschen nennst du das? Muss ich dir auflisten, was ich schon alles für dich getan habe? Allein dich aus deiner Miami-Scheiße rauszuhauen, hat mich ein Vermögen gekostet. MacRains Kanzlei kassiert Spitzenhonorare. Aber das war es mir wert, Hotte, du bist es mir wert, weil ich trotz allem viel von dir halte."

„Du hattest die Hosen voll! Du hattest Schiss ohne Ende, dass ich mit der letzten Mahlzeit doch noch die große Beichte ablegen würde."

Milstadt reichte es.

„Macht das unter euch aus", sagte er. Er stand auf. „Ist Daniela im Haus?"

„Du bleibst", fuhr Smoltschek ihn an. „Wir sind noch nicht fertig." Er stieß seinen Stuhl zurück und wandte sich wieder Ullhorn zu. „Deine Beichte hätte dir da drüben nicht das Geringste gebracht – nein, mein Lieber, nein. Auch nur ein Wort über die alten Geschichten und die Amis hätten sich die Stromkosten für dich sparen können! Das ist kein Spruch."

Ullhorn schüttelte unwillig den Kopf.

„Um was geht's jetzt", sagte er.

„Mein Gott! Wie oft soll ich mich noch wiederholen?! Ich will, dass mir die Angels nicht aus dem Ruder laufen! Ich will verlässliche Leute um mich haben! Männer, die für Ordnung in dem neuen Laden sorgen. Die ihn sauber halten. Die sich Respekt verschaffen können! Und das seid ihr!"

Ullhorn lachte. Milstadt rang sich nur ein müdes Lächeln ab.

„Respekt", sagte Ullhorn, „Respekt würd ich mir mit nem Eisen verschaffen. Wie sieht's denn mal damit aus? Oder ist das Depot schon leer geräumt? Alles verscherbelt?"

Milstadt horchte auf.

„Was für'n Depot?"

Smoltschek seufzte schwer. Er setzte sich wieder und schüttelte den Kopf.

„Also gut", sagte er schließlich. „Ich versorg euch mit sauberen Knarren. Aber ihr erledigt das mit diesen beiden Typen. Bei der Sache steh ich im Wort. Das muss sein."

2

„Warum?", fragte Gottschalk.

„Warum, warum?! Du weißt genau, was in einem solchen Fall passiert! Die sehen dich auf der Wache an und sagen sich, selber Schuld! Sag mir lieber, woher du das weißt!" Evelyn fingerte eine weitere Zigarette aus der Packung. Ihr seidener Morgenmantel klaffte auf.

Gottschalk zog sein riesiges Taschentuch hervor und wischte sich den Schweiß von der Stirn.

„Ich höre immer noch eine ganze Menge", sagte er ausweichend. „Du verkehrst in Kreisen, über die ständig geredet wird."

„Ich will einzig und allein meine Ruhe."

„Es wird sich nicht verhindern lassen, dass auch Jörg früher oder später davon erfährt. Darum sitze ich hier. Ich möchte, wenn eben möglich, verhindern, dass er durchdreht."

„Mir gegenüber?" Evelyn lachte bitter. „Das kann ich verkraften. Mein Gott, ich habe lediglich mit meinem – mit einem guten Freund darüber gesprochen."

„Evelyn." Gottschalk schüttelte vorwurfsvoll den Kopf. „Die halbe Stadt weiß, wer dieser gute Freund ist. Der Arsch sitzt Tür an Tür mit Henning. Verdammt, das muss dir doch klar gewesen sein."

„Was?"

„Stell dich nicht dumm."

Evelyn schlug die Beine übereinander. Außer ihrem Morgenmantel trug sie offensichtlich nichts weiter am Leib. Sie strich sich kurz durchs Haar.

„Ja, was? Was soll ich denn deiner Meinung nach machen?" fragte sie. Es klang deutlich verärgert.

„Gibt's noch Kaffee?" Gottschalk schob ihr den Becher hin. Evelyn stand kommentarlos auf und stolzierte damit in die Küche. Gottschalk sah ihr nach. Sie hatte wirklich einen prächtigen Hintern. Einen Moment lang dachte er daran, wie er Evelyn vor vielen, vielen Jahren kennen gelernt hatte. Lange vor ihrer Heirat mit Fedder. Da hatte sie noch ihre Kneipe am Grindel gehabt und war die absolut heißeste Tresenbraut gewesen. Abend für Abend in knallengen Jeans und einem bauchfreien Tankshirt. Weiß der Geier, wer sich in der Zeit alles mit ihr um den Verstand gevögelt hatte. Auch für ihn hatte es einige Gelegenheiten gegeben. Er hatte sie nicht genutzt. Er hätte sie nutzen sollen, denn jetzt war es zu spät. Dennoch verspürte er eine starke Erektion.

Er lenkte seine Gedanken schnell auf Julie. Er hoffte, dass sie diese Nacht bei ihm bleiben würde. Sie hatten heute Abend im Lokal eine größere Gesellschaft zu Gast. Sämtliche Mitarbeiter einer in der Speicherstadt firmierenden Werbeagentur. Gewünscht wurde rustikale, westfälische Küche. Julie wollte sich was Besonderes einfallen lassen. Sie würde mindestens bis 23 Uhr am Herd stehen und dann erst mal total geschafft sein.

Gottschalk fasste sich in den Schritt.

Er zog die Hand erst wieder zurück, als Evelyn ein Tablett abstellte. Kaffeepott und Kekse, zwei Champagnergläser und einen Comte de Brismand.

„Also – was denkst du?", sagte sie.

Gottschalk seufzte. Er löste die Korkenfolie und öffnete routiniert die Flasche. Er goss ein und wartete, bis Evelyn das Glas hob und ihm zuprostete.

„Mach dich schlau, wie Henning reagiert hat. Was er gesagt hat." Er nahm nun auch einen Schluck. „Ich bin sicher, dein Lover kann dir das haarklein berichten. Anderenfalls hilf ein bisschen nach. Quetsch ihn aus."

„Und dann? Was ist dann? Ich meine, wenn Jörg ohnehin davon hören wird. Ich kapier' nach wie vor nicht, warum du dich da reinhängst."

„Weil ich wissen will, wie Henning damit umgeht – aus rein persönlichem Interesse! Was er veranlasst, was er tut! Und auch, weil du mit Jörg ohnehin schon im Dauerclinch bist."

„Er mit mir. Ich nicht. Mir ist er schon längst scheißegal."

„Für mich stellt sich das anders da. – Was war eigentlich der wirkliche Grund eurer Trennung?"

„Den kennst du doch."

„Deine gelegentlichen Fickverhältnisse kauf ich weder ihm noch dir ab. Dabei ging's um mehr."

„Irrtum. Er glaubte, es nicht mehr aushalten zu können." Sie leerte ihr Glas und schenkte nach. „Er hat genervt ohne Ende. Und auch nie mehr einen hoch gekriegt. Mein Gott, wenn er wenigsten nur rumgezetert hätte. Aber nein, er hat auf der Couch gepennt. Er hat sich in jeder freien Minute allein mit Larissa beschäftigt. Ich war letztlich Luft für ihn, Pit – nicht mehr existent! Was bringt so eine Ehe noch? Ja – ja! Ja, ich hab ihn schließlich dermaßen provoziert, dass ihm nichts anderes übrig blieb, als auszuziehen und die Scheidung einzureichen."

Sie nahm einen großen Schluck, lehnte sich zurück und zeigte wieder viel von ihren nackten Beinen. Gottschalk fiel auf, dass sie makellos rasiert waren. Auch die Fußnägel schienen frisch lackiert.

„Mit was? Mit was hast du ihn provoziert?"

Evelyn schnaubte abfällig.

„Hast du ihn mal mit seiner Schwester reden hören? Mit dieser Gestörten? Du musst ihn nur mal auf dieses Gesülze ansprechen und schon hast du ihn klein. – Hast du das denn nie geschnallt? Er hat's jahrelang mit ihr getrieben, oder sie mit ihm. Auf jeden Fall – er kann wahrscheinlich nur auf sie."

Gottschalk legte die Stirn in Falten. Auch er kippte jetzt den Champagner in sich hinein. Nein, das hatte er in der Tat nie herausgehört, geschweige denn auch nur geahnt. Er schwitzte jetzt noch stärker und spürte sein Hemd am Körper kleben. Evelyn blickte auf ihre Uhr.

„Okay", sagte sie. „Wenn es das war –" Sie schwenkte ihr Glas. „Oder drückt dich sonst noch was?"

„Sag mir, was du über Henning zu hören bekommst. Mehr will ich nicht. Und –" Er sah ihr direkt in die Augen. „Ich lass mich nicht lumpen, Evelyn. Du hast dann 'ne Menge bei mir gut. Du weißt, dass ich dir so ziemlich alles besorgen kann."

3

Broszinski setzte sich auf. Er rieb sich flüchtig über das Gesicht und griff nach dem erkalteten Zigarillo. Auch Nicole rührte sich. Sie kam ebenfalls hoch und strich ihr Haar zurück.

„My God", sagte sie. „Das war wirklich an der Zeit."

„Was meinst du?"

„Dass wir nicht länger umeinander herumschleichen müssen. Mir ist jetzt wesentlich wohler."

Broszinski nickte. Er entzündete das Zigarillo und paffte den Rauch zur Decke hin.

Draußen dämmerte es bereits.

„Ja", sagte er dann. „Ich fühl mich auch bestens."

„Gehen wir noch was essen?"

„Hast du großen Hunger?"

„Riesig", sagte sie. „Und vor allem Durst, einen wahnsinnigen Durst."

„Ein Bier?"

„Wasser." Sie stützte sich an ihm ab und stieg über ihn hinweg aus dem Bett. Auf dem Weg ins Bad raffte sie ihre am Boden liegenden Klamotten zusammen.

Broszinski sah ihr nach. Er lächelte ein kleines Lächeln.

Nicole war jung, sehr viel jünger als er, und sie hatte eine Leidenschaft an den Tag gelegt, die er nicht eine Sekunde lang als vorgetäuscht empfunden hatte. Er hatte Birte in diesen Momenten völlig ausschalten können, seine auch diesmal wieder erfolglose Suche nach ihr, die unsäglich deprimierenden Tage in Pirna und die lange und öde Fahrt, einfach alles. Und auch an Ann hatte er nicht mehr gedacht, sich voll und ganz auf Nicole eingelassen und beglückt die sich in ihren weit aufgerissenen Augen widerspiegelnde Erregung registriert, den Wunsch nach mehr und immer mehr, nach einer Ewigkeit.

Er stand nun ebenfalls auf und holte sich ein Bier aus dem Kühlschrank.

Im Bad rauschte die Dusche.

Broszinski trank das Bier, rauchte und schaute nach, was er an Lebensmittel vorrätig hatte.

Als Nicole dann angekleidet und mit hochgesteckten Haaren zu ihm in die Küche kam, präsentierte er ihr tiefgefrorene Königsprawns, Knoblauch, Frühlingszwiebeln und eine Dose Chinesische Pilze.

„Ich kann Reis oder Spaghetti dazu machen."

„Du kochst?"

„Ich hab's mir von einem ehemaligen Kollegen abgeguckt. Es entspannt."

„Gottschalk", sagte sie. Broszinski sah sie überrascht an.

Nicole schüttelte nachsichtig den Kopf. „Um das zu wissen, gehört nun wirklich nicht viel. Aber wo wir gerade von ihm reden, hast du ihn eigentlich mal gefragt, ob *er* Smoltschek auf dein Bild aufmerksam gemacht hat?"

„Pit?!"

„Das könnte doch sein."

„Ausgeschlossen! Wie kommst du darauf?"

„Na ja, was man so hört – er ist seit einiger Zeit häufig unter Smoltscheks Partygästen."

„Das ist – das muss andere Gründe haben. Du hast mir gesagt, Smoltschek habe mein Bild auf Empfehlung eines Freundes gekauft. Pit ist nie und nimmer sein Freund. Das ist absurd."

„Frag ihn einfach", sagte Nicole. „Sonst kann ich das auch machen. Gottschalk soll irgendwann mal in meine Sendung."

Broszinski hob abwehrend die Hand. Er legte das Küchenmesser beiseite und zog ein neues Zigarillo hervor. Rauchend wandte er Nicole den Rücken zu und ging zum Fenster. Zwei fette Tauben flatterten vom Sims auf. Unten im Hof stopfte die junge Italienerin einen prall gefüllten Müllsack in die Tonne. Sie sah zum Haus hoch, bemerkte ihn und winkte ihm lachend zu.

Nicole trat an ihn heran. Sie suchte seinen Blick.

„He", sagte sie. „Ich sag nur, dass es möglich wäre. Ich kenn ihn ja nicht weiter."

Broszinski nickte

„Lass uns essen gehen. Das Kochen ist mir jetzt zu nervig."

„Sorry, das – das wollte ich nicht." Sie umarmte ihn und schmiegte sich an ihn. „Es war blöd von mir, damit anzufangen. Ich – ich würde gern über Nacht bleiben, mit dir zusammen sein."

Broszinski erwiderte nichts.

4

Gunther hockte allein am großen Tisch in der Bunkerhalle. Er war stinkig. Er war mehr als das, er fauchte wütend. Mit zusammengekniffenen Augen drehte er sich eine Kippe. Einige Tabakkrümel fielen auf die Zeitungsseite.

MOPO, 9. Oktober 2002
Schüsse der Todesengel

Das heimliche Herz der Reeperbahn pumpt am Spielbudenplatz 13. Es pumpt Benzin: Seit über 50 Jahren füllen an der Esso-Tankstelle Kiez-Größen die Tanks ihrer Corvettes und SLK-Schlitten. Und im 24-Stunden-Shop versorgt man sich mit Alkohol. So auch die beiden Albaner Ndoc K. (21) und Julian L. (19). In der Nacht zum Dienstag aber kamen sie nicht mehr in den Genuss ihrer Bacardi-Cola. Auf dem kurzen Weg zu ihrem auf dem Platz abgestellten Ford Escort wurden sie mit zwei gezielten Schüssen tödlich niedergestreckt. Nach Zeugenaussagen entkamen die nicht weiter zu identifizierenden Täter auf einer Harley Davidson, ein Motorrad, das von vielen Hell's Angels gefahren wird ...

Gunther zündete sich die Fluppe an. Er griff zu seinem Handy und aktivierte Smoltscheks Geheimnummer. Smoltschek meldete sich mit dem ersten Ton.

„Was ist das für eine Scheiße?!", blaffte Gunther.

Smoltschek schien zu wissen, was er meinte.

„Du wirst es nicht glauben, aber ich wollte dich gerade anrufen. Hast du deine Jungs nicht mehr im Griff?"

„Das war keiner von uns!"

„So sieht's aber aus."

Gunther schniefte.

„Lesen kann ich auch! Wer kackt uns da in die Stiefel?"

„Gunther – woher soll ich das wissen? Mir gefällt das auch nicht. Ganz und gar nicht, das kannst du mir glauben!"

„Dann mach dich schlau! Du hast doch deine Ohren überall! Aber mach fix, sonst reiß ich sie dir ab!"

„Gunther", setzte Smoltschek besänftigend an. Gunther ließ das Handy sinken. Der Lange war zu ihm hereingestürmt.

„Sie haben Knochenmaxe erwischt! Er krepiert!" Gunther stoppte ihn. Er hielt das Handy wieder ans Ohr.

„Verarsch uns nicht!", schrie er. „Verarsch uns ja nicht! Das ist noch keinem gut bekommen!"

5

Schwekendieck ließ die BILD sinken.

„Hast du schon was Näheres davon gehört?", fragte er Fedder.

„Von was?" Fedder beschleunigte den Dienstwagen, um noch bei Gelb die Kreuzung am Eppendorfer Marktplatz zu überqueren.

„Erst diese beiden albanischen Jungs und jetzt der Onkel von dem einen." Er zitierte aus der Zeitung. „Der Herr der Huren hingerichtet. Hingerichtet, na ja. Dieser Bedri ist schlichtweg abgeknallt worden. Würd mich schon interessieren, was dahinter steckt."

Fedder schnaubte abfällig.

„Muss ich nicht wissen", meinte er.

„Hat Henning dir nicht angeboten, in die neue Soko zu gehen?"

„Scheiße." Fedder musste abbremsen. Die auf der linken Spur fahrenden Wagen ließen ihn nicht einfädeln. Er setzte erst jetzt den Blinker.

„Hat er doch, oder?", hakte Schwekendieck nach. „Du fährst wie Sau."

„Er hat mir Honig ums Maul geschmiert. Wollte wissen, wen wir so auf dem Zettel haben. Wer wo verkehrt. Dass ich mich doch bestens auskenne und überhaupt. Alles nur dummes Geschwätz."

„Du hast ihn abblitzen lassen?"

Fedder schaltete hoch und hängte sich verdammt dicht an den Combi einer Installationsfirma. Schwekendieck versicherte sich, ob sein Gurt fest eingeklinkt war.

„Jörg", sagte er warnend.

„Ja, was? Ich kriech diesem saublöden Hund doch nicht in den Arsch! Soko Ost – der kann mich mal!"

„Geh vom Gas. Ich möchte noch was von meiner Pension haben."

Fedder schüttelte den Kopf. Aber er reduzierte die Geschwindigkeit ein wenig.

„Du bist voll aggressiv", setzte Schwekendieck noch nach.

„Das dürfte dich nicht wundern. Altmann! Wenn das, was du ausgegraben hast Fakt ist, kenn ich nichts mehr."

Schwekendieck stieß gepresst die Luft aus.

„Jörg", sagte er dann. „Noch mal und ganz in Ruhe. Ich habe lediglich raus gefunden, dass Altmann seinen Wagen Mitte Februar verkauft hat und der Händler –"

„Ja, ja, ja", unterbrach Fedder ihn. „Und der Händler wird ihn nach wie vor nicht los. Trotz zig Annoncen. Das heißt doch, mit der Karre stimmt was nicht."

„Die Karre ist ein uralter Opel."

„Grau. Dunkelgrau!"

„Das beweist noch gar nichts."

„Das werden wir ja sehen", blaffte Fedder. Der Platz des Gebrauchtwarenhändlers kam in Sicht. Er lag direkt an der Straße und war nicht größer als eine Tennisplatzhälfte. Auf einem Blechschild prangte der mit Hand gemalte Name *Izmir Tüsdan*. Fedder machte eine verkehrswidrige Kehre. Vor dem Wohnwagenbüro bremste er hart ab.

Der Verkäufer war ein übergewichtiger junger Mann in zu engen Jeans und einem schmuddeligen Kapuzenshirt. Er gab an, den Chef nur kurzfristig zu vertreten.

Schwekendieck hatte den Opel bereits entdeckt. Er wies sich aus und forderte den Jungen auf, Kaufvertrag und Papiere herauszusuchen.

„Der Wagen ist beschlagnahmt", sagte Fedder.
„Was?"
„Wir müssen das Fahrzeug polizeitechnisch auf Unfallspuren hin überprüfen", erklärte Schwekendieck.

Der Dicke glotzte sie fassungslos an.

„Ich kann nicht sagen", brachte er schließlich hervor. „Chef gleich zurück."

Fedder ließ ihn stehen und ging zu dem dunkelgrauen Opel. Ein Blick genügte.

Die rechte Kühlerhaube war zweifelsfrei ausgebessert und stümperhaft neu lackiert worden.

6

Elke drehte sich zur Seite und nahm ihre Uhr vom Nachttisch. Sie setzte sich im Bett auf und legte sie an.

„Du musst gehen", sagte sie. Gottschalk nieste.

„Tut mir Leid", sagte er.

„Sei nicht albern. Es war schön." Sie beugte sich zum ihm und küsste seinen enormen Bauch. „Ich bin allein schon glücklich, wenn du da bist. Mit Wilm kann ich kaum noch reden."

Gottschalk musste wieder niesen. Er fühlte sich elend. Eine verdammte Grippe steckte in seinen Knochen. Sie waren schwer wie Blei. Ächzend stieg er aus dem Bett und begann, sich anzuziehen.

„Denkst du daran, dich zu trennen?", fragte er.

Elke stand ebenfalls auf.

„Im Moment will ich ihm das noch ersparen. Hast du Angst, ich würde mich dann an dich klammern?"

„Ach was! Unsinn. Ich würd dich sogar darum bitten."

Elke lachte.

„Lüg nicht. Du hast doch auch noch deine kleine Köchin."

Gottschalk blickte sie überrascht an.

„Julie? Wie kommst du denn darauf?"

„Pit – ich bin eine Frau. Ich sehe, wie ihr bei der Arbeit miteinander umgeht. – Nun mach nicht so ein Gesicht. Es ist okay. Es stört mich nicht."

Gottschalk stieg in seine Schuhe.

„Julie ist ..."

„Jetzt red doch nicht. Ich schlafe gelegentlich auch noch mit Wilm. Was soll's?" Sie kam zu ihm und verschränkte ihre Hände hinter seinem Nacken. Sie war immer noch nackt, und Gottschalk spürte die Wärme ihres Körpers. Er unterdrückte ein weiteres Niesen.

„Das hätte ich nicht gedacht", sagte er. „Ich meine, dass dir das auffällt."

„Wie ist es für dich, mit so einem jungen Ding zu vögeln?"

Gottschalk schluckte.

Elke schmiegte sich noch enger an ihn.

Als Gottschalk eine knappe halbe Stunde später zu seinem Wagen hastete, war er völlig verschwitzt und fröstelte zugleich. Mit dem Anlassen des Motors schaltete sich das Autoradio ein und er hörte die Stimme einer seiner Stammgäste. Der NDR-Redakteur sprach mit einem leicht ironischen Unterton: *... ließ es sich nicht nehmen, gestern im Polizeipräsidium mit markigen Worten zu erklären, dass schwer bewaffnete Gangster in Hamburg keine Chance hätten. Im Zusammenhang mit den jüngsten Gewalttaten auf der Reeperbahn verwies er auf die nach Mafia-Vorbild straff organisierten Banden aus Afghanistan, Russland, Albanien und auch Polen. „Ich habe grundsätzlich nichts gegen Ausländer, aber es geht nicht an, dass sie auf Hamburgs Straßen wild um sich schießen und die Bürger unserer Stadt in Angst und Schrecken versetzen", sagte er auf der kurzfristig einberaumten Pressekonferenz. Seit bereits über einem Jahr breite sich der „Machtbereich" dieser Gruppen kontinuierlich aus. Von ihnen kontrolliert würden nahezu 80 Prozent der Drogengeschäfte, unzählige Lokale und Clubs auf St. Pauli und der weitaus größte Teil der über die gesamte Stadt verstreuten Modellwohnungen, in denen illegal eingeschleuste Ausländerinnen als Prostituierte anschaffen:*

„Diese Stadt aber ist unsere Stadt, und wir werden alles daran setzen, den Mob aus dem Osten vernichtend zu schlagen", verkündete er. Henning hat eine derart scharf formulierte Kampfansage offenbar dringend nötig. Denn nach dem niederschmetternden Wahlergebnis der Rechtspopulisten auf Bundesebene scheint der Fortbestand der Hamburger Koalition auf Dauer gefährdet zu sein. Vor allem Henning könnte dann ausgewechselt werden. Er ist schon jetzt aufgrund seiner laschen Amtsführung Zielscheibe auch parteiinterner Kritik ...

7

Fedder stand früh auf. Er absolvierte bei offenem Fenster seine allmorgendlichen Dehn- und Streckübungen, machte sein Bett und rasierte sich unter der Dusche. In der zur Straße hin gelegenen Küche brühte er den chinesischen Heilkräutertee auf und trank ihn in kleinen Schlucken. Er hatte das Radio eingeschaltet und hörte NDR 2. Es sollte ein sonniger Tag werden.

Fedder liebte den Herbst. Wenn eben möglich war er früher zu dieser Zeit in Urlaub gefahren. Rauf an die dänische Küste oder auch nach Südschweden. Evelyn hatte meist auf Anhieb ein preisgünstiges Ferienhaus gefunden und, noch ohne Kind, hatten sie lange geschlafen und waren erst am Nachmittag zu Spaziergängen und gelegentlichen Kurztrips in die weitere Umgebung aufgebrochen. Unterwegs hatten sie frischen Fisch gekauft und ihn abends nach zwei intensiven Saunagängen auf der Terrasse gegrillt.

Wehmut überkam ihn. Trauer und schließlich Wut.

Er spülte die Tasse und zwang sich, das bevorstehende Verhör zu strukturieren. Er würde es ein Gespräch nennen. Ein Gespräch, Herr Altmann, es geht uns lediglich darum, einige fragliche Punkte zu klären.

Fedder nickte sich im Flurspiegel bekräftigend zu.

Er hatte sich für seinen dunkelblauen Dreiteiler entschieden, ließ das Kleingeld in die Westentasche gleiten und steckte Notizbuch und den schwarzen Stabilo in die innere Jackentasche. Zu dem Anzug, einem Boss-Imitat, trug er ein hellblaues Hemd und eine dezent blaugrau gestreifte Krawatte. Einen Moment lang überlegte er, den Borsalino, ein Geschenk Gottschalks, aufzusetzen, verwarf den Gedanken dann aber doch. Auch so sprach man ihn immer wieder auf seine Ähnlichkeit mit Alain Delon an. Er wollte es nicht übertreiben.

Fedder nahm die Wohnungs- und Wagenschlüssel von der Ablage, die Fahrzeugpapiere und die angebrochene Rolle Pfefferminz.

Punkt 7.30 Uhr verließ er das Haus und stieg in seinen auf der gegenüberliegenden Straßenseite geparkten schwarzen Golf. Bevor er startete rief er Evelyn an. Sie war überraschend schnell am Apparat.

„Ich möchte Larissa 'Guten Morgen' sagen", sagte er.
„Mir nicht?"
„Bist du schon auf?"
„Larissa muss zu ihrer Therapeutin."
„Kann ich sie bitte sprechen?"
„Oh!"
„Was?"
„Bitte – das habe ich lange nicht mehr von dir gehört."
Fedder holte tief Luft.
„Evelyn – bitte", sagte er. „Ich habe nicht ewig Zeit."
„Larissa ist noch im Bad. Wir rufen dich zurück, okay?"
„Innerhalb der nächsten zehn Minuten, ja?"
„Sobald sie fertig ist", sagte Evelyn. „Übrigens – siehst du Gottschalk mal in der nächsten Zeit?"
„Pit? Warum?"
„Dann sag ihm, ich danke."
„Danke? Wofür – ?"
„Für sein Angebot", fiel sie ihm ins Wort. „Er weiß dann schon Bescheid." Abrupt beendete sie die Verbindung.

Fedder starrte auf sein Handy. Er zog die Augenbrauen zusammen. Was sollte das heißen? Was für ein Angebot? Was lief da zwischen ihr und dem Dicken?

„Scheiße!", fluchte Fedder. Der Tag stand offenbar unter keinem allzu guten Omen. Gottschalk. Pit. Hatte er Evelyn etwa angemacht? Der alte Sausack!

Fedder erinnerte sich, dass das *Paulsen* inzwischen auch über Mittag geöffnet war. Also gut. Dann würde er mal kurz zu ihm reinschneien. Er musste nur sehen, wie er Schwekendieck nach dem mit ihm vereinbarten Besuch bei Altmann wieder los wurde.

Fedder startete und setzte zurück.

Es krachte.

Der Schreck mischte sich mit aufwallender Empörung.

In die freie Parklücke hinter ihm war ein schnittiges Coupé gefahren.

Die Fahrerin stieg schon aus.

Es war eine hagere Frau mit blonden und extrem kurz geschnittenen, stark gegelten Haaren. Sie trug einen lila changierenden Hosenanzug und hochhackige Schuhe. Achselzuckend kam sie zu Fedder an den Wagen.

Fedder öffnete den Schlag.

„Entschuldigung", sagte sie. „Ich fürchte, das war meine Schuld. Ich habe nicht geblinkt. Können wir den Schaden unter uns regeln?" Sie reichte ihm eine Visitenkarte.

Fedder überlegte nicht lange.

„Kein Problem", sagte er. „Sehen wir uns mal an, was überhaupt zu Bruch gegangen ist." Er warf einen Blick auf die Karte. „Cornelia Bossardt? Sind Sie verwandt mit – ?"

„Der Programmdirektor ist mein Vater." Sie zuckte noch einmal bedauernd die Schultern. „Er wohnt hier gleich um die Ecke. Ich bin auf dem Weg zu ihm. Er hat – er hat mich angerufen. Es scheint ihm ziemlich schlecht zu gehen."

8

„Endlich", sagte Broszinski in den Hörer. „Ich habe schon mehrfach angerufen. Hat man's dir nicht ausgerichtet?"

„Ich hatte eine Scheißgrippe", sagte Gottschalk. Er klang kurzatmig.

Broszinski nahm einen Schluck Kaffee und hielt nach seiner Zigarillopackung Ausschau.

„Ich hab ein Problem", sagte er. „Ich will mir einen neuen Wagen zulegen. Dein Cabrio hat mich auf den Geschmack gebracht. Hast du Zeit, mit mir zu deinem Händler zu gehen?"

„Wo ist das Problem?"

„Es könnten schon ein paar Stunden drauf gehen. Und ich feilsche auch nicht gern."

„Wann passt es dir?"

„Ich richte mich ganz nach dir."

„Gut – sagen wir morgen, morgen Nachmittag."

„Ab wann?"

„Wenn du Lust hast, können wir vorher noch einen Happen essen. Ich halt mich gern bei der Konkurrenz auf dem Laufenden. 14 Uhr beim Alster-Italiener? Von da aus ist es nur ein Sprung."

„Okay – ich zahle."

Gottschalk lachte krächzend.

„Darüber reden wir beim Espresso. – Sonst alles klar?"

„Das erzähl ich dir dann." Sie verabschiedeten sich und Broszinski legte auf. Nachdem er die Zigarillos auf seinem Arbeitstisch entdeckt und sich eins angezündet hatte, wählte er eine weitere Nummer. Eine Tonbandstimme meldete sich: „Apparat Claasen. Nicole Claasen ist momentan nicht im Sender. Sie können nach dem Signalton eine Nachricht hinterlassen."

Broszinski beendete, rauchte und trank seinen Kaffee.

Er dachte nach.

Die Wohnungsklingel unterbrach seine Überlegungen.

Der Postbote überreichte ihm zwei großformatige Sendungen und einige Briefe. Telefonabrechnung, Bankauszüge und Werbung.

Der größere der beiden wattierten Umschläge war ohne Absender. Der Poststempel war unleserlich. Broszinski riss die mit Tesaband überklebte Lasche auf. Der Umschlag enthielt den Katalog seiner Heideausstellung. Ein karierter Zettel fiel heraus. Noch irritiert las Broszinski: *Anns Handexemplar – Gruß Kuddel.*

Kuddel, der gute, alte Kuddel. Wie hatte er das geschafft?

Broszinski blätterte den Katalog Seite für Seite durch.

Neben gut einem Dutzend der abgebildeten Arbeiten war ein roter Punkt. Am Rand waren mit unterschiedlichen Stiften Daten und Kürzel vermerkt. Die Daten bezeichneten den Verkaufstag, die Kürzel den jeweiligen Käufer: *EB, DrJ, Sig, PrKa* und andere.

Unter dem „Selbstporträt vor Revolvermündung" war zu lesen: 13/4 – *He/SG.*

Henning!

Broszinski hatte nicht den geringsten Zweifel. Henning hatte nicht, wie er bisher vermutet hatte, Smoltschek auf die Ausstellung hingewiesen, sondern war selbst der Käufer – am Tag der Ausstellungseröffnung! Was aber hieß das *SG*?

Das *S* konnte für Smoltschek stehen. Aber *SG*?

Broszinski spielte verschiedene Möglichkeiten durch: Geschäft, Gesellschaft, GmbH – alles war möglich, aber es überzeugt ihn nicht.

Er wählte jetzt Nicoles Handynummer.

Ihre aufgezeichnete Stimme teilte mit, dass sie zur Zeit verhindert sei, bei Nennung des Namens und der Anrufzeit sich jedoch schnellstmöglich melden würde.

„Jan hier", sagte er auf die Box. „Es ist Mittwoch, kurz nach Zehn. Ich brauche deine Hilfe. Es ist dringend. Ich bin noch bis circa 13 Uhr im Haus. Melde dich bitte."

Zwanzig Minuten später klingelte es wieder an der Wohnungstür.

Abgehetzt und auch sichtbar durch den Wind stand Nicole vor ihm.

„Ich muss gleich weiter", sagte sie. „Bernhard ist – unser Programmdirektor – er ist heute früh im Bad zusammen geklappt. Es hört sich ernst an."

„Trifft dich das persönlich?"

Nicole küsste ihn leicht und schlängelte sich an ihm vorbei ins Zimmer.

„Sorry", sagte sie. „Ich dachte, du weißt, wie ich zu ihm stehe. Er ist sozusagen mein Mentor. Ich verdanke ihm mehr als nur den Job. Seine Familie allerdings –" Sie machte eine abfällige Geste. „Seine Tochter ist der Schrecken des gesamten Senders. Herrisch, hysterisch und hinter jedem Mann her. Ich habe erst vor kurzem noch einen ihrer Auftritte erlebt – unmöglich! Entschuldige, aber was ist bei dir so dringend?"

Broszinski drückte das Zigarillo aus.

„Reicht's für einen Kaffee?"

„Ach, Jan – nun sag schon."

Broszinski nickte.

„Smoltschek", sagte er. „Seine geplante Hafencitydisco – steckt da eine Gesellschaft hinter oder läuft sie allein auf seinen Namen?"

„Das hab ich nicht genau im Kopf. Warum? Hat das was mit deinem Bild zu tun?"

„Kannst du nachsehen?"

„Sicher", sagte sie. „Trotzdem – warum?"

„Ich will nur was überprüfen."

Nicole sah auf ihre Uhr.

„Ich kann heute Abend kommen. Überleg dir bis dahin, ob du mir nicht doch alles sagen willst. Es ist besser – besser für uns beide."

9

Gottschalk war in einen rotseidenen Morgenmantel gehüllt. Er hatte aus der Restaurantküche eine Kanne Kaffee und ein mit Kochschinken und jungem Gouda belegtes Baguette geordert. Vor ihm auf dem Schreibtisch stapelten sich Rechnungen, Belege, Einladungen und Angebote diverser Lieferanten.

Er seufzte schwer. Nach Arbeit war ihm nun wirklich nicht zumute. Aber es musste sein. Sonst würde ihm dieser Wust noch völlig über den Kopf wachsen.

Gottschalk schaffte auf der Schreibtischplatte Platz und begann, Rechnung auf Rechnung zu legen und Angebot auf Angebot. Die Einladungen zu Ausstellungseröffnungen und Theaterpremieren überflog er nur, bevor er die meisten gleich entsorgte.

Ohne angeklopft zu haben, kam Julie zu ihm herein.

Sie stellte ihm eine Schale mit geschnetzelten Ananas, Mangos und weißen Trauben hin.

„Vitamine", kommentierte sie.

„Ich esse kein Obst pur", sagte Gottschalk und schob die Schale zurück.

„Das muss man wissen. – Täte dir aber gut."

Er blickte zu ihr hoch. Die Kleine war heute verdammt hübsch herausgeputzt. Sie trug einen ihre Brüste betonenden kakaofarbenen Pullover und einen Ton in Ton gehaltenen wadenlangen Rock. Ihre Füße steckten in hellbraunen Stiefeletten.

„Willst du einen freien Tag?"

„Ich habe einen Termin mit meinem Vermieter. Er hat eine größere Wohnung frei."

„Ach."

„Im gleichen Haus – unter dem Dach. Mit einer phantastischen Terrasse."

„Hm-hm", machte Gottschalk. „Ist es dir bei mir zu eng?"

„Pit, ich führe mein eigenes Leben. Dass wir hin und wieder zusammen pennen heißt nicht, dass ich hier zuhause bin."

„Hin und wieder", wiederholte er. „Das Hin und Wieder waren bislang sämtliche Wochenenden, von Freitag an. Und zumeist noch eine Nacht dazu. Soll sich das jetzt ändern?"

„Mach bitte keinen Stress."

„Das ist eine Scheißantwort!"

„Schrei mich nicht an!"

„Ich kann in meinem Haus tun und lassen, was ich will!"

„Spinn nicht rum. Das ist albern." Sie nahm sich eine von seinen ägyptischen Zigaretten, klopfte sie auf den Fingernagel und riss ein Streichholz an. „Das hast du auch nicht nötig", sagte sie dann. „Mein Gott, glaubst du, ich habe dich über? Wenn's so wär', hätte ich längst gekündigt. Aber ich brauch gelegentlich auch mal Zeit für mich. Ich will mal wieder Besuch haben –"

„Besuch?"

„Freunde, Verwandte –"

„Wer, zum Beispiel?"

„Meine Leute aus dem Ruhrgebiet."

„Deine Eltern?"

Julie stützte sich vor ihm auf der Schreibtischkante an. Sie beugte sich zu ihm und blitzte ihn aus schmalen Augen an.

„Über die weißt du doch Bescheid", sagte sie. „Dem Alten geh ich am Arsch vorbei und meine Mutter steckt weiß der Geier wo. Null Kontakt. Zu beiden nicht." Sie richtete sich wieder auf und nahm einen Zug aus der Zigarette. „Nein, es gibt Gott sei Dank noch andere."

„Aha. Und woher willst du dann wissen, dass ich das weiß?"

„Weil der Alte ein dämlicher Schwätzer ist und jedem aufbindet, wenn sich wer nach seiner missratenen Tochter erkundigt hat. – Scheiße, warum muss ich mich eigentlich rechtfertigen?"

Gottschalk stand auf. Er gurtete seinen Morgenmantel und baute sich vor Julie auf.

„Ich hatte von Anfang an einen Verdacht", sagte er. „Aber ich war mir nicht sicher. Es gab damals nur ein öffentliches

Foto von dir. Da warst du 13 oder 14 und mit deinem Vater auf dem ‚Dom'. Er steht mit dir an einem Schießstand und hat das Gewehr angelegt. Das kam in der Presse natürlich gut: Zappa, der St. Pauli Killer, demonstriert seine Treffsicherheit. Du hast dich seitdem verändert, sicher, äußerlich jedenfalls. Aber eins hast du nicht bedacht."

Julie setzte eine gleichmütige Miene auf. Doch sie sagte nichts.

Gottschalk tippte sich demonstrativ an die Schläfe.

„Deine Mutter", sagte er. „Sie hat seinerzeit ebenfalls ausgesagt, und dabei werden selbstverständlich die Personalien protokolliert: Renate Weber, geborene Tönnes. Nun ja – dass du ihren Mädchennamen angenommen hast, ist bei all dem Medienrummel nachvollziehbar, aber dann auch zwangsläufig aktenkundig. Der Typ in Herdecke ist vermutlich –"

„Mein Onkel." Sie drückte die heruntergebrannte Zigarette aus und sah Gottschalk herausfordernd an. „Okay", sagte sie. „Und was jetzt?"

10

„Der Dreckskerl hat sich verpisst", knurrte Fedder. Er fegte die Brötchenkrümel von seinem Dunkelblauen und knüllte die Tüte zusammen. Schwekendieck beäugte mürrisch die Plörre in seinem Pappbecher.

„Ich war pünktlich zur Stelle", sagte er.

„Mache ich dir einen Vorwurf?"

„In dem Laden sagen sie, er schläft oft bis nachmittags."

„Wir haben Sturm geläutet." Sie saßen in Fedders Wagen und hatten den Eingang des rosarot gestrichenen Häuschens im Blick. Vor den unteren Fenstern waren schmutzig graue Holzjalousien herunter gelassen. Hinter den beiden oberen Fenstern waren die Vorhänge zugezogen. Ein Fenster stand auf Kipp.

„Aufbrechen können wir nicht."

„Ich hätte aber nicht übel Lust, ihm die Tür einzutreten. Hast du kein Werkzeug dabei?"

Schwekendieck warf den noch vollen Kaffeebecher aus dem Fenster.

„Verschieben wir's auf später", sagte er. „War ohnehin 'ne Scheißidee."

„Nein."

„War es."

„Wir warten noch eine halbe Stunde. Dann muss ich – Evelyn hat mich gebeten, Larissa von der Bewegungstherapie abzuholen."

„Gebeten?", fragte Schwekendieck skeptisch.

„Sie ist verhindert."

„Das glaub ich ihr auf's Wort." Er harkte durch sein Stoppelhaar. Sein Altmännergeruch biss Fedder in der Nase. Zumeist gelang es ihm, Schwekis Ausdünstungen zu ignorieren. Er ging dann einfach auf Distanz. Aber längere Zeit mit ihm dicht an dicht in einem Wagen zu sitzen war eine Zumutung. Bei aller Freundschaft.

„Ich geh noch mal rüber", sagte er und stieß den Schlag auf. In diesem Moment wurde das auf Kipp stehende Fenster weit geöffnet und Altmann streckte kurz seinen Kopf heraus.

Augenblicklich ließ Fedder sich wieder zurück in den Sitz fallen.

„Die Sau rührt sich", wisperte er.

„Schon gesehen", sagten Schwekendieck. „Hören kann er dich nicht."

Fedder räusperte sich.

„Wir lassen ihn noch pissen, und dann – ich sag dir, der Hund büßt mir jede durchlittene Sekunde!"

Schwekendieck nickte nur.

Wenige Minuten später standen sie zum zweiten Mal an diesem Vormittag vor der Haustür. Fedder klingelte. Altmann reagierte nicht. Fedder drückte mehrmals heftig auf den Knopf.

Der schrille Ton hallte im Haus wider. Aber es tat sich immer noch nichts.

Schwekendieck fasste Fedder am Arm und hielt ihn zurück. „Psst", machte er.

Schwach vernahm Fedder das Knarren einer Holzbohle. Das Geräusch wiederholte sich – noch schwächer, weiter weg.

Fedder wechselte einen schnellen Blick mit seinem nicht ganz so gut zu Fuß befindlichen Kollegen und rannte um das Haus herum. Er entdeckte die Efeu umrankte Hintertür und stoppte ab. Die Tür öffnete sich nicht.

Fedder atmete tief durch. Für den Bruchteil einer Sekunde dachte er an die äußerst charmante Bossardt. Sie hatte ihm zu verstehen gegeben, sich jederzeit bei ihr melden zu können. Zweifelsfrei nicht allein wegen der Reparaturkosten.

„Hab ihn!", hörte er Schweki rufen. Fedder lief zurück.

Schwekendieck hielt Altmann am Arm fest. Der Drecksack trug eine schlabberige Trainingshose und ein über die fetten Hüften fallendes, halbärmeliges Unterhemd mit Knopfleiste. Sein dünnes Haar stand wirr vom Kopf ab und seine Augenlider zuckten nervös.

„Sie ... ?", brachte er hervor, als Fedder sich ihm näherte.

„Mein Kollege – Hauptkommissar Schwekendieck", sagte Fedder. „Dürfen wir herein kommen? Wir möchten uns kurz mit Ihnen unterhalten – na ja, das hängt ganz von Ihnen ab. Ich meine, wie lange wir bleiben müssen."

Altmann schüttelte verzweifelt den Kopf.

„Ich ... ich wollte mich doch schon bei Ihnen melden – bitte, das ... das müssen Sie mir glauben. Aber ich bin ..."

Fedder schob den Mann ins Haus. Der schmale Flur mit Umzugskartons voll gestellt. Auf einigen Kartons lagen flüchtig zusammen gelegte Laken, auf anderen waren Bücher und Geschirr gestapelt.

„Sieht nach Auszug aus", kommentierte Schwekendieck. Altmann machte eine hilflose Geste.

„Geli", sagte er. „Das ... das sind alles Gelis Sachen."

„Ah ja", sagte Fedder. „Da sind wir doch gleich schon beim Thema." Er betrat eins der offenstehenden Zimmer und blieb fassungslos stehen. Gegen das hier war der Flur klar überschaubar. Der Raum war buchstäblich zugemüllt. Tische, Stühle, Kommoden und ein riesiges Sideboard waren aneinander gerückt, mit prall gefüllten blauen und gelben Plastiksäcken überhäuft, ein auseinandergenommenes Bettgestell stützte die wüste Anhäufung ab, an den Wänden lehnten Bilder und Gardinenstangen und vor dem Fenster waren Teile einer ausgebauten Küche zu erkennen.

„Entzückend", imitierte Schwekendieck den glatzköpfigen Kojak.

„Sieht's überall im Haus so aus oder kann man sich auch irgendwo hinsetzen?", fragte Fedder.

„Ich ... ich dachte ... der kleine Sekretär ist hier."

„Was für ein Sekretär?"

„Sie ... Sie kommen doch wegen ..." Er stockte. Seine Augenlider flatterten. „Nein?", fragt er.

„Was, nein? Hören Sie, Herr Altmann, mir ist nicht nach Rätselraten zumute. Ich habe Fragen, die ich klipp und klar beantwortet haben möchte, und zwar wahrheitsgemäß. Sonst reiß ich Ihnen eigenhändig den Arsch auf!"

„Jörg", mahnte Schwekendieck. Er wandte sich an Altmann. „Was ist denn mit diesem Sekretär?"

„Für den Scheiß habe ich keine Zeit!"

„Jörg, der Mann geht offenbar davon aus, dass wir deswegen gekommen sind. Also ..."

„Aber das ... das sind Sie nicht", sagte Altmann.

„Sie wollten sich doch schon melden. Also los!" Schwekendieck unterstrich seine Aufforderung, indem er demonstrativ an seinen Fingern zog und die Gelenke knacken ließ. Fedder hasste das, aber er wusste, das dieses Getue mitunter wirkte. Altmann jedenfalls nickte eingeschüchtert. Er zog die Tür vor und wies auf den dahinter deponierten antiken Schreibsekretär.

„Das ... das Geheimfach", sagte er. „Ich habe es ... ich hab es jetzt erst entdeckt, das ... dieses Tagebuch."

„Ein Tagebuch? Von ihrer Ex, von Angelika ...?" Fedder trat an das Möbelstück heran.

„Von Weber ... von diesem Zappa, ihrem Klienten."

Fedder holte tief Luft.

11

„Milstadt ist ein Schwein", sagte Julie. „Er hat Pa in diese ganze Scheiße reingeritten. Er ist an allem Schuld. Und jetzt läuft er wieder frei rum! Lebenslänglich – von wegen! Die elf Jahre hat er doch locker abgerissen! Der hatte keine Sekunden harten Knast, das schwör ich dir!"

„Du bist verrückt, du bist total verrückt!" Gottschalk schnaubte heftig. Er hatte wieder Kopfschmerzen und auch einen trockenen Hals. Julie rauchte schon die zweite seiner speziellen Zigaretten. Sie rauchte sie hastig herunter, ohne den würzigen Tabak zu genießen. Verdammt! Er kramte die Aspirinpackung unter dem Papierwust hervor.

„Schuld! Schuld!", krächzte er. „Dein Vater hatte nachweislich drei Morde auf dem Gewissen, vermutlich sogar vier, und in weiteren drei Fällen war er zumindest Mittäter. Dafür hat dann Milstadt büßen müssen. Das sind Fakten, Julie! Ich beschaff dir gern sämtliche Protokolle! Herrgott noch mal, das ist alles haarklein belegt!"

„Pa sollte in der Haft umgebracht werden – von Milstadt! Er wusste zuviel."

„Unsinn!"

„Er hat alles notiert! In seinem Tagebuch ..."

„Sein Tagebuch!", höhnte Gottschalk. „Sein angeblich so brisantes Tagebuch! Das ist ein Furz, ein Pressefurz! Das gibt es nicht!"

„Das weiß ich besser", sagte Julie. Gottschalk schüttelte

nur noch den Kopf. Er zerkaute zwei Tabletten und spülte die bitteren Krümel mit dem kalt gewordenen Kaffee runter. „Die Garbers hatte es."

„Die ... was?! Was sagst du da?!" Gottschalk überkam ein Hustenreiz. Er keuchte. Er würgte. Er hustete röhrend. Der Schweiß brach ihm aus. Julie klopfte ihm auf den Rücken.

„Seine Anwältin", sagte sie. „Die Garbers. Ich war bei ihr. Pa wusste, wer die eigentlichen Drahtzieher waren, was Milstadt mit ihnen ausgekungelt hatte und dass auch dieser Wichser Ullhorn mit drin hing. Das hat sie mir jedenfalls gesagt, und sie wollte das Buch auch rausrücken. Aber dabei ist die blöde Kuh gestürzt – Scheiße ja. Sie war auf der Stelle tot. Aber sie hat nicht gelogen!"

Gottschalk stieß sie beiseite. Er wuchtete sich aus dem Stuhl hoch. Sein Gesicht war rot angelaufen.

„Du warst bei der Garbers?! Du hast sie ...?!"

„Ich hab sonst gar nichts", fiel Julie ihm ins Wort. „Mensch – beruhig dich, ich hol dir 'nen Glas Wasser."

„Du ... du wirst den Teufel tun! Du bleibst hier! Verdammtnochmal, ich will jetzt ... ich will jetzt alles hören! Alles! Jede Scheiß-Kleinigkeit!"

FÜNFTER TEIL
November 2002

Verstöre meine Feinde
um meiner Güte willen
und bringe alle um,
die meine Seele ängstigen.
Psalm, 143, 12

> Aus einem Brief von Karl „Zappa" Weber
> an seine Tochter Julia.

Ein Ton schwingt sich aus der Stille heraus,
blüht auf und verebbt wieder.
Das Gitarreninstrumental „Albatross"
der britischen Rock & Blues Band Fleetwood Mac
ist geprägt durch eisige Schönheit
und eine prägnant einfache Melodie.
Die harmonische und rhythmische Zartheit
sagt mehr als viele Worte.

> Christian Graf,
> Moderator beim Deutschlandfunk, Berlin

44. – 48. Woche
1. November, Sonnenaufgang 7.15 Uhr
  Sonnenuntergang 16.56 Uhr
30. November, Sonnenaufgang 8.03
  Sonnenuntergang 16.18 Uhr

Julie hält die Urne mit der Asche ihres Vaters im Arm. Die Hell's Angels bespritzen sich gegenseitig mit schäumendem Bier. Gunther legt die Lederklamotten ab und lässt die Muskeln spielen. Er reicht Julie den angerauchten Joint. Julie steht am Herd. Sie rührt eine Sauce an. Die Sauce färbt sich blutrot. Ihr Vater schiebt sich den

Revolverlauf in den Mund. Er schießt ihr auf dem Hamburger Dom einen Teddybär. Ihre Mutter hockt in schwarzen Dessous auf der Couch. Sie trinkt Wodka pur. Julie sitzt in ihrem Zimmer der elterlichen Wohnung und ängstigt sich. Ihr Vater tobt. Er wird frühmorgens verhaftet. Angelika Garbers-Altmann bringt Julie zum Zug nach Bochum. Gunther streckt die Faust in die Luft: „Zappa ist nicht vergessen!" Julie sieht den Partykönig Dennis Smoltschek aus dem Bunker kommen: „Was will der Typ von euch?" Gunther lacht: „Du musst nicht alles wissen." Julie schläft mit Gottschalk. Auch am offenen Kamin im Kampener Ferienhaus lässt sich Gottschalk kein Wort über seine frühere Arbeit als Ermittler entlocken.

Julie.

Julia Weber, die Tochter des „St. Pauli Killers".

Julia Weber und Peter „Pit" Gottschalk. Gottschalk wischt sich den Schweiß vom Schädel. Ein fett gewordener Marlon Brando im abgedunkelten Schlafzimmer. Er parkt sein Cabrio direkt vor Hennings Haus. Elke nimmt ihn an die Hand und geht mit ihm in die Saunakabine. Sie schlägt das Buch eines französischen Autors auf und liest eine Passage laut vor: „Sie war eine typische Wohlstandstusse mit schönen Brüsten und einem sinnlichen Mund." Gottschalk stülpt seinen Borsalino auf. Er drängelt sich durch wild abtanzende Discobesucher. Eine dick gepolsterte Tür fällt hinter ihm ins Schloss. Er hat ein Ass in der Hand: „Die Baugenehmigung stinkt." Gottschalk hat dicke Geldbündel auf der Netzhaut. Er steht vor der Tür seines Restaurants. Vor ihm erstreckt sich ein Palmenstrand. Julie hakt sich links bei ihm ein. Elke hakt sich rechts bei ihm ein. Die beiden Frauen zwinkern sich einvernehmlich zu.

Peter „Pit" Gottschalk.

Gastronom des Restaurant „Paulsen".

Fedder hält ein abgegriffenes Heft in der Hand: Zappas Tagebuch. Schwekendieck zuckt unschlüssig die Achseln. Fedder steckt das Heft ein. Er sitzt an Larissas Krankenhausbett. Evelyn kommt schwankend ins Zimmer. Sie lässt sich zu Fedder ins Bett fallen: „Halt mich, halt mich bitte fest." Sie küssen sich. Die schwangere

Evelyn verpachtet ihr Lokal. Fedder richtet ein Kinderzimmer ein. Gottschalk öffnet ihm und Broszinski die Tür. Sie setzten sich an einen festlich gedeckten Tisch. Fedder hebt das Glas: „Was immer die Zukunft bringt, wir bleiben Freunde!" Eine Postkarte von Broszinski trifft ein. Ein Gruß aus Thailand. Fedder und Gottschalk werfen an einem Teich ihre Angeln aus. Evelyn schließt die Tür zu Larissas Zimmer: „Ich möchte, dass du ausziehst." Fedder sieht sie fassungslos an: „Was habe ich getan?" Gottschalk öffnet eine Flasche Wein und spricht tröstende Worte. Fedder kommen die Tränen.

Jörg Fedder.

Kriminalhauptkommissar Jörg Fedder.

Broszinski blättert im Katalog seiner Heideausstellung. Ann liest ihm das Zitat ihrer Eröffnungsrede vor: „Vergessen ist die Schere, mit der man fort schneidet, was man nicht brauchen kann – unter Aufsicht der Erinnerung." Schrifteinblendung: Sören Kierkegaard, Entweder/Oder. Broszinski geht mit Ann auf eine Waldlichtung. Er sagt: „Evelyns Neuer sitzt jetzt in der Bürgerschaft. Er ist einer von Hennings Leuten, diesem Hardliner." Ann hüllt sich fröstelnd enger in ihre Jacke. Kuddel stellt Bratkartoffeln und Knipp auf den Tisch und schenkt Korn nach: „Ich kenn sie ja nu, da war sie noch so'n lüttes Ding." Broszinski zieht fragend die Augenbrauen hoch. Kuddels Stimme im Off: „Ich hör ihren Vater noch wie heute in seiner Praxis rumtoben, als sich die alte Henning darüber beklagte ..." Seine Stimme wird von Anns zornigen Worten überlagert: „Ich muss dir nichts offen legen!" Eine Katalogseite. Ganzseitig das Selbstporträt: 13/4 – He/SG. Ausstellungseröffnung. Gottschalk neben einer Dorfschönen. Fedder drängt sich zum Ausgang durch. Henning steht im Freien am Grill und wählt scherzend eine „Angebrannte" aus. Er spaziert mit der Bratwurst zu Ann. Ein Seminarraum. Broszinski spricht auf dem Campus mit einem älteren Professor: „Sie waren zwei Semester lang gemeinsam in sämtlichen Seminaren. Die so genannte Heidefraktion." Broszinski sitzt seiner Therapeutin gegenüber: „Über Ann möchte ich jetzt nicht sprechen. Vielleicht später einmal."

1

Hamburg, St. Pauli, morgens zwischen sechs und sieben. Ullhorn kassiert in einer Disco Smoltscheks Anteil ab, zählt die Lappen, die Einnahmen der Nacht, nimmt an der Bar einen letzten Drink und steigt dann zu Milstadt in den Wagen, den Packen Scheine in der Tasche, die Knete, den Knödel, zusammengesteckt mit einer silbernen Spange.

Ein räudiger Köter pinkelt auf das zerfledderte Boulevardblatt vom Vortag: *Treffpunkte, Treffpunkte*. Torkelnde Stadtstreicher übergeben sich in den Rinnstein, Zigarettenkippen werden mit weggespült. In der Herbertstraße sind auch diesmal wieder zig gebrauchte Präservative in Servietten geknautscht und im Klo entsorgt worden.

Kaltes Friteusenfett platscht in die Kanalisation, schleimt, schlunzt, schliert durch die Kloake, vermengt sich mit dem übrigen Dreck, den Ausscheidungen der Nacht, der stinkenden Brühe, spratzt in Risse und schadhafte Stellen, dringt durch schon poröse Dichtungen ins Erdreich, sickert ein, sackt ab, verseucht das Grundwasser, das hoch gepumpt und umgewälzt und vermeintlich frisch und klar schließlich aus verchromten Hähnen fließt, aus Duschköpfen sprüht: Guten Morgen, Hamburg.

Gegen Mittag parken die ersten Reisebusse am Operettenhaus. *Mamma Mia* Darstellerinnen dehnen drinnen auf der Bühne ihre Gelenke. Trockenübungen. Liebesleid und Liebeslust werden ausgetauscht, englische Sprachbrocken fließen ein. Muntere Schwaben erkunden den allmählich auflebenden Kiez, tippeln, trippeln, trapsen in Gruppen und Grüppchen die Reeperbahn runter. Sex-Sex-Video. Peep-Live. Wandsbeker Hauptschülerinnen absolvieren Erotikgymnastik im Brasiltanga. Der Münzautomat spuckt harte Euros aus. Aus den Boxen in den schmalen Gängen tönt Madonna. Aber auch Jürgen Drews ist im Programm. Neubrandenburger Wanderschuhlatscher gehen in die Knie, gönnen sich den Klappenblick auf Kaugummi kauende Nymphen. *Sparta Shop, Seventh Heaven, World of Sex.*

Commix und Kondome, Dildos in Euroformat und chinesische Orgasmus-Kugeln für die Krönung Kaffee trinkende Bankerin, schmatzfit im Schritt unterm lindgrünen Businesskostüm.

Elke träumt von einer schwarzen Lederkorsage.

Von Schaftstiefeln mit Stilettabsätzen.

Von Netzstrümpfen und Strapsen.

Kaum erwacht, befriedigt sie sich. Die Wohlstandstusse.

Im *Café Keese* wird noch der Boden gefeudelt, im *Hotel Hanseat* wird schon gefegt, genagelt, ein Rohr verlegt. Steuerberater auf Jahrestagung im *CCH* haben Kolleginnen zum Stadtbummel überredet und nun die Hosen heruntergelassen. Der Wunsch nach gewagten Dessous wird gleich nebenan erfüllt.

Easy Winner, Sex Discount. Filme, Bücher und Sticker. *I love Hamburg.* Hamburg gesehen von oben und unten, bei Tag und bei Nacht. Gern genommen als Souvenir wird der St. Pauli-Fan-Club-Schal, das T-Shirt mit Totenkopf, aber auch das Schneegestöber mit kopulierendem schwarzen Paar.

Für die Tresenhocker im *Silbersack* sind alle Dunkelhäutigen durch die Bank Ölaugen. Ein unbedachter Furz aber kann das Leben kosten. Das ist das Scheißproblem mit den Albanern und auch den Weißrussen. Da muss der Senat ran, der Herr Innensenator, bitteschön: Das is ja nu der Henning!

Weitere Touristen rücken nach, im *Lehmitz* werden neue Runden geordert, Wismarer verbrüdern sich mit Waiblingern, die aufkommende Trunkenheit eint fester als alte und neue Kanzlerworte. Im *Pascha* und *Eros* stehen Frauen mit sonnenbankgebräunten Astralkörpern und garantieren, supergeil zu sein. Niemand muss allein bleiben, viele Männer können ohnehin nur am frühen Nachmittag. Tief gefrorene Brote werden in den Ofen geschoben. Auf der Großen Freiheit überlagern sich die Top Ten der Saison.

Am frühen Abend sieht Broszinski in seiner Wohnung über dem *Piceno* auf der Meile die Lichter angehen, auch wenn es noch hell ist. Türsteher in kackbraunen Kaufhaus-Anzügen und mit Elbsegler auf dem Kopf quasseln sich warm: Heiße Weiber, wilde Lust. Komm rin, du Appelbauer!

Table Dance und Getränke zu soliden Preisen. Nachgekobert wird am Plüschtresen. Das Roberto Blanco Double geht den Schalke Fan frontal an. Die Verschorften an der U-Bahn-Station lassen die zigste Flasche kreisen, einer geht immer noch.

Abgewrackte Punks schwärmen aus, schnorren Kleingeld für Hundefutter und so, ey, hängen sich an *Tivoli* Besucher, an *St. Pauli Theater* Besucher, an jeden Gucker und Gaffer, an alle Flaneure, an Schweden und Schwaben, polnische Putzhilfen im Kunstledermini, an Au-pair Mädchen aus Litauen, die Uhlenhorster Bibliothekarin mit ihrer total offenen Wochenendbeziehung aus Augsburg, an den Orthopäden aus Leverkusen, den offensiv auftretenden Schwulen, die heimliche Schwuchtel, an die Fummeltante, den Hähnchengriller aus Eimsbüttel, die Kassiererin bei *Karstadt*: Gib raus. Tu raus. Verfick dich, verpiss dich. Schönen Tag auch noch.

Loddel und Luden bleiben unbehelligt, auch Gunther und seine Gang. Klar doch. Die langen zu.

Grazile Thais sind auf dem Weg zu ihrem Matratzenbunker. Die Reeperbahn wird zum Weihnachtsmarkt für Obsessive und Pädophile, für Getriebene und daheim Geknechtete, für andauernd Gefrustete, für einsame Wölfe und Kegelclubschwestern aus Bingen am Rhein. Spaß soll sein, ein Häppchen Kultur und a bissel Verruchtheit in der *Monica Bar*, Latinotransen auf dem Schoß, das Wodka Tonic Glas in der Hand, flinke Finger am Hosenschlitz.

In der *Ritze* tauschen gehörgeschädigte Boxer Erinnerungen aus, ein freies TV-Reportageteam fragt nach Drogen und gebunkerten MPs. Es ist wieder Blut geflossen.

Reeperbahn, oh, Reeperbahn. U-Bahn-Station St. Pauli, Haltestelle der U 3. Kiosk mit Flaschenbatterien, *Küstennebel*, *Kleiner Feigling*, *Jägermeister*. Rauchverbot, was niemanden abschreckt. Gay Kino Reklamefenster. Die Stufen nach oben.

Urinlachen und Hundekot. Das Hasse-ma-Gib-ma-Empfangskomitee. Ausgemergelte Drogis. Ausgerollte Rotkreuzdecken. Spritzbesteck. Die Pforten der Wahrnehmung aber bleiben vernagelt. Kein göttliches Licht leuchtet nach einem Straßendealschuss auf. Manchmal spuckt nur der Hassvater Feuer. Eine Mona hat den Asphalt aufkratzen wollen. Unter dem Pflaster der Strand, ein in Kindertagen oft gehörter Satz. Eine Verheißung. Greinende Babies werden über den Zebrastreifen getragen, gen Michel hin.

Die Meile wird nun ganz vom Satan beherrscht. Tu raus die Knete, ist die Parole. Wer jetzt nicht löhnt, hat nichts zu lachen. Gleich nach dem Ankobern hört der Spaß auf. In der Davidwache stehen die Ausgemisteten schon Schlange. Es gibt nichts, was es nicht gibt. Eine alte Beamtenweisheit. Wie das Wissen, dass die *Mopo* der größte Zuhälter im Großraum Hamburg ist.

Paragraph 180 und 181 a. Förderung der Prostitution. Zuhälterei. Mit Freiheitsstrafe bis zu drei Jahren oder mit Geldstrafe wird bestraft, wer gewerbsmäßig die Prostitutionsausübung eines anderen durch Vermittlung sexuellen Verkehrs fördert.

Da kichern die Verkäuferinnen, die Arzthelferinnen und Copyshopaushilfen, die seit dem frühen Abend in Pink und Pumps auf der Davidstraße stehen, die Hühner, die Ischen, die Schnallen, die Mädels. Sie klammern und grabschen, pfeifen und schnalzen, balzen und verstellen selbst Gebissträgern den Weg: Komm doch, süßer Kleiner, sei der meine für fast nichts. Ein einziger Hindernislauf.

Vor dem *Man Wah* steht steif wie eine Latte der Panikrocker. Ein mit zweifelhafter Intelligenz ausgestatteter Eppendorfer Schöngeist führt ein kaffeebraunes Girl aus, um sich tief einzulassen. Seine Ehemaligen wissen von seinem klitzekleinen Pimmel. Italienische Schnulzen überlagern die Frage nach irgendeiner Fallhöhe.

Über die Herbertstraße stolpert ein dänischer Spielwarenfabrikant und verschenkt Gummienten. Dominas rühren sich ein Tässchen Tomatensuppe an, die 5-Minuten-Terrine. Angeliefert werden Kohlrouladen aus dem Wochenangebot der *Hansa-Menüs*, Altennahrung mit Kalorienangabe.

Der Wochenenddiscosound ist tierisch. Der DJ legt einen superschrägen Mix hin. Space Frog und Frankieboy, House Trip, Hardy Hard und Elvisschluchzer, Elektro-Beat, Drum & Bass, millegeil. Auf der Tanzfläche wogt, pumpt und stampft auch in den Stunden vor Tagesanbruch noch die Menge, eng gedrängt, flackern hellgrell und bonbonfarben die Lichter, Strahlenbündel, Laserblitze zucken über verschwitzte Gesichter, über Kulleraugen, Mandelaugen und Tranceaugen, über Euphorieaugen und Ekstaseaugen, über weit aufgerissene und halbgeöffnete Münder, über den Hechelmund, den Schlingmund, den Spastimund.

Sex House Trash.

Julie zündet sich eine weitere Zigarette an und lehnt sich locker an den Tresen. Sie inhaliert tief. Sie ist mit sich zufrieden. Sie hat Gottschalk gegenüber reinen Tisch gemacht. Sie hat Urlaub genommen, drei Wochen Zeit. Mit wachen Augen verfolgt sie das Zucken der Körper, nimmt die echt irren Klamotten wahr, die dünnen und eng anliegenden Designerröcke, die extrem weiten und tief sitzenden Hosen mit unzähligen Taschen, klatschnasse Tankshirts und Tops, schwingende und hüpfende Brüste, die schweren Mamabrüste, die Modelbrüste, einen superschmalen Hintern, freiliegende Bauchnabel, gepiercte Nabel, tätowierte Oberarme.

Die Beats lassen ihren flachen Bauch vibrieren. Es tut gut, diese Power zu spüren. Sie beginnt, sich zu bewegen, nimmt die harten Rhythmen mehr und mehr auf, legt den Kopf weit in den Nacken, und es durchströmt sie heiß. Ja, ja, es war gut, klare Verhältnisse zu schaffen.

Sie lässt die angerauchte Zigarette achtlos fallen und mischt sich unter die Tanzenden, taucht unter, schlängelt sich hoch, streift den und jene, die Nymphe, die Hexe, den Fighter, den Kaspar, die Hardcorelady, die Schleiertänzerin, die Unberührte und die Verruchte, sie liest die Geschichten in ihren Gesichtern, sie liest: Ich bin groß, ich bin stark, ich bin Rotkäppchen und habe mich verirrt, ich bin eine Frau im Körper eines Mannes, ich zeigs dir, ich schwebe, ich fliege.

Sie empfängt die Signale, die unverhohlene Anmache: Lass dich von mir streicheln, lass dich küssen, lass dich fallen, gib dich hin, sei lieb, sei sanft, sei zärtlich, sei Himmel und Hölle.

Scheiß drauf.

Das alles braucht sie nicht. Das kennt sie, das hat sie.

Davon bekommt sie genug.

Sie tanzt und hält weiter Ausschau nach Milstadt, nach Ullhorn. Nach den Abgreifern, den Wichsern, den Schweinen.

Ich krieg euch! Ich pack euch!

Eine Maschinengewehrsalve peitscht über die Köpfe der Menge hinweg, bricht sich an den schwarzen Wänden, Sirenen jaulen.

Trash, Trash.

House Trash.

Der DJ schreit „Cut!" und zieht die Regler runter. Die sekundenlange Stille bringt die Gewissheit eines nun folgenden Megahits.

2

„Wir sind beim Espresso", erinnerte Broszinski, nachdem Gottschalk und ihm die Tassen mit einem Stückchen gekühlter Mokkaschokolade serviert worden waren. Er zündete sich ein Zigarillo an. „Selbstverständlich zahle ich das Essen."

„Ach so – ja." Der Dicke wirkte zerstreut. „Ich hoffe, wenigstens du warst zufrieden. Mein Filet war Scheiße! Wir hätten doch bei mir essen sollen." Er blickte über die Alster zum *Atlantic* hin. „Na ja, demnächst mal wieder. Wenn Julie aus dem Urlaub ist."

Broszinski nickte. Er wartete noch einen Moment.

„Ich muss dir was gestehen", sagte er dann.

„Ja?"

„Ich habe noch mal meine Finanzen überprüft. Ein neuer Wagen ist momentan leider doch nicht drin. Mein neuer Galerist hat bislang nichts verkauft."

„Bei wem bist du denn jetzt?"

„In Bremen – bei Moldenhauer, ein guter Mann, aber er hat zu kämpfen."

„Ich kann dir was vorstrecken", sagte Gottschalk. Er nippte an seinem Espresso. „Wie viel brauchst du?"

„Danke." Broszinski schüttelte verneinend den Kopf. Auch er schaute jetzt auf die Alster. Ein paar Segler zogen ihre Bahnen. Wie schon so oft fragte er sich, was das für Leute waren, die um diese Jahreszeit noch Gefallen daran fanden, auf dem Wasser herum zu kurven. Es war ein grauer Tag.

„Ich geb's dir unbefristet", sagte Gottschalk. „Zinsfrei, versteht sich."

„Nein, wirklich nicht. Ich verschieb's auf später."

„Wie du willst. Lebst du jetzt eigentlich ausschließlich von deiner Malerei?"

„Mehr oder weniger", sagte Broszinski. „Ein Bild hat übrigens Smoltschek bei sich hängen."

„Smoltschek ...?"

„Das Selbstporträt mit Revolver. Aus der Heideausstellung."

„Sieh an – unser Dennis. Ein Kunstliebhaber." Gottschalk rückte seinen Stuhl zurück. „Heißt das, du hast wieder Kontakt mit Ann?"

„Ich hab's zufällig erfahren. Du sollst ja jetzt auch oft auf seinen Partys sein."

Gottschalk zog die Augenbrauen zusammen. Broszinski erwiderte offen seinen fragenden Blick.

„Wer sagt das?"

„Stimmt das nicht?"

„Und wenn?"

„Ich war überrascht. Soviel ich weiß, ist der Mann ein ziemlich übler Finger."

„Das ist überall zu lesen, in jeder Gazette. Er hat ständig irgendwelche Prozesse am Hals."

„Und? Was hast du mit ihm zu tun?"

Gottschalk ließ sich Zeit. Er schien nachzudenken. Schließlich nickte er. Er wedelte ein paar imaginäre Krümel vom Revers seiner hellen Anzugjacke und beugte sich vor.

„Ich nehme an, das ist der eigentliche Grund unseres Treffens. Okay – okay, du willst also wissen, ob ich einen Deal mit Smoltschek habe."

„Ich höre."

„Lass diese Scheiße! Du bist kein Bulle mehr."

„Pit, wir kennen uns seit einer Ewigkeit. Ich kenn dich, und wenn du im Zusammenhang mit so einem Typ wie Smoltschek genannt wirst, frag ich mich zwangsläufig ..."

„Ja, was?!", unterbrach Gottschalk ihn. „Wo ich stehe? Wie ich dazu komme, auch nur ein Wort mit ihm zu wechseln?" Er schnaubte abfällig. „Das will ich dir sagen, Jan – kein Problem! Damit habe ich nicht das geringste Problem! Der Mann ist in erster Linie Geschäftsmann, und zwar ein verdammt guter. Er hat sich ein kleines Imperium aufgebaut – mit all den Mitteln und Tricks, die jeder andere Unternehmer auch anwendet! Jeder, Jan, verstehst du? Durch die Bank! Da wird geschoben und manipuliert, da fließt Schwarzgeld, und da werden Steuern hinterzogen – auch von mir! Ja, verdammt! Ja, und nochmals ja! Auf der Ebene habe ich null Skrupel! Und weißt du, warum? Weil mir diese absolut unfähige und zudem noch durch und durch korrupte Regierung sonst auch noch den letzten Cent abpressen würde – im Namen der sozialen Gerechtigkeit! Ja, Scheiße! Besten Dank! Auf so einen Staat scheiße ich! Die können mich mal! Das lasse ich nicht mit mir machen und so einer wie Smoltschek erst recht nicht! Das ist das eine, was mich mit ihm verbindet – Geschäfte, Jan! *Ein* Geschäft ...!"

„Ein schmutziges ..." Gottschalk ging nicht darauf ein.

„Ein dickes Geschäft, das mich ein für alle mal saniert! Ja! Sonst steh ich nämlich mit blankem Arsch da!", sagte er. „Ich will die Gastronomie in seinem neuen Schuppen! Hafencity! Superlage! Eröffnung zu Silvester! Das sind nur noch zwei Monate! Zwei beschissene Monate! Darüber verhandeln wir – okay?! Unter Hochdruck! Ob es auf eine simple Pacht hinausläuft oder ob er mitmischt und wenn, in welcher Größenordnung!" Er wehrte einen weiteren Ansatz Broszinskis ab. „Und das andere ist – oder besser, war – eine Gefälligkeit, ein persönliches Ding. Das kannst du auch wissen, aber dann lass mich damit in Ruhe! Das ging von Hennings Frau aus, von Elke, mit der ich ja – wie Fedder heraus trompeten musste – ein Verhältnis habe. Ein ausgesprochen stressfreies übrigens. Sie hatte ihren Alten in Verdacht, auf Smoltscheks Partys weiß der Geier was zu treiben. Irgendein Arsch setzt es in die Welt, und schon ist es Fakt und alle fahren drauf ab! Geschwätz! Dummes Geschwätz! Der kleine Scheißer ist da nie aufgetaucht! Das weiß ich inzwischen aus absolut zuverlässiger Quelle! Nein, nicht von Smoltschek selbst, halt mich nicht für bescheuert! Das hab ich von Leuten aus unserem alten Laden. Aber *die* Namen nenn ich dir nicht! Die Leute haben mein Wort! Mehr ist nicht, nicht mehr und nicht weniger!" Er wischte sich flüchtig den Schweiß von der Stirn und nickte bekräftigend.

Broszinski nahm einen tiefen Zug. Gottschalk schien tatsächlich alles gesagt zu haben. Behutsam streifte er den Aschkegel vom Zigarillo.

„Das reicht auch", sagte er. Er sagte es ohne Enttäuschung oder gar Zorn. „Das heißt aber nicht, dass Smoltschek und Henning überhaupt nichts miteinander zu tun haben."

„Geht's dir etwa darum?"

„Ja."

„Was – ja?!", schnauzte Gottschalk.

Broszinski lächelte müde und sagte es ihm dann.

3

Aussage Wilfried Altmann, aufgenommen von KHK Fedder und KK Schwekendieck.

KHK Fedder: *Herr Altmann, Sie machen diese Aussage freiwillig und haben von daher auf einen Rechtsbeistand verzichtet. Ist das richtig?*

Altmann: *Ja.*

KHK Fedder: *Es geht um den 7. Februar dieses Jahres, einen Donnerstag. Würden Sie uns bitte schildern, wie dieser Tag für Sie verlief?*

Altmann: *Ich wurde vom Tod meiner Frau benachrichtigt.*

KHK Fedder: *Korrekt, ihre Ex-Frau, die nicht mehr beruflich tätige Rechtsanwältin Angelika Garbers.*

Altmann: *Geli hat den Doppelnamen beibehalten – Garbers-Altmann.*

KHK Fedder: *Entschuldigen Sie, ich korrigiere, Angelika Garbers-Altmann. Wie und von wem wurden Sie vom Ableben der Angelika Garbers-Altmann unterrichtet?*

Altmann: *Durch einen Anruf Ihrer Nachbarin.*

KK Schwekendieck: *Name? Der Name der Nachbarin?*

Altmann: *Frau Kreuzer, ich kenne sie nicht weiter. Sie wohnt direkt unter Geli. Sie hat mich angerufen und gesagt, dass die Polizei im Haus ist und sie gehört hat, dass Geli etwas zugestoßen sei.*

KHK Fedder: *Etwas zugestoßen – das heißt nicht zwangsläufig, dass Frau Garbers-Altmann tot war.*

Altmann: *Ich habe das so verstanden.*

KHK Fedder: *Beim Betreten der Wohnung Ihrer Ex-Frau haben Sie gefragt – ich zitiere aus dem damaligen Protokoll – „Ist sie tot? Wer hat das getan? Wer hat sie umgebracht?"*

Altmann: *Das war in der Aufregung. Ich stand unter Schock. Ich habe nicht glauben können, dass es tatsächlich ein Unfall war.*

KK Schwekendieck: *Beim Anruf der Nachbarin Frau Kreuzer – wo befanden Sie sich da?*

Altmann: *Zuhause.*

KK Schwekendieck: *Ich meine, waren Sie bereits auf? Waren Sie in der Küche, in einem der Zimmer oder im Bad ...?*

Altmann: *Ich wurde durch das Klingeln geweckt.*

KHK Fedder: *Sie haben den Anruf im Bett entgegengenommen?*

Altmann: *Nein, am Telefon. Ich bin in den Flur gegangen.*

KHK Fedder: *Gut, Sie haben dann also gehört, dass Ihrer Ex „etwas zugestoßen sei."*

Altmann: *Ja.*

KHK Fedder: *Daraufhin haben Sie geschlossen, dass sie tot sei.*

Altmann: *Ich habe ...*

KHK Fedder: *Entschuldigen Sie. Ich will das kurz zusammenfassen. Ich versuche, mich in Ihre damalige Lage zu versetzen. Sie werden durch das Telefon aus dem Schlaf gerissen. Die Nachricht, dass der Ihnen immer noch nahe stehenden Angelika etwas zugestoßen sei, löst bei Ihnen aus, dass sie tot ist. Sie kleiden sich in aller Eile an, stürzen aus dem Haus und nehmen Ihren Wagen. Entspricht das dem tatsächlichen Verlauf an jenem Morgen?*

Altmann: *Ich ...*

KHK Fedder: *Ja oder nein? Oder gab es bis zu dem Zeitpunkt noch etwas?*

Altmann: *Nein. Ich bin ...*

KHK Fedder: *Haben Sie irgendwelche Tabletten genommen? Beruhigungsmittel, Psychopharmaka ...?*

Altmann: *Nein, nein – ich bin direkt losgefahren.*

KK Schwekendieck: *Das war um wieviel Uhr?*

Altmann: *Das habe ich doch alles schon mal gesagt.*

KHK Fedder: *Sie haben seinerzeit zu Protokoll gegeben, dass Sie – ich zitiere – „so gegen 8.00 Uhr" angerufen wurden. Dabei bleiben Sie?*

Altmann: *Ja – ja, natürlich.*

KHK Fedder: *Dann kann man davon ausgehen, dass Sie spätestens kurz nach Acht von Ihrem Zuhause aus losgefahren sind. 8.05 – 8.10 Uhr, nicht später.*

Altmann: *Ja, so ungefähr.*

KK Schwekendieck: *Welchen Weg haben Sie genommen?*
Altmann: *Den schnellsten.*
KK Schwekendieck: *Ich meine, die genaue Route. Wie sind Sie gefahren? Sie können uns das hier auf dem Stadtplan zeigen.*
Der Befragte zeigt sich irritiert, kommt aber schließlich der Aufforderung nach und erklärt anhand des Stadtplans.
Altmann: *Ich bin direkt auf die Alsterkrugchaussee und dann ganz durch bis zur Kreuzung Schulweg, Fruchtallee. Da bin ich zum Eimsbütteler Marktplatz abgebogen und von da in die Voigtstraße.*
KHK Fedder: *Das ist die einfache Strecke.*
Altmann: *So fahr ich immer.*
KHK Fedder: *Es gibt zu diesem Weg zwei Alternativen. Die eine geht über Lokstedt und bringt bei dem morgendlichen Berufsverkehr möglicherweise nicht viel. Die andere aber – über Quickborner und Heußweg auf die Osterstraße ...*
Altmann: *Da kenn ich mich nicht aus.*
KHK Fedder: *Nicht so vorschnell, Herr Altmann. Genau daran nämlich zweifeln wir. Wir haben sogar erhebliche Zweifel ...*
Altmann: *Ich ... was wollen Sie eigentlich?*
KK Schwekendieck: *Sie haben Ihren Wagen am Montag, dem 11. Februar dieses Jahres, an den Gebrauchwagenhändler Izmir Tüsdan verkauft.*
Altmann: *Ja, aber ... nach Gelis Tod, ich meine, ich habe ihn sonst nie benutzt. Aber ich möchte jetzt doch wissen, was das jetzt mit ihr zu tun hat?*
KHK Fedder: *Gut, ich werde es Ihnen sagen. Sie kamen kurz vor Neun in Angelikas Wohnung. Sie waren abgehetzt und Sie sind vor mir in sich zusammen gesackt – unterbrechen Sie mich nicht. Um genau 8.47 Uhr kam es auf dem Fußgängerstreifen Osterstraße, Heußweg zu einem schweren Unfall. Eine Neunjährige wurde von einem in die Osterstraße einbiegenden und vor dem Fußgängerübergang nicht ordnungsgemäß abbremsenden Wagen erfasst und auf das Pflaster geschleudert. Der Fahrer ist geflüchtet. Aber es gab Zeugen! Zeugen, die den Wagen beschreiben*

konnten. Es war ein dunkelgrauer Opel, ein älteres Modell! Es war Ihr Wagen! Das waren Sie! Sie haben ein Kind, Herr Altmann, ein Kind lebensgefährlich verletzt und sind einfach weiter gerast! Eine Neunjährige, ein gesundes, junges Mädchen, das seitdem ...

Fedder überflog die letzten Sätze nur noch. Altmann hatte einen Anwalt verlangt. Die Befragung war beendet worden. Er legte die Seiten zurück in die Mappe und sah auf die Uhr. Es wurde Zeit.

Es war genau 17.30 Uhr, als er in dem großräumigen Büro seinem Chef gegenüber trat. Er wurde gebeten, Platz zu nehmen und gefragt, ob er was zu trinken wünsche, eine kleine Stärkung.

Fedder lehnte dankend ab. Sein Chef, ein stämmiger Mann von Ende Fünfzig mit einem altertümlichen Bürstenhaarschnitt, schenkte sich einen Korn ein, den er mit einem Schluck runter kippte. Genüsslich seufzend zündete er sich eine Filterlose an und blies den Rauch zur Decke hoch.

„Ich habe hier das Schreiben eines Anwalts vorliegen", begann er. „Paul Kimmich. Der Mann ist mir hinlänglich bekannt. Ein ziemlich windiger Bursche, um es moderat auszudrücken. Er beschuldigt dich, das von seinem Mandanten Wilfried Altmann entdeckte und dir unverzüglich weitergereichte Tagebuch des Karl Weber, genannt ‚Zappa', unterschlagen zu haben. Entspricht das der Wahrheit?"

Fedder straffte sich.

„Nein", sagte er ohne zu zögern.

„Existiert dieses Buch?"

Auch diesmal antwortete Fedder umgehend.

„Nein", sagte er.

„Hat dieser Altmann – wir sprechen von dem geschiedenen Mann der tödlich verunglückten Weber-Anwältin Garbers-Altmann – hat er dir überhaupt etwas überreicht?"

„Ja", sagte Fedder. „Ein Notizheft im DIN A 6 Format mit linierten, leeren Seiten."

„Ein unbeschriebenes Heft?"

„Ein gänzlich unbeschriebenes Heft", bestätigte Fedder. „Darf ich dazu noch etwas bemerken?"

„Klar",sagte sein Chef. Fedder reichte ihm die dünne Mappe.

„Altmanns erste Aussage. In einem entscheidenden Punkt lügt er. Er ist krank. Er hat Depressionen und er hat Wahnvorstellungen. Die hatte er schon damals – ich meine, zu der Zeit, als Zappa in U-Haft war und Frau Garbers-Altmann ihn anwaltlich vertrat. Altmanns Zustand hat sich seitdem nicht verbessert. Im Gegenteil. Er steht ständig unter Einfluss starker Psychopharmaka. Das können wir inzwischen nachweisen. Wir ermitteln gegen ihn in Bezug auf einen vermutlich von ihm im Februar dieses Jahres verursachten Unfall mit Fahrerflucht. Da es sich bei dem angefahrenen und zur Tatzeit lebensgefährlich verletzten Opfer um meine Tochter handelt, habe ich den Fall abgegeben. Was das Notizheft betrifft ..."

„Danke", stoppte ihn sein Chef. Er legte die Mappe beiseite, ohne einen Blick auf das Protokoll geworfen zu haben. „Ich denke, ich verstehe. Paranoides Ausweichmanöver."

„Würde ich sagen." Fedder nickte bekräftigend.

„Ich les mir das später durch." Er schob ihm das Anwaltschreiben zu.

„Schreib eine Stellungnahme und reich sie mir Montag rein. Ich gehe davon aus, dass du das Heft als Beweisstück gesichert hast."

„Das habe ich – selbstverständlich. Der Kollege Schwekendieck war bei allen Vorgängen Zeuge."

„Gut. Wie ist es jetzt mit einem Schnaps?"

„Danke – ich fahre noch eine längere Strecke mit dem Wagen."

„Ins Wochenende?"

„Ein Besuch in Niebüll", sagte Fedder und stand auf.

4

Nicole fand direkt vor dem *Piceno* eine Parklücke. Wie verabredet hupte sie zweimal kurz. Broszinski erschien oben im Haus am Fenster und signalisierte, dass er bereit sei. Kurz darauf kam er heraus. Er war mit schwarzen Levis, einem schwarzen Rollkragenpullover und einer abgewetzten Lederjacke bekleidet. Auch die Baseballschuhe waren schwarz.

Nicole musterte ihn anerkennend.

„Interessant", sagte sie. „Irgendwie macht dich das wesentlich jünger. Hast du nur die eine Tasche?"

„Mehr brauche ich nicht. Kuddel hat uns Stiefel und Regenzeug raus gestellt."

„Auf seine Waldhütte bin ich sehr gespannt."

„Er hat sie perfekt eingerichtet. Den Wagen müssen wir allerdings bei ihm im Ort stehen lassen, aber das fällt nicht weiter auf. Fährst du?"

„Autobahn oder Land?"

„Wir haben Zeit", sagte Broszinski. „Es reicht, wenn wir bei Einbruch der Dunkelheit da sind. Es ist sogar besser." Nicole nickte. Sie wechselte auf den Beifahrersitz.

„Musik?"

Broszinski schüttelte verneinend den Kopf. Er setzte sich ans Steuer, schob den Sitz ein wenig vor und stellte Rück- und Seitenspiegel des Saab-Coupés neu ein.

„Wenn du magst, erzähl mir von der Beerdigung. Ich hab die Nachrufe gelesen."

„Es gab auch in der Kapelle einige Reden. Ich stand ziemlich weit hinten und hab nicht alles verstanden ..."

„Warum hinten? Entschuldige, aber ihr hattet doch eine enge Beziehung?"

„Eine nicht öffentliche", sagte Nicole. „Für Geliebte gibt es keinen Platz in der ersten Reihe, das solltest du eigentlich wissen."

„Ich hab auch mehr an deine Stellung im Sender gedacht."

„Geschenkt", sagte Nicole. „Bernhard hat mich gefördert, er hat eine eigene Sendung für mich durchgesetzt, aber mit seinem Tod bin ich automatisch zum Abschuss frei gegeben. Das ging schon vor der Bestattung los."

„Konkret?"

„Konkret der Hinweis auf zu niedrige Einschaltquoten, minimaler Marktanteil, Überlegungen zu einer Neukonzeption – angedacht, heißt das. Angedacht ist, mein Gespräch mit der jeweiligen Person zu reduzieren, weniger Außendrehs, Überraschungsgäste am Kamin oder am Gartengrill. Das Übliche eben. Leichte Kost." Sie schnaubte abfällig. „Im Prinzip genau das, was Bernhard nicht wollte. Er war mal im Kommunistischen Bund."

„Na ja", sagte Broszinski. „Das wird mindestens dreißig Jahre her gewesen sein."

„Ihn hat's geprägt. Er hat sich allerdings auch immer gewundert, wie er es mit seiner Vergangenheit dann doch bis zum Programmdirektor gebracht hat." Sie zündete sich eine Zigarette an und kurbelte das Seitenfenster ein Stück herunter. Broszinski nahm Richtung auf Harburg. Der Spätnachmittagsverkehr floss überraschend zügig. „Einiges hatte er sicher seiner Frau zu verdanken. Sie hatte jedenfalls den entsprechenden Background – Bremer Intendantentochter, Romanistikprofessur, Publizistin. Wenn wir mal nach Italien reisen – sie hat ein wahnsinnig gutes Buch über Neapel geschrieben, und auch einen lukullischen Reisebericht mit wirklich außergewöhnlichen Rezepten aus den einzelnen Regionen. Gottschalk kennt es wahrscheinlich."

„Gottschalk." Broszinski fingerte einen bereits angerauchten Zigarillo aus der Jackentasche und paffte nun auch. „Gottschalk hat mich übrigens noch mal angerufen. Er sorgt sich, dass unsere Freundschaft einen Bruch bekommen haben könnte."

„Und?"

„Nichts weiter. Es klang ein wenig weinerlich. Über Smoltschek will er nach wie vor nicht mehr wissen, als ohnehin allgemein bekannt ist. Du hast wesentlich mehr heraus gefunden."

„Aber nicht, was dieses mysteriöse *SG* heißen könnte."

„Ich habe diese Nacht an *Sondergeschäft* gedacht. Mal unabhängig von Smoltschek. Ein *Sondergeschäft* zwischen Henning und ihr."

„Sprichst du jetzt nicht einmal mehr ihren Namen aus?"

Broszinski ging nicht darauf ein.

„Sie hatte was mit Henning, da gibt's kein Vertun. Jedenfalls soll sie hinter ihm her gewesen sein, sagt Kuddel. Und dann sind sie gemeinsam nach Hamburg." Er hatte in der Nacht wieder einmal versucht, sich ihr Überwechseln in die Stadt vorzustellen. Tief atmend, den Atem kreisen lassend, Bilder herauf beschwörend.

Ein Wagen, Anns alte Ente vielleicht. Voll bepackt mit Kleidung, mit Büchern, mit etwas Geschirr. Schreibtischstuhl, Lampe, Bettzeug. Ein paar Bilder. Cassetten mit den Hits der frühen Siebziger. *Queen, T. Rex,* die *Eagles. In The Summertime* vielleicht noch, und *San Francisco* von Scott McKenzie. Partyklopper. Speed auf Autobahnen. Raststätte Stillhorn. Nur noch wenige Kilometer bis zu den Elbbrücken. Bis zur City. Wo hatten sie sich dort eingerichtet? In einer eigenen kleinen Bude? Im Zimmer einer WG? Angelika Garbers hatte in Eimsbüttel gewohnt. Wo aber war Ann untergekommen, und wo Henning?

„Ich hab Fedder gebeten, ihre damaligen Adressen zu ermitteln. Möglicherweise haben sie zusammengewohnt."

„Ja", sagte Nicole. „Aber ein *Sondergeschäft* aus alter Liebe ...?"

„Es hat was mit der Zeit zu tun", sagte Broszinski. „Ob das in Hamburg war oder noch in ihrem Schnuckendorf, wir finden's raus."

Nicole sah lächelnd zu ihm hin.

„Du hast zum ersten Mal *wir* gesagt." Sie legte die Hand auf seinen Schenkel. Broszinski erwiderte ihr Lächeln.

„Ein Rat meiner Therapeutin", sagte er. „Ja – *wir*. Wir haben das ganze Wochenende, und wenn du kannst, bleiben wir auch noch ein paar Tage länger."

5

Das Telefon klingelte. Fedder schrak zusammen. Er war schon gegen 22 Uhr wieder aus Niebüll zurück gewesen und hatte sich gerade Zappas Notizheft noch einmal vorgenommen. Den Bruchteil einer Sekunde dachte er, das Heft wegschließen zu müssen. Aber es war kein Türklingeln. Es war nur das Telefon. Automatisch sah er auf die Uhr. Es war 23.11 Uhr.

Fedder nahm den Hörer ab.

„Ja?", sagte er.

„Herr Fedder ... ?"

„Ja?"

„Cornelia", sagte die Anruferin. „Cornelia Bossardt. Sie erinnern sich?"

„Ja – natürlich." Er atmete auf und lächelte.

„Ich bin in der Wohnung meines Vaters. Sie wissen ja – sozusagen gleich um die Ecke." Sie räusperte sich. Als sie weiter sprach, hörte Fedder heraus, dass ihre Zunge schwer war. „Hätten Sie noch Lust aufn Glas Wein. Ich hab hier den ganzen Tag geschuftet, mir nen Überblick übern ... über den Nachlass meines Vaters verschafft. Sie wissen ja ..."

„Ja, ich weiß. Es tut mir Leid – mein Beileid."

Cornelia lachte.

„Er warn Arsch! Aber wie ... wie isses mit Ihnen? Ich kann innen paar Minuten bei Ihnen sein. Mit ..."

„Bei mir ...?"

„Mit en paar Flaschen Schampus. Oder sind Sie nich allein?"

„Doch, das schon. Aber ..."

„Dann bin ich wie en Blitz bei Ihnen!" Sie legte auf.

Fedder schluckte. Mein Gott! Die Frau hatte schwer einen in der Krone. Zugleich aber verspürte er eine starke Erektion. Er sah die Bossardt in ihrem lila changierenden Hosenanzug vor sich. Ihre extrem eng geschnittene Hose. Die offene Jacke. Die sich unter der dünnen Seidenbluse abzeichnenden Brüste.

Ihr breiter, rot geschminkter Mund. Ihr weißblondes, kurz geschnittenes Haar.

Fedder dachte daran, dass er seit einer Ewigkeit mit keiner Frau geschlafen hatte. Jetzt schien sich die Gelegenheit zu bieten. Zum Teufel, ja! Warum nicht? Er hatte ein freies Wochenende, noch den ganzen Samstag und auch den Sonntag vor sich. Larissa war bei Evelyn und ... Evelyn! Nur ja nicht an Evelyn denken, sagte er sich. Seine Erektion hatte schlagartig nachgelassen.

Fedder eilte ins Bad.

Als es an der Tür klingelte, hatte er sich die Zähne geputzt, sich trocken rasiert und drei Präservative aus dem Toilettenschränkchen in die Tasche gesteckt. Er öffnete und wartete betont lässig auf die heranstöckelnde Bossardt. Sie schleppte zwei große Plastiktüten und sah hinreißend aus. Sie trug wieder einen Hosenanzug. Diesmal war es ein dunkler, und die Stehkragenjacke war bis zum Hals zugeknöpft. Aber wie bei dem kleinen Crash auf der Straße war sie stark geschminkt. Ihre Augen glänzten.

Fedder begrüßte sie und bat sie einladend herein.

Sie drückte ihm die Tüten in die Hand.

„Schampus für ne Orgie", sagte sie. Sie schwankte ein wenig. „Hoppla! Isn langer ... langer Flur, den Sie hier haben. Stellen Sie den Rest kühl."

„Du", sagte Fedder. „Ich denke, wir sollten uns duzen – Jörg."

„Sag ich doch – Jörg. Jörgi. Da trinken wir erstma einen drauf. Du glaubst nich, was ich all fürn Scheiß bei meim Vater gefunden habe. Jede Menge Dreck von ... von seiner Hure! Die hat ihn zu ... zu Tode gefickt – entschuldige. Tschuldigung, dass ich das so unverblümt sage. Aber so isses!"

„Das ist nie leicht", sagte Fedder. „Ich meine, den Verlust eines geliebten Menschen ..."

„Scheiße!", fuhr sie ihm dazwischen. „Der Alte war zum Kotzen! Bleiben wir in der Küche? Gleich bis zum Frühstück?"

Sie lachte schrill. „Aber vorher ..." Sie fasste ihn am Hemd und zog ihn dicht an sich heran. „Vorher gibst du mir einen kleinen Kuss. Das ... das gehört sich so, wenn wir jetzt auf du und du sind. Nenn mich Nele."

„Cornelia ..."

„Nele", wiederholte sie und schlang verlangend ihre Arme um ihn.

Fedder verkrampfte sich.

6

Gottschalk erschien erst nach 13 Uhr auf dem Geburtstagsbrunch der Fotografin. Die unzweifelhaft geliftete Fünfzigjährige hielt ihm die Wange hin. Er gratulierte und machte ihr eins der üblichen Komplimente. Sie war geschmeichelt und äußerte sich ihrerseits anerkennend über seinen Dreiteiler. Gottschalk trug einen in Mailand maßgeschneiderten rostbraunen Anzug. Der Kragen seines Ton in Ton gehaltenen Hemds stand offen. Er überreichte der Fotografin die kleine Kiste mit den am frühen Morgen frisch aus Frankreich angelieferten Austern. Sie dankte überschwänglich und versicherte, sie allein mit ihrem langjährigen Lebenspartner genießen zu wollen. Der Schluffen kam soeben aus der Küche. Er war wie immer ausgesprochen schlampig gekleidet. Gottschalk hatte ihn noch nie leiden können. Der Typ grüßte mürrisch und sagte, der Kaffee sei alle. Gottschalk bat um Mineralwasser. Die Fotografin verstaute die Austern im Kühlschrank.

„Trink wenigstens einen kleinen Schluck Champagner mit mir", sagte sie. Sie schenkte ein. „Matthias glaubt immer noch, wir hätten mal was miteinander gehabt."

„Dann sollten wir das schnellstens nachholen. Ich bin momentan solo. Vielleicht schießt du das Arschloch dann endlich in den Wind."

„Ach, Pit", seufzte sie theatralisch. Sie stieß mit ihm an und leerte das Glas auf einen Zug. Ihr Handy meldete sich. Gottschalk ging nach nebenan in das großräumige Atelier.

Julie fehlte ihm. Sie fehlte ihm in jeder Hinsicht. Was tat sie jetzt, in diesem Moment? Frühstückte sie im Odeon? Schlenderte sie durch Zürichs City? War sie im Kino? Er hoffte jedenfalls, sie von ihrem verdammten Rachetrip runtergebracht zu haben.

Die etwa dreißig Geburtstagsgäste standen oder saßen in kleinen Gruppen herum und redeten aufeinander ein. Gottschalk kannte die meisten. Er grüßte kurz in die Runde und nahm das bereits arg geplünderte Buffet in Augenschein. Die Gespräche übertönten Keith Jarretts Pianospiel, vermutlich die legendäre Aufnahme des Kölner Konzerts. Gottschalk hörte was von Festtagen. Von Weihnachten. Praktisch schon morgen. Weihnachtsbeleuchtung. Weihnachtsmärkte. Glühwein, und voraussichtlich wieder mal kein Schnee. Mitternachtsmesse in Vorfrühlingsstimmung. Im überfüllten Michel. Das hat bei uns Tradition. Eine wirklich aktuelle Predigt. Das Gewissen. Glauben ohne Kirche.

Gerede, Gerede, Gerede. Das auf jeder Party so dahin plätschernde Geschwätz. Gottschalk häufte sich einen Klacks Rohkostsalat auf den Teller und legte einige Scheiben Salami dazu.

Ich faste, Julie. Ich nehme ab. Ich tue alles, um dich bei mir zu halten. Lass die alten Geschichten ruhen. Das bringt nichts.

Ein Spaziergang auf dem Deich. Drüben, im Alten Land.

Weißt du noch? Erinnert ihr euch? Die tatsächlich mal zugefrorene Alster. Bratäpfel und Gänsebraten. Das Witzigmann Rezept! Vorkochen, ich sage nur vorkochen! Essen ohne Stress. Ohnehin nur Hektik. Allein schon die Geschenke. Was das an Überlegung kostet. Erinnerungsarbeit. Wer hat bereits was? Diskussionen. Alle Jahre wieder Streit unterm Lichterbaum. Das Nervenkostüm liegt blank! Und dann in letzter Minute mit dem HVV in die City. Jungfernstieg. Neuer Wall. Ein Buch. Eine CD. Dieser wunderbare Hörbuch-Laden.

Gottschalk zupfte doch noch eine Brezel aus dem Brotkorb. Eine füllige Blondine warf ihm einen interessierten Blick zu.

Gottschalk lächelte ein dünnes Lächeln. Ihre Sitznachbarin drückte die Zigarette aus und stand auf. Sie war sichtlich frustriert. Gottschalk überlegte, sich zu ihr zu gesellen. Er sah sie zum ersten Mal.

Ohne mich! Lieber Brot für die Welt! Für mit dem Munde gemalt! Postkarten im Zehnerpack! Kleiderspenden! Ein Zeichen setzen, gerade jetzt in diesen Zeiten. Das Elend der Welt ist weltumspannend. Wir verreisen. Wie jedes Jahr. Kreuzfahrt in die Karibik. Ferienhaus in Dänemark. Auch Mallorca ist nicht gänzlich verkehrt. Es gibt nichts Gemütlicheres. Selbst für die Kinder nicht. Die Kinder, ja, die Kinder! Wir müssen zu den Eltern. Zu den Großeltern! Wenigstens für ein paar Stunden. Marmorkuchen im Heim.

Die Frustrierte gab einem grauhaarigen Cordanzugträger zu verstehen, sich von der Gastgeberin zu verabschieden. Gottschalk seufzte.

Heiligabend gab es bei uns immer Kartoffelsalat mit Würstchen. Am Küchentisch, ganz schlicht! Bei Radiomusik! Klassik Radio. Vor der Bescherung, vor der Bescherung bitteschön! Uschi Glas singt jetzt auch Weihnachtslieder. Ohne Baum ist Weihnachten für mich einfach kein Weihnachten. Der alte Weihnachtsschmuck von Tante Hilde. Das von Hand geschnitzte Krippenspiel. Maria und Joseph. Ochs und Esel im Stall. Ihr Kinderlein kommet! Ich werde bis zur letzten Minute arbeiten müssen. Da bist du nicht die Einzige. Frohlocke! Freue Dich, oh, freue Dich am Christenleid! Ein gequältes Lachen. Und was macht ihr Silvester?

Silvester. Gottschalk zwang sich, jetzt nicht daran zu denken.

Er hielt jetzt nach einem etwas ruhigeren Platz Ausschau. Dann aber blieb er überrascht stehen. Elke hatte den Raum betreten. Sie war ebenso verwundert wie er. Doch sie fing sich schnell und kam freundlich lächelnd auf ihn zu.

„Unser liebster Patron!", sagte sie. „Ich wäre nie auf die Idee gekommen, Sie hier anzutreffen. Sie kennen unsere Freundin?" Sie senkte die Stimme. „Mein Sohn steht drüben am Fenster."

Gottschalk verstand.

„Eine gute Bekannte", sagte er. „Sie kommt auch oft ins ‚Paulsen'. Wie ist Ihre Verbindung zu ihr?"

„Karin ist Philips Patentante. Wir haben uns damals in New York angefreundet. – Hör zu, ich bring den Jungen gleich zum Bahnhof. Wir können uns in der Stadt verabreden. Es tut sich einiges."

„Henning?"

Sie nickte leicht.

„Ich hätte heute ohnehin noch einmal versucht, dich endlich zu erreichen. Er ist mit einigen Parteifreunden in einer Klausursitzung. Man will ihn abschießen."

Gottschalk räusperte sich.

„Gut", sagte er. Er sah beiläufig zu ihrem Sohn. Der Junge schien nur Augen für das mit ihm zusammenstehende junge Mädchen zu haben. Es trug ein knielanges weißes Sommerkleid über den Jeans und hatte einen dicken schwarzen Schal um den Hals geschlungen. „Komm zu mir. Ich bleibe nicht lange."

„Zu dir?"

„So gegen Drei", sagte Gottschalk. „Aber geh nicht durchs Lokal. Ich bin oben in der Wohnung. Ich bin allein."

Elke setzte wieder ihr Lächeln auf und hob zu einer in der Nähe stehenden Gruppe hin das Glas.

Gottschalk schlenderte raus auf die Veranda.

Nach den kleinen Schauern am Vormittag klarte es jetzt allmählich auf. Er stellte Glas und Teller auf der Brüstung ab und entzündete eine seiner selbst gedrehten Hanfzigaretten. Dass Henning auch innerhalb seiner Fraktion unter Beschuss stand, war nicht neu. Ihn aber nach nur einem Jahr Amtszeit kippen zu wollen, war eine andere Sache. Der Mann setzte als Innensenator im Prinzip eigentlich nur das um, womit seine Partei in den Wahlkampf gezogen war. Oder besser, was ihr seinerzeit nach den rasant angestiegenen Wählerstimmen für die Rechtspopulisten schnell noch in punkto allgemeine Sicherheit eingefallen war. Henning hatte den richtigen Ton getroffen, den Nerv des „gesunden Volksempfindens". Er war auf allen Sendern präsent gewesen und bei seinen Rededuellen mit den Vertretern anderer Parteien hatte er jedes Mal haushoch gepunktet. Er war fix im Reden und im Denken, und selbst Gottschalk konnte ihm ein gewisses Charisma nicht absprechen. Warum also zum Teufel wollte man ihn jetzt abservieren?

Smoltschek? Gab es da doch was? Irgendeine Scheißmauschelei?

Aber wer sollte ihn dann ersetzen? Wusste Elke darüber was oder meinte sie mit dem „es tut sich einiges" lediglich, dass ihre Ehe jetzt doch den Bach runter ging?

Eine fette Taube flatterte vom Dach des Nachbarhauses auf, und Gottschalk sah, dass dort eine der oberen Balkontüren geöffnet worden war. Der Mann, der sich offenbar fassungslos an die Stirn fasste und den Kopf schüttelte, war ihm bestens bekannt. Es war Schwekendieck.

Gottschalk wollte dem ehemaligen Kollegen schon zuwinken, als Fedder hinter ihm sichtbar wurde.

7

Die Frau, der Broszinski und Nicole in ihrem behaglich eingerichteten Wohnzimmer gegenüber saßen, hieß Dagmar Wulff. Sie hatte Kaffee, Mineralwasser und Gebäck serviert und wirkte äußerst konzentriert. Nicole hatte sie gebeten, mitschreiben zu dürfen.

„Kuddel hat mir gesagt, dass ich offen mit Ihnen reden kann", sagte sie. „Ich habe ohnehin nichts mehr zu verlieren." Sie machte eine kleine Pause.

„Darmkrebs im Endstadium. Die Ärzte geben mir bestenfalls zwei Monate. Ob ich das nächste Jahr noch erlebe, ist fraglich. Ich habe jahrelang alles in mich hineingefressen. Rein psychisch, meine ich. Ich bin nie ärgerlich oder gar wütend geworden, sicher auch berufsbedingt."

„Sie waren Sprechstundenhilfe bei Anns Vater."
Sie nickte.

„Ann – ja, die Ann. Sie hat mir vom ersten Tag an zu verstehen gegeben, dass ich ein dummes Ding sei und lediglich zu gehorchen habe. Ich war immerhin schon Fünfundzwanzig und hatte bereits Praxiserfahrung. Der Doktor war immer freundlich zu mir. Wir sind sehr gut miteinander ausgekommen. Er war ein großer, schlanker Mann, wissen Sie. Ein feinsinniger Mann. Er hat sich für Malerei interessiert und auch sehr viel gelesen. Ich habe dann auch für ihn eingekauft und gekocht. Aber mit Ann hat sich nie was geändert. Sie ist ein Biest. Sie war damals gerade wieder aus Hamburg zurückgekommen und zog rüber in den alten Speicher der verstorbenen Galeristin. Den hatte diese Gundula ihrem Vater vermacht. Ich denke, dass Ann sie dazu gebracht hat. Sie hat sich jedenfalls gegenüber ihrem Vater damit gebrüstet, die Sterbenskranke entsprechend bekniet zu haben. Der alte Herr war schockiert. Dass seine Tochter sich als derart durchtriebene Person entpuppte, war für ihn ein harter Schlag. Er hat das nie für möglich gehalten. Sie war für ihn sein ein und alles. Er hat sie geliebt. Abgöttisch ist die richtige Bezeichnung." Sie nahm einen Schluck Wasser.

Nicole schlug eine neue Seite auf.

„Es wurde zwar immer wieder getuschelt, dass es mehr als nur väterliche Liebe gewesen sei", fuhr die Wulf fort, „aber davon habe ich nie was bemerkt. Ann kam dann auch nur noch selten zu ihm ins Haus. Eine zeitlang dachte man, sie igelt sich völlig ein. Sie verließ den Speicher kaum noch. Nachts war oft laute Musik zu hören. Es ist gut möglich, dass Henning sie in der Zeit besucht hat. Das interessiert Sie sicher am meisten."

„Ja", sagte Broszinski.

„Ja – der Wilm. Er war ja jedes Wochenende bei seiner Mutter. Natürlich wusste ich, dass er mal in Ann verliebt gewesen war. Das war noch während ihrer Schulzeit. Seine Mutter ist seinerzeit dazwischengegangen. Sie hat ihm schlichtweg den Umgang mit ihr verboten. Aber seitdem waren ja etliche Jahre vergangen. Henning hatte es schon zu was gebracht und seine Mama war bettlägerig geworden. Der Doktor hat dann regelmäßig nach ihr gesehen. Ich hatte auch einige Male das Vergnügen. Sie war eine absolut herrische und unfreundliche Person. Vom Typ her nahmen sie und Ann sich eigentlich nichts. Wahrscheinlich konnten sie sich deshalb gegenseitig nicht ausstehen. Aber Henning ist mit Sicherheit mit Ann befreundet geblieben. Ich habe sie allerdings nur einmal zusammen gesehen."

Sie trank noch einen Schluck Wasser.

„Ja – da haben sie sich aber offensichtlich gestritten. Das war einige Tage nachdem Hennings Mutter tödlich verunglückt war."

„Verunglückt?", fragte Broszinski nach.

„Ich habe darüber noch nie gesprochen. Es weiß auch niemand, was an diesem Sonntag wirklich geschehen ist. Das war vor genau sieben Jahren, im Oktober. Hennings Mutter war schon seit Wochen nicht mehr auf den Beinen gewesen. An diesem Tag aber soll sie gewünscht haben, mit Henning ins ‚Heidecafé' zu gehen. Ich kann Ihnen jetzt nur wiedergeben, was Henning und auch Ann dem Herrn Doktor erzählt haben. Und was er mir dann gesagt hat. Aber ich habe dazu auch meine eigene Meinung. Nein, warten Sie. Hören Sie erstmal, was damals erzählt wurde. – Henning will seiner Mutter anfangs strikt untersagt haben, überhaupt aufzustehen. Aber störrisch, wie sie nun mal gewesen sei, habe sie wie immer ihren Willen durchgesetzt. Sie müssen wissen, dass der kürzeste Weg von ihrem Haus zum ‚Heidecafe' ein schmaler Feldweg ist. Er führt direkt am Wald entlang. Als Henning mit seiner Mutter aufbrach, will Ann in eben diesem Wald unterwegs gewesen sein. Allein daran habe ich nie geglaubt. Sie will jedenfalls gesehen haben, dass die alte Henning recht zügig ein paar Schritte vor ihrem Sohn hergegangen ist. Auch das erschien mir unglaubwürdig. Aber Henning hat es damals gegenüber dem Herrn Doktor bestätigt. Seine Mutter habe sich über eine Bemerkung von ihm geärgert und sei nicht mehr zu halten gewesen. Sie sei dann vor seinen Augen gestolpert und mit dem Kopf auf einen Stein gestürzt. Ann soll sofort zur Stelle gewesen sein, doch die alte Henning sei auf der Stelle tot gewesen. So haben beide es übereinstimmend erzählt – Sturz und gleich tot. Tatsache ist, dass Henning weder einen Notarztwagen noch die Polizei gerufen hat. Er und Ann haben die tote Frau zurück ins Haus gebracht und von dort den Herrn Doktor informiert. Als er mir davon berichtete, war er völlig durcheinander. Er war verzweifelt. Schließlich hat er mir gestanden, den Totenschein von sich aus gefälscht zu haben."

Broszinski schnaubte leicht.

„Was hat er geschrieben?"

„Er hat als Todesursache ‚Herzversagen' angegeben. Der Grund war, dass er seine Tochter schützen wollte."

„Schützen? Vor was?"

Die Wulf ließ sich einen Moment Zeit.

„Er hatte Ann in Verdacht, mit Hennings Mutter auf dem Feldweg aneinandergeraten zu sein", sagte sie dann. „Und dass sie sie dabei impulsiv gestoßen oder sich auch nur ihrer erwehrt habe. Obwohl Ann das entschieden zurückgewiesen hat, könnte er ihr nicht glauben. Nicht mehr, hat er mehrmals gesagt. Nie mehr. Ich bin überzeugt, dass er damit auch Gundulas Tod und ihre Erbschaft gemeint hat. Er hat mir das Versprechen abgenommen, nie über all das zu sprechen. Er hat mich inständig gebeten. Und ich habe es ihm geschworen. Ich habe es geschluckt. Wie gesagt, ich habe es in mich hinein gefressen. Der Herr Doktor war danach nicht mehr der Alte. Er wollte Ann nicht mehr sehen. Er hat jeglichen Kontakt zu ihr abgebrochen. Aber er hat darunter gelitten. Es war furchtbar."

„Und Ann?", fragte Nicole.

„Ihr hat das nichts ausgemacht. – Er hat angefangen, zu trinken. Ihm sind dann beim Praktizieren furchtbare Fehler unterlaufen. Er hat die Praxis schließlich geschlossen. Ich habe noch die letzte Kassenabrechnung gemacht und überhaupt noch alles erledigt. Es gab mehrere Interessenten für die Praxis. Der Herr Doktor konnte sich aber nicht entscheiden. Er ließ sich kistenweise Wein ins Haus liefern. Er rasierte sich nicht mehr und ging auch nicht zum Friseur. Einmal hat er sämtliche Bücher aus dem Fenster geworfen. Ich habe getan, was ich tun konnte, um wenigstens noch einigermaßen Ordnung zu halten." Sie wischte sich kurz über die Augen. „Er ist dann über Nacht gestorben. Bei ihm war es tatsächlich Herzversagen. Ein gebrochenes Herz. Und dann kam das Schlimmste."

Sie seufzte schwer.

„Ja, das war wirklich furchtbar. Es war nämlich für alle im Ort so, als habe Ann nur auf den Tod ihres Vaters gewartet. Sie hat nicht eine Träne vergossen. Sie lief freudestrahlend rum. Der Herr Doktor war kaum unter der Erde, da hatte sie das Haus schon verkauft – ja, so war sie. Der Käufer hat es einreißen und das Eckgrundstück komplett neu bebauen lassen. Es ist das mehrstöckige Wohnhaus gegenüber der Post auf der Straße in Richtung Verden." Sie schüttelte den Kopf und setzte neu an. „Ann hat dann den alten Speicher zu der heutigen Galerie erweitert. Sie hat an nichts gespart. Ich glaube nicht, dass der Hausverkauf allein ihr so viel Geld gebracht hat. Der Herr Doktor hatte auch kein großes Vermögen."

„Nein?" fragte Broszinski.

„Das weiß ich hundertprozentig", sagte die Wulf. „Sie muss das Geld woanders her haben. Aus welchen Quellen auch immer. Ich trau ihr alles zu."

8

Für den Sonntag war wieder ein bedeckter Himmel und Regen vorhergesagt worden. Entsprechend trüb war es, als Henning kurz nach Acht erwachte und in das gleich neben dem ehelichen Schlafzimmer liegende Bad ging. Er urinierte, putzte sich die Zähne und duschte. Danach stutzte er seinen Bart auf den Drei-Tage-Wuchs und klopfte ein paar Spritzer *Cool Fresh* auf Wangen und Kinn. Er war allein zuhause. Elke war gestern Nachmittag mit ihrem Sohn nach Berlin gefahren. Philip wünschte, sein Geschichts- und Politikwissenschaftsstudium in der Hauptstadt fortzusetzen.

Gut so.

Henning kleidete sich zügig an. Er hatte sich für bequeme Jeans, Wollhemd und einen grauen Pullover entschieden. Zu einem Stapel Akten, einem kleinen DVD-Player und einigen Actionfilmen packte er einen Satz frischer Unterwäsche und seine Laufschuhe. Er ging in die Garage, verstaute die Sachen in den Satteltaschen seiner Honda und stieg in seine Kluft.

Gegen Neun versorgte er sich am Hauptbahnhof mit der regionalen und überregionalen Tagespresse, trank im Stehen einen Milchkaffee und mümmelte dabei ein Croissant. Auf dem Weg zurück zu seiner Maschine furzte er ausgiebig und war sich sicher, keinesfalls vor Erreichen des Schnuckendorfs kacken zu müssen.

Für die Fahrt zu dem Heideziel benötigte er trotz starken Niederschlags nur knapp 55 Minuten. Als er wie immer die Honda in den Schuppen des Hauses seiner verstorbenen Mutter schob, machte sich im angrenzenden Wald Ann bemerkbar. Ohne Eile ging er ins Haus und ließ sie durch die Hintertür eintreten.

Sie begrüßten sich stumm, und Henning ließ Ann ins Schlafzimmer vorgehen. Er ließ die Jalousien geschlossen und zog sich aus. Auch Ann legte ihre Kleider ab. Henning streifte sich ein Präservativ über und begann nach wie vor wortlos, Ann zu vögeln.

Ann verschränkte die Arme im Nacken und schloss die Augen. Nachdem Henning gekommen war, legte er sich neben sie und ruhte sich eine Weile aus. Dann war es an Ann, das Präservativ von seinem erschlafften Glied abzuziehen und ihm einen zu blasen. Sich schließlich gegenseitig befriedigend verging alles in allem eine gute Stunde.

Während Ann sich wieder anzog, blätterte Henning 25 Hundert-Euro-Scheine auf den Nachttisch. Ann zählte nach und nickte flüchtig. Sie steckte das Geld ein und ging.

9

Am Mittwochmorgen brachte Fedder Butterkuchen und Kaffee mit ins Büro. Er stellte die Pappbecher ab und streckte Schwekendieck die Hand hin. Schwekendieck zog überrascht die Augenbrauen hoch.

„Danke", sagte Fedder. „Du hast mir wirklich sehr geholfen."

Schwekendieck schlug zögernd ein.

„Du hast mit ihr gesprochen?", fragte er.

„Ich hab sogar mit ihr geschlafen."

„Oh ha – soweit ging mein Rat nicht."

„Es war genau das Richtige. Sie war völlig nüchtern, und sie war auch ehrlich. Wenn ich sie nicht aufgesucht hätte, wäre sie biestig geworden. Sie hätte mir irgendwie heimgezahlt, dass ich sie in der Nacht auf die Couch verfrachtet hab."

„Versteh ich nicht", sagte Schwekendieck.

„Ich schon", sagte Fedder. „Sie war gekränkt. Jedenfalls hat sie Zappas Notizen nicht weiter durchgeblättert."

„Nicht weiter? Was heißt, nicht weiter?"

„Sie glaubt, es sei mein Tagebuch gewesen." Fedder setzte sich mit einem Stück Butterkuchen und dem Kaffee an seinen Schreibtisch. „,A.' war für sie eine meiner Verflossenen." Er zitierte. „,Mit A. telefoniert. Druckst rum. Hält mich hin...', undsoweiter, undsoweiter. Die ganze Frustpassage über die Gabers. Zappa hat nie ,Angelika' geschrieben."

Schwekendieck schüttelte den Kopf.

„Das ist dünn", sagte er. „Du hast sie doch über dieses Scheißheft gebeugt überrascht!"

„Schweki – ich bin mir jetzt absolut sicher, dass Conny wirklich nur flüchtig drauf geschaut hat. Wenn's anders wär, hätt ich's gemerkt."

Schwekendieck gab sich keineswegs überzeugt. Er schaute lustlos auf sein Kuchenstück.

Fedder blätterte seinen Wochenkalender um.

„Gibt's was Neues von Altmann?", fragte er übergangslos.

„Nicht, dass ich wüsste."

„Hast du mal nachgefragt?"

„Ich? Wieso? Was soll ich wen denn fragen?"

„Schweki – jetzt lass es gut sein. Mein Gott, ich bin froh, das mit Conny geklärt zu haben!"

„Wie du meinst."

„Ja. Also zieh nicht so ein Gesicht. – Ich rechne damit, dass sein beschissener Anwalt umgehend auf meine Stellungnahme reagiert hat."

„Soll ich ihn etwa anrufen?"

„Scheiße – nein! Aber vielleicht liegt dem Alten ja schon ein Schreiben vor!"

Schwekendieck stand auf und stapelte ein paar Akten.

„Dann wird er's dir gleich sagen. Wir haben die große Runde. Oder hast du das nach deinem ‚klärenden Gespräch' mit dieser Medientussi vergessen?" Er klemmte sich die Hefter unter den Arm. „Von Haus aus Journalistin und nur flüchtig drauf geschaut – pah! Du solltest ihr Fangfragen stellen! Sie hart ins Gebet nehmen! Um zweifelsfrei Bescheid zu wissen! Zweifelsfrei! Damit man eventuell noch was händeln kann! Ich hab dir einen ganzen Katalog von Möglichkeiten aufgelistet! Aber nein – du lässt dich wie der letzte Trottel von ihr becircen! Verdammt – Jörg, wenn Zappas Notizen publik werden, können wir hier einpacken! Ich steh neun Monate vor der Pensionierung! Neun lächerliche Monate, und die will ich sauber abreißen! Ich will meine vollen Bezüge! Ich will …!"

„Schweki!" Fedder ging zu ihm und legte ihm die Hände

auf die Schultern. „Schweki, ich täusch mich nicht in ihr. Glaub mir. Es ist alles in Ordnung. Mach dich jetzt nicht verrückt! Ich ... ich weiß, was ich tue. Ich hab's im Griff, verstehst du? Ich hab die ganze Sache im Griff."

10

Gunther trat die Erde fest, und Julie harkte eine dicke Schicht Laub darüber. Dann ließ sie die Harke fallen und griff nach Gunthers Hand.

„Halt mich fest", bat sie.

Gunther drückte sie an sich. Sie presste ihr Gesicht in sein Lederzeug und schloss die Augen. Sie zitterte jetzt am ganzen Körper.

„He – es ist gut", sagte Gunther. „Es ist gut. Es ist vorbei. Wir müssen uns beeilen."

„Ja – ja", sagte sie leise und bemühte sich wieder ruhig durchzuatmen.

Sie löste sich von ihm, nahm Schaufel und Harke und brachte sie zurück in den Schuppen. Gunther astete die beiden länglichen Kisten auf die Ladefläche des *Wucherpfennig Sprinters*. Er trat den Dreck von seinen Stiefeln und ging noch einmal in die zur Wohnung ausgebaute Scheune. Julie schloss sich ihm an.

Sie inspizierten zum letzten Mal den großen Arbeitsraum. Auf den zusammengestellten Tischen lagen nur noch ein paar ausgedrückte Farbtuben. Gespültes Geschirr stand in dem Abtropfgestell. Gunther rückte den Stuhl wieder unter das Fenster. Er hatte ihn schon gesäubert.

„Okay", sagte er. „Alles am alten Platz." Er brachte das Türschloss wieder in Ordnung und löschte das Licht. Auch draußen war es nun stockdunkel.

„Die Reifenspuren", sagte Julie als sie zum Wagen gingen.

Gunther winkte ab.

„Das bringt nichts. Außerdem wird's diese Nacht wieder pissen. Bleibt's dabei, dass du in Hannover den Zug nimmst?"

„Ja", sagte sie. „Ich muss weg, erstmal weg. Scheiße – ich glaub, mir wird jetzt doch noch übel!"

SECHSTER TEIL
Ende November 2002

Hamburg liegt auf 53 32' 56" nördlicher Breite, 9 58' 42" östlicher Länge.
Die Stadt umfasst eine Fläche von 755 km², allein 60 km² davon sind Wasserfläche. Die Freie und Hansestadt ist Stadtstaat, Bundesland und zugleich Hauptstadt des Bundeslandes Hamburg. Die Bürgerschaft hat 120 Abgeordnete und ist das Landesparlament. Der Senat ist die Landesregierung.
In Hamburg leben etwa 1,7 Millionen Menschen, davon sind über 15% laut Auflistung des Statistischen Landesamt vom Mai 2000 aus der Türkei, Jugoslawien, Polen, Afghanistan, Iran, Portugal, Griechenland, Italien, Ghana, Großbritannien und Nordirland, Russische Förderation, Kroatien, Frankreich, Bosnien-Herzegowina, Vereinigte Staaten, Österreich, Spanien, Mazedonien, Pakistan, China, Niederlande, Dänemark und Färöer, Indien, Philippinen, Ukraine, Japan, Ägypten, Indonesien, Thailand, Vietnam, Schweden, Schweiz, Tunesien, Brasilien, Rumänien, Finnland, Kasachstan, Irland, Belgien und Luxemburg. 31 182 Personen sind unter „Sonstige" registriert.

's ist Krieg! 's ist Krieg! O Gottes Engel wehre,
Und rede Du darein!
's ist leider Krieg – und ich begehre
Nicht schuld daran zu sein!
Was sollt' ich machen, wenn im Schlaf mit Grämen
Und blutig, bleich und blaß,
Die Geister der Erschlagnen zu mir kämen,
Und vor mir weinten, was?

                Matthias Claudius, Kriegslied (1779)

Ich empfehle, 110 zu wählen. Die Polizei kommt dann sofort.

Innensenator Wilhelm Heinrich Henning
in „Bild" vom 28. November 2002

Ein grauer Novembertag des Jahres 2001. Hamburg Uhlenhorst. Julie steigt aus dem 211211 Taxi und betritt das von Peter „Pit" Gottschalk geführte Gourmetrestaurant „Paulsen": „Ich kann gleich nächste Woche bei Ihnen anfangen."

Silvesterabend. Julie bereitet in der Küche des „Paulsen" eine Melonenkaltschale mit Klößchen von Zitronenmelisse zu. Vor dem Restaurant explodieren Knallkörper. Kurz vor Mitternacht begeben sich die meisten Gäste auf die Straße. Gottschalk stößt mit Julie an: „Auf ein gutes neues Jahr!" Julie verbringt den Neujahrstag mit dem wiederholten Lesen der Briefe ihres Vaters.

Anfang Februar, später Abend. Ein vierstöckiger Altbau in der Voigtstraße, Eimsbüttel. Julie betritt die Wohnung der bereits angetrunkenen Angelika Garbers-Altmann. Sie hat mit ihr einen heftigen Wortwechsel. Sie fordert von der ehemaligen Anwältin „Zappas" Tagebuch.

Mitte Mai liefert Julie aus dem „Paulsen" das Buffet für den Geburtstagsempfang eines Anwalts in der Isestraße, Eppendorf, an und schnappt beim Servieren auf, dass HP Milstadt voraussichtlich Mitte Juli aus der Haft entlassen wird. Zwei Wochen später schnauzt sie vor einem frisch verputzten Bunker auf der Veddel einen tätowierten Hell's Angel an: „Ich brauch euch verdammt noch mal. Das seid ihr meinem Vater schuldig."

Am ersten Freitag im Juli bekommt sie im „Paulsen" mit, dass Gottschalks ehemaligen Kollegen Jan Broszinski und Jörg Fedder zu Gast sind. Sie bleibt an diesem Abend länger und vögelt mit Gottschalk: „Was ist daran zufällig, wenn man geil ist?"

Ende Juli hört sie auf NDR 2 die Nachricht, dass der in Miami zum Tode verurteilte Horst Ullhorn begnadigt wurde. Bei Sonnenuntergang trifft sie sich mit dem Hell's Angel Gunther an der Elbe: „Ullhorn hat was mit Vaters Tod zu tun."

Jetzt ist es Ende November, und Julie steigt fröstelnd in einen nach Zürich fahrenden Zug.
Julie.
Julia Weber.
Die Tochter des „St. Pauli Killers".
Ende März 2002. Premiere im Deutschen Schauspielhaus. Peter „Pit" Gottschalk steht breit und mächtig im Foyer. Er sichtet die ebenfalls alleinstehende Gattin des Hamburger Innensenators Henning und geht auf sie zu: „Wo sind Ihre Bodyguards?" Elke lacht. Beim Abklingeln der Pause verlassen sie gemeinsam das Schauspielhaus.
Der Mai, der Mai, der Wonnemonat Mai. Maikäfer flieg. Große Elbstraße. Fischimbiss. Gottschalk trifft mit dem „Partykönig" Dennis Smoltschek zusammen.
Freitag, 5. Juli. Gottschalks über dem „Paulsen" liegende Wohnräume. Gottschalk liegt mit Julie im Bett. Beide sind nackt.
Ein Samstagvormittag, Ende Juli. „toom"-Parkhaus, Winterhude. Gottschalk steigt zu dem verdeckt arbeitenden Ermittler X in den Wagen: „Ich brauche alles über Smoltschek." Er steckt ihm einen länglichen, prall gefüllten Umschlag zu: „Für die Operation deines Sohns."
Am Abend des 19. Septembers, einem Donnerstag, fährt Gottschalk mit Julie nach Kampen/Sylt. Sie bleiben übers Wochenende. Auf langen Spaziergängen fragt er sie beiläufig über ihre Teeniezeit aus. Knapp einen Monat später sagt er ihr auf den Kopf zu, dass sie die Tochter des „St. Pauli Killers" Zappa ist. Er muss von ihr hören, dass sie Horst Ullhorn und vor allem HP Milstadt für die wahren Schuldigen am spektakulären Selbstmord ihres Vaters hält.
Jetzt ist es Ende November, und Gottschalk tigert hochgradig beunruhigt durch seine großräumige Uhlenhorster Altbauwohnung. Er befürchtet, dass Julie nicht, wie ihm versprochen, in Urlaub gefahren ist, sondern weiterhin versucht, sich mit Milstadt und Ullhorn zu konfrontieren. Der Gedanke macht ihn rasend. Nach vielen Jahren greift er nun doch wieder zur Wodkaflasche.

Er trinkt. Er snieft Koks. Schließlich führt er ein Telefonat mit seinem Informanten.
Gottschalk.
Peter „Pit" Gottschalk.
Ehemaliger Ermittler der FD 65.
Zweites Septemberwochenende 1995. Die Heide ist ausgeblüht. Spätsommersonne. Elke genießt die Fahrt zum Schnuckendorf. Satte, grüne Wiesen. Kühe. Eine Pferdekoppel. Weites Land. Schließlich die kleine Ortschaft. Henning stellt Elke seiner Mutter vor: „Meine Zukünftige." Elke sieht sich von ihr kritisch gemustert. Abweisend. Sie bleibt freundlich. Sie steht am nächsten Morgen spät auf. Nur mit einem dünnen, schwarzen Slip bekleidet kommt sie zu Mutter und Sohn in die Küche. Die alte Frau steht vom Frühstückstisch auf: „Ich betreibe hier kein Bordell." Elke muss lachen. Hennings Gesicht läuft puterrot an.

Drei Wochen später. Henning zieht sich tänzelnd vor Elke aus: „Jetzt ist die Alte endlich unter der Erde. Komm, du kleine Hure, lass dich ficken!" Lachend wirft er sich mit Elke aufs Bett.

Elke sitzt mit Henning vor dem Standesbeamten. Sie streifen sich gegenseitig die Trauringe über. Hochzeitsfest im „Atlantic". Elke betritt mit Henning eine am Stadtpark liegende einstöckige Villa.

Abendgesellschaften.
Empfang im Rathaus.
Theaterpremieren. Gemeinsamer Opernbesuch.
Elke reist mit Henning auf der „QE 2" nach New York. New York, New York, wieder einmal New York. Manhattan. Central Park. Chinatown. Little Italy. Erlebnisreiche Tage. Mit dem leiblichen Vater ihres Sohnes nimmt sie keinen Kontakt auf. Zurück in Hamburg wird der Skiurlaub geplant. Im Frühjahr eine neue Gartengestaltung. Eine polnische Haushaltshilfe wird eingestellt. Elke spielt mit ihrem Sohn Philip Tennis. Sie segelt mit Henning und einem befreundeten Paar vor Dänemark.

Shopping in der City. Jungfernstieg. Neuer Wall. Mode und Kosmetik. Ein neuer Bikini. In diesem Jahr geht die große Reise in die Karibik. Elke kifft spaßeshalber. Sie hat eine kleine Urlaubsaffäre mit einem einheimischen Barkeeper. Aus Hamburg schreibt sie ihm einen sehnsüchtigen Brief. Im Herbst fliegt sie mit Philip nach Ibiza. Motorbootausflüge zu idyllisch gelegenen Buchten. Picknick. Elke knackt Hummerscheren. Spätabends besucht sie mit ihrem Sohn die Discos. Mutter und Sohn treten auf wie ein frisch verliebtes Paar. Weitere Jahre vergehen.

Elke liegt allein im Ehebett und knabbert Konfekt. Der Fernseher ist eingeschaltet. Elke sieht auf die Uhr und greift zum Telefon.

Jetzt ist es Ende November, und Elke ist seit sieben Jahren mit Henning verheiratet. Sie schlafen kaum noch miteinander. Bei Gottschalk hat sie keine Hemmungen. Sie weiß, dass er auch mit seiner jungen Köchin schläft. Angeregt durch den Bestseller eines französischen Autors phantasiert sie einen Dreier. Sie hat eine Auseinandersetzung mit Henning und ohrfeigt ihn: „Sei froh, dass ich dich nicht zum Teufel jage!" Sie ist finanziell von ihm unabhängig und gesellschaftlich ohnehin.

Elke Henning, geborene Duvstedt.

Tochter aus gutem Haus. Eine alteingesessene Hamburger Kaufmannsfamilie. Herrenbekleidung vom Feinsten. Maßschneiderei. Eine Frau in den besten Jahren. Attraktiv und begehrenswert.

Februar 2000, Kölner Südstadt. Der ehemalige Kriminalhauptkommissar Jan Broszinski ist nach einem längeren Aufenthalt in Thailand zurück und beginnt nun in der Dachgeschosswohnung eines befreundeten Steuerberaters auf großformatige Leinwände zu malen. Im Oktober dieses Jahres lernt er auf einer Vernissage die in der Lüneburger Heide ansässige Galeristin Ann Siebold kennen. Im Januar 2001 nimmt er ihr Angebot an, ihn mit seinen Bildern unter Vertrag zu nehmen. Am Waldrand der 12 km von ihrem Galeriewohnsitz entfernten Kreisstadt stellt sie ihm eine ausgebaute Scheune als Atelier zur Verfügung. Jan Broszinski hat fortan auch eine Liebesbeziehung mit Ann.

Samstag, 13. April 2002. Heidegalerie Ann Siebold, Ausstel-

lungseröffnung „Jan Broszinski – Spurensuche". Unter den Besuchern sind Broszinskis frühere Kollegen Peter „Pit" Gottschalk und Jörg Fedder. Zu ihrer Überraschung erscheint auch der Hamburger Innensenator Wilhelm Heinrich Henning. In der Nacht zum Sonntag hat Jan Broszinski eine lange Auseinandersetzung mit der stark alkoholisierten Ann. Sie will oder kann ihm nicht sagen, welche Rolle Henning in ihrem Leben spielt. Es kommt zum Bruch. Ende Juni zieht Jan Broszinski nach Hamburg.

Jetzt ist es Ende November, und Jan Broszinski, der das mysteriöse Verschwinden seiner früheren Lebensgefährtin Birte bislang nicht klären konnte, versucht aus aktuellem Anlass herauszufinden, was Ann ihm über ihre Verbindung zu Henning verschwiegen hat. Er glaubt, sich das schuldig zu sein. Rückblickend nämlich ist er eine Beziehung mit ihr eingegangen, in der er nichts hinterfragt hat, nachlässig gegenüber ihr und auch in Bezug auf sich selbst gewesen ist.

Broszinski.
Jan Broszinski.
Ehemaliger Ermittler der FD 65.
Anfang September 2002. Ein Abend im „Piceno", St. Pauli,. Die Fernsehjournalistin Nicole Claasen spricht den über dem Lokal neu eingezogenen Jan Broszinski an. Bei einem Vorgespräch mit Dennis Smoltschek für ihre Sendung „Happy Sunday mit ..." hat der ihr ein von Broszinski gemaltes Bild gezeigt, das „Selbstporträt vor Revolvermündung": „Mich interessiert, was Smoltschek mit Ihrem Bild verbindet."

Einige Wochen später. Wohnung Broszinski. Nicole kommt in ein Badetuch gehüllt zu Broszinski in die Küche: „Hast du Gottschalk mal gefragt, ob er Smoltschek auf dein Bild aufmerksam gemacht hat?"

Mittwochnacht, 16. November. St. Pauli-Theater Bar. Nicole hört von Broszinski, dass seine bisherige Galeristin Ann das Bild an den Innensenator Henning verkauft hat. Neben dem Verkaufsdatum ist „He/SG" verzeichnet.

Jetzt ist es Ende November, und Nicole sitzt mit Broszinski einer krebskranken Frau gegenüber, die Sprechstundenhilfe bei Anns verstorbenem Vater war. Nicole notiert, was die Frau erzählt. Sie ist innerlich beglückt, in gewisser Weise aufklärenden Journalismus zu betreiben. Sie denkt ohnehin daran, ihr bisheriges Leben zu ändern, sich frei zu machen von den Zwängen und dem Druck des NDR. Und sie wünscht sich eine feste Beziehung mit Jan Broszinski.

Nicole.

Nicole Claasen.

Noch fest angestellte Mitarbeiterin des Hamburger Senders.

Donnerstag, 7. Februar 2002. Hamburg Eimsbüttel. Voigtstraße. Wohnung der früheren Anwältin Angelika Garbers-Altmann. Kriminalhauptkommissar Jörg Fedder kniet neben der allen Anzeichen nach tödlich gestürzten Angelika Garbers-Altmann. Ihr Ex-Mann Wilfried kommt abgehetzt hinzu: „Wer hat sie umgebracht?" Fedder wird von seiner Ex Evelyn auf dem Handy angerufen. Ihre gemeinsame Tochter Larissa ist beim Überqueren der Straße angefahren und lebensgefährlich verletzt worden. Der Fahrer ist geflüchtet.

UKE, Hamburg Eppendorf. Die neunjährige Larissa liegt zweieinhalb Wochen im Koma und weitere drei Wochen im Wachkoma. Von Mitte März bis Ende August ist sie in einer Reha-Klinik.

Im September rät Fedders Kollege Schwekendieck, dass Fedder das alleinige Sorgerecht für Larissa beantragen und mit ihr nach Niebüll ziehen solle. Dort sei die Stelle des Kripochefs frei geworden. Fedder will nichts davon wissen.

Mitte November stellen Fedder und Schwekendieck bei einem Gebrauchtwagenhändler Wilfried Altmanns dunkelgrauen Opel sicher. Fedder ist überzeugt, dass seine Tochter Larissa an jenem Februartag von Altmann angefahren wurde: „Es gab Zeugen! Zeugen, die den Wagen beschreiben konnten. Es war ein dunkelgrauer Opel, ein älteres Modell! Es war Ihr Wagen! Das waren Sie! Sie haben ein Kind, Herr Altmann, ein Kind lebensgefährlich verletzt und sind einfach weiter gerast! Eine Neunjährige, ein gesundes, junges Mädchen!" Altmann streitet die Tat vehement ab.

Jetzt ist es Ende November, und Kriminalhauptkommissar Jörg Fedder hat zu wenig in der Hand, um einen Haftbefehl erwirken zu können. Er hat allerdings bei Altmann ein Notizheft sicher gestellt, über dessen Existenz bislang nur gemutmaßt wurde. Es sind die Aufzeichnungen, die der „St. Pauli Killer" Karl Weber, genannt „Zappa", während seiner Haft im Untersuchungsgefängnis Holstenglacis gemacht hat. Einige Eintragungen sind Fedder unverständlich, oft ist nur ein Anfangsbuchstabe verzeichnet. Fedder versucht anhand alter Akten die Aufzeichnungen zu entschlüsseln.

Fedder. Jörg Fedder.

Kriminalhauptkommissar Jörg Fedder.

Auch er wünscht sich eine dauerhafte Beziehung.

1

Sie kamen aus Winsen an der Luhe, aus Buchholz, aus den Dörfern der Nordheide, aus Lüneburg und auch aus Uelzen. Sie kamen in kleinen Kolonnen, zu Zwölft, zu Acht und viele auch einzeln. Die meisten waren weit über Vierzig, trugen die Haare lang und hatten dichte Bärte. Es gab einige in voller Ledermontur und viele in abgetragenen Jeans, Holzfällerhemden und dicken Westen. Sie hatten schwere Ketten und Baseballschläger dabei, und als sie sich alle in dem Bunker auf der Veddel versammelt hatten, griffen sie sich die in großen Wannen auf Eis liegenden Bierdosen, knackten sie und begrüßten johlend den ein und anderen, den sie eine Ewigkeit nicht mehr gesehen hatten: He, Atze! He, Alter! Du auch, Wolli? Immer schön früh mit den Hühnern raus? Da ist ja auch Charly, und, logo, der Bronson, der Freak! Hat aber noch immer keine neuen Zähne in der Fresse! He, Major Tom! He, Big Bär! Keinen freien Blick mehr auf die Rute, den Klopper, den Oymel? Die Kralle schon steif? Schon Gicht in den Knochen?

Sie flachsten sich an, ließen die tätowierten Muskeln spielen und schlugen sich gegenseitig auf die Schulter und klatschten ab.

Gunther ließ sie noch labern. Die ersten fetten Joints kreisten, aus einem Cassettenrecorder dröhnten die alten Songs und einige aus der wilden Meute rockten ein paar Takte ab, machten sich locker und stießen die Fäuste die Luft: He, he, Baby Jane!

Ullhorn war sichtlich genervt.

Er trank Cola-Rum und rieb sich ständig die Nase. Vergeblich hielt er nach Milstadt Ausschau. Wo steckte der Arsch?! Smoltschek hatte schließlich auch ihn mit zu den Angels abkommandiert, um wie immer die Lauscher aufzustellen.

Er sah, dass Gunther eine Automatik aus dem Gürtel zog und drei Schüsse abfeuerte. Augenblicklich war es still.

„Okay, Leute", begann Gunther. „Echt stark, dass ihr alle

angebrettert seid. Ich vermisse nur ein paar Nasen. Einige sind kurzfristig eingefahren. Fuck auf das Bullenpack!"

„Fuck!"

„Fuck!"

„Fuck!"

„Okay, okay, okay – ja, wir ficken sie! Wir ficken jeden, der uns in den Stiefel scheißt! Wir ficken sie in ihren verkackten Arsch!" Er hob beschwichtigend die Arme, stoppte das wieder aufbrandende Gebrüll. „Leute – Leute! Ihr wisst – die Bullen sind fett und sie sind faul und sie sind dumm wie Sau! Sie knüppeln auf uns ein und sehen bei der richtig großen Scheiße weg! Auch darum geht's! Vor allem darum! Ja, scheiß auf den Albanerclan, da blicken sie nämlich nichts, da hauen sie nicht drauf, da kann Knochenmaxe einfach abgeknallt werden ..."

Wütendes Schreien unterbrach ihn, dauerte minutenlang an.

Gunther nahm einen großen Schluck Bier.

„Ja!", übertönte er schließlich den Lärm. „Ja! Hinterrücks abgeknallt haben sie Knochenmaxe, diese Hammelficker! Aber da wollen die Bullen mal wieder nichts von wissen! Da sehen sie weg und wollen nicht hören, wer und wo und warum und überhaupt! Sie furzen nur rum und kloppen sich die Falten aus dem Sack! Scheiße! Scheiß Bullenpack! Dabei weiß jeder einigermaßen Ausgeschlafene, wer wo am Rad dreht und seine Finger drin hat! Wir, Leute, wir kennen die Namen! Wir kennen ihre Treffs! Wir – wir wissen, wo und mit was sie dealen, wen sie abgreifen und was sie tagtäglich an dicker Kohle einsacken! Diese Pisser wildern seit Jahren in unserem Revier! In unserem Revier, Leute, denn das ist es nach wie vor, auch wenn wir inzwischen zerstreut sind in alle Winde!"

„In Glinde! In Glinde!", schrie einer aus der Menge.

„Aber jetzt seid ihr hier!", fuhr Gunther fort. „Ihr seid hier, Leute, weil ein einziger Satz genügt hat! Eine einzige klare Ansage: Wir hauen diesen Scheißölaugen auf die Fresse! Ja, wir sind hier, um das Scheißpack platt zu machen! Wir jagen sie aus ihren Scheißkoksschuppen! Wir prügeln sie aus ihren

Scheißspielhöllen! Wir räuchern ihre Scheißclubs und ihre Scheißdiscos aus! Wir reißen ihre bepissten Steigen ein! Wir machen sie mause, wir machen sie alle!" Er musste sich wieder Ruhe verschaffen und hob beschwörend die Hand. „He, ja – das ist die Parole! Aber ich sage euch auch, das wird keine Elbspazierfahrt! Kein verschissener Biker-Gottesdienst mit der Herr ist bei euch auf all euren Straßen! Unterschätzt diese Wichser nicht! Die haben alle ein Eisen stecken, die ballern gleich los! Die kennen nichts anderes! Keinen Kampf Mann gegen Mann! Scheiße! Quakt ihr sie erst an, halten sie schon drauf! Und darum, Leute –" Er trat beiseite. Vier seiner Männer schleppten zwei längliche Kisten heran.

Ullhorn erstarrte.

Diese Kisten. Diese Kisten – das war das Depot! Das alte Depot! Verbuddelt bei dieser inzwischen behausten Scheune auf dem Land! Davon wusste nur noch er. Und Smoltschek natürlich. Und ...

Milstadt, durchzuckte es Ullhorn. Milstadt!

Der Schweiß brach ihm aus. Er schluckte trocken.

Die Typen öffneten die Deckel und Gunther griff wahllos in eine hinein. Triumphierend hob er eine Abgesägte hoch. Frenetischer Jubel brandete wieder auf. Die Meute drängte nach vorn, zahllose Hände schnappten nach weiteren Schrotflinten, nach voll- und halbautomatischen Pistolen, nach Revolvern und faustgroßen Handgranaten.

Gunther griente zufrieden.

Er kam zu Ullhorn herüber.

„Na, Alter. Alles klar?"

Ullhorn schluckte trocken.

„Wo steckt Milstadt?", fragte er so cool wie eben möglich. „HP?"

„Ich seh ihn nicht."

Gunther zuckte die Achseln.

„Hat vielleicht 'n date", sagte er. „Mit Daniela. Smoltschek macht manchmal einen auf Gönner."

Ullhorn nickte.

„Ja", sagte er dann. „Manchmal weiß er auch gar nicht, *wie* großzügig er ist." Gunther verstärkte sein Grienen. Ullhorn nickte noch einmal und ließ ihn stehen. Er musste sich zwingen, mit ruhigen Schritten zum Ausgang zu gehen.

Milstadt! HP, der gute, alte HP! Ja, keine Frage – HP hatte ein date. Eins mit dem Satan persönlich. Tief unten, unter der Erde. In der Hölle.

Ullhorn verfluchte ihn dennoch. Der dämliche Hund hatte vorher noch gequasselt!

2

Gottschalk presste den Hörer fest ans Ohr.

„Julie! Julie! Wo bist du? Du wolltest Sonntag zurück sein, und jetzt ist es …!"

„Pit." Ihre Stimme war kaum hörbar. „Ich kann noch nicht."

„Es ist schon Mittwoch! – Was? Was sagst du?! – Von wo rufst du an?! Wo bist du?!"

„Ich habe hohes Fieber, eine Grippe."

„Eine Grippe? Bist du bei Freunden?! In Zürich?! Wo?! – Ich hol dich ab! Ich nehm den nächsten Flieger!"

„Nein!"

„Julie! Sag mir, wo du jetzt bist! Die Adresse! Ich mach mich sofort auf den Weg!"

„Nein!" Gottschalk hörte sie jetzt klar und deutlich. „Ich melde mich wieder, wenn es mir besser geht. Ich bin müde. Müde und …"

„Julie, ich kann auch den Wagen nehmen! Den Citröen! Du kannst die ganze Fahrt über schlafen!"

„Ich bin völlig kaputt, Pit. Ehrlich, ich kann nicht. Ich …"

„Julie …!"

„Ich liebe dich", sagte sie noch. „Ich liebe dich sehr." Dann kappte sie die Verbindung.

3

Fedder hatte den Küchentisch schräg neben seinen Schreibtisch ans Fenster gestellt und darauf die vorsortierten Akten ausgebreitet. Er hatte sie heimlich aus dem Präsidium mit nach Hause genommen. Es waren die damaligen Ermittlungsprotokolle in Bezug auf die innerhalb eines Jahres verübten Morde an sieben Personen aus dem Milieu.

Drei dieser „Hinrichtungen" konnten Karl Weber, „Zappa" genannt, eindeutig nachgewiesen werden. Bei den anderen war er vermutlich Mittäter gewesen. Es gab Hinweise auf seinen Kumpel Milstadt, Hans-Peter Milstadt, genannt „HP".

Milstadt war eine Woche nach „Zappas" Verhaftung in U-Haft genommen worden. „Zappa" hatte bei den Verhören sein Versteck verraten. Broszinski hatte die Aussage protokolliert. Er hatte Milstadt dann auch mit Unterstützung des MEK gefasst.

„*HP – U.*" hatte „Zappa" unter diesem Datum in sein Heft geschrieben.

HP Milstadt in U-Haft, hatte Fedder anfangs daraus geschlossen. Doch das „*HP – U.*" gab es auch schon auf den Seiten davor.

„*HP – U. Bruch. 1 Mille. Pont. Nach M.*"

„*HP – U. Alles verzockt. R.?*"

„*HP – U. Kontakt zum E. über S-C.*"

„*U.*" also musste eine Person sein. Aber wer?

Fedder hatte schon sämtliche Namen aus den Ermittlungsakten und Verhörprotokollen aufgelistet, von Ali, dem Kneipenwirt auf der Hafenstraße, bis Zwickel, dem Stotterer und Pitbulltrainer. Nur zwei mit einem „*U*" als Anfangsbuchstabe des Vor- oder Nachnamens waren darunter: Der Milieuanwalt Stephan Utterbach und Uli Detering, „Zappas" mutmaßlicher Auftraggeber, der aber, soweit bekannt gewesen war, nie direkt mit Milstadt zu tun gehabt hatte. Jedenfalls nicht zu der Zeit, mit der „Zappas" Aufzeichnungen begannen: „*März 74. Mit R.*

und der Lütten nach H. Suche Job. Brauche Kohle. R. flippt rum. Kümmert sich einen Scheißdreck um die Kleine. Nie Milch im Haus. – R. auf Discotrip. Mit HP und U. auf der Rolle. Fickt rum."

Renate. Seine Frau Renate.

Seine Tochter Julia, die Lütte. Die Kleine.

HP. Hans-Peter Milstadt.

Und *U.*

Fedder rieb sich über das Gesicht. Es ging schon auf Mitternacht zu. Es war der vierte oder auch schon fünfte Abend, an dem er sich intensiv mit „Zappas" Notizen beschäftigte und noch immer hatte er nicht herausgefunden, wer mit dem „*U.*" gemeint war, und auch nicht, wer „*E*" war. Und dann war da auch noch ein gleich mehrfach zu interpretierendes „*B.*"

Fedder entschloss sich, einen Tee aufzubrühen und noch ein paar Stunden weiter zu machen.

4

„Bist du sicher?", fragte Daniela. „Nicht, dass es mir um ihn leid tut, aber ich möcht's halt schon genau wissen."

„Da gibt's kein Vertun." Ullhorn schaute sich in dem riesigen Poolraum um und nickte anerkennend. „Dein Reich?"

„Mehr hast du nicht zu sagen?"

„He – Dania, HP hat bei den falschen Leuten Text abgelassen. Hat wahrscheinlich gedacht, sie heften ihm 'n Patch auf die Jacke, nehmen ihn auf in ihren scheiß Club. Streng dich nicht an, um's zu kapieren. Er hat abgekackt, okay?"

„Hat Smoltschek was damit zu tun?"

Ullhorn lachte.

„Du meinst, HP musste wegen dir über den Jordan? Hat er dich gefickt?"

„Ph!" machte Daniela verächtlich. „Mit Smoltschek geht's mir bestens."

„Er ist unterwegs", sagte Ullhorn.

„Und? Was soll das jetzt?"

Ullhorn zog einen der mit groben Leinen bespannten Stühle heran und rückte ihn neben die Liege, auf der Daniela mit untergeschlagenen Beinen hockte. Sie trug einen weißen, einteiligen Badeanzug und hatte ihr langes, blondes Haar hochgesteckt. Immer noch ein scharfes Gerät, sagte Ullhorn sich. Er setzte sich.

„Weil wir gerade davon gesprochen haben", sagte er. „Wir hatten doch auch immer nette Stündchen."

„Vergiss es", sagte Daniela. „Die Zeiten sind vorbei."

„Das fällt mir schwer, sehr schwer. Aber ich denke, wir finden schon einen Weg."

„Ja – du. Nach draußen." Sie stand auf. Blitzschnell packte Ullhorn sie am Handgelenk. Er fasste nach und stieß sie zurück auf die Liege.

„So nicht!", warnte er. „Halt still, sonst bügel ich dich so was von platt, dass dir dein hübscher Arsch auf Grundeis geht!"

„Smoltschek wird dich ...!"

„Smoltschek, Smoltschek, Smoltschek! Smoltschek wird gar nichts! *Wir* reden, und zwar in aller Ruhe und ganz vernünftig. Ich nehm an, du bist einigermaßen flüssig ..."

„Er macht dich ..." Ullhorn haute ihr eine rein. Daniela schrie. Ullhorn schlug noch einmal zu.

„Schnauze!", fuhr er sie an. „Halt die Klappe! Was hast du an Barem im Haus?"

„Ich ... das ..."

„Du rückst die Knete raus, oder ...." Er fasste sie am Kinn und zwang sie, ihn anzusehen. „Oder dein Smoltschek wird den Bullen erklären müssen, wie du in diesem Scheißpool ersaufen konntest."

Daniela wurde unter ihrer Sonnenbankbräune blass. Sie bibberte. Ullhorn strich ihr jetzt sanft über die Brüste.

„Du kannst dir aber auch überlegen, ob du mit mir die Fliege machen willst."

5

Gottschalk fuhr auf das oberste Parkdeck des „toom"-Markts in Winterhude, setzte seinen Citröen neben den allein stehenden grauen Passat und stieg um. Der Hagere am Steuer des Passats zog einen großformatigen Umschlag unter der Fußmatte hervor. Er reichte ihn Gottschalk.

„Wir hatten nur Ullhorn vor der Linse", sagte er. „Von Milstadt keine Spur. Er soll sich abgesetzt haben."

„Die Quelle?"

„Eine Rockerbraut aus Uelzen. Ein Kollege hat sie am Haken. Sie will ins Zeugenschutzprogramm. Ihr Typ ist wieder aktiviert worden. Es gab ein großes Angelstreffen auf der Veddel." Der hagere Ermittler machte eine bedeutungsvolle Pause. „Da läuft eine Riesenkacke."

„Terror?"

„Was sonst? Das werden noch heiße Tage."

Gottschalk schnaubte böse. Er öffnete den Umschlag.

„Ich verlass mich darauf, dass du nicht redest", sagte der Hagere.

„Ich will nur die beiden Typen."

Gottschalk betrachtete das erste Foto. Es zeigte Ullhorn inmitten einer Horde Hell's Angels. Sein Kopf war mit rotem Filzstift eingekreist. Das nächste Foto war eine Vergrößerung des Ausschnitts.

„Er hat sich kaum verändert", sagte der Hagere. „Immer noch die alte Schweinefresse."

„Wenn ich ihn zu fassen kriege, wird ihn niemand mehr wieder erkennen."

„Das habe ich nicht gehört."

„Nimm deinen Abschied", sagte Gottschalk. „Kümmere dich weiter um deinen Sohn, kümmere dich um deine Familie. Und mach dir ums Finanzielle keine Sorge."

„Red keinen Unsinn. Es gibt nicht mehr viele aus der alten Truppe. Ohne uns würdest du gar nichts mehr hören."

„Okay", sagte Gottschalk. „War nur ein Vorschlag. Treibt Ullhorn sich ständig mit der Bande rum?"

„Er ist zuletzt bei seiner Ex in Schnelsen aufgetaucht. Christa Dierks. Ich hab dir die Adresse aufgeschrieben. Sie hat einen Türken geheiratet – Tüsdan." Er schüttelte eine Lutschpastille aus der Packung. „Darf ich dich noch was fragen?"

„Alles."

„Warum hast du Zappas Tochter eingestellt?"

Gottschalk steckte die Fotos in den Umschlag zurück. Er rieb sich seinen kahlen Schädel und überlegte kurz, ob er die Wahrheit sagen sollte.

„Ich wusste anfangs nicht, dass es seine Tochter ist", sagte er dann doch. „Sie hat mich ... sie gefiel mir einfach."

„Und was du jetzt weißt ...?"

„Jetzt weiß ich, dass sie sich in ihrer Verbohrtheit wahrscheinlich voll in die Scheiße geritten hat." Er atmete schwer. „Milstadt – verdammt, ich muss auch wissen, wo Milstadt steckt!"

6

Fedder sah auf die an der Wand des Arbeitszimmers lehnenden Bilder. Es war kein neues darunter.

„Du malst nicht mehr?", fragte er.

Broszinski wies auf eine der größeren Leinwände. Sie war komplett weiß übermalt.

„Ein neuer Ansatz." Er lächelte und bewegte sein Zigarillo in den rechten Mundwinkel. Fedder schüttelte irritiert den Kopf. „Denk dir nichts dabei", sagte Broszinski. „Ursprünglich sollte es eine Abrechnung mit Ann werden. Aber das hat sich erledigt – weitgehend zumindest. Willst du was trinken?"

„Weitgehend", wiederholte Fedder nachsinnend. Aber er fragte nicht weiter nach. „Wenn du was Hochprozentiges hast ..."

„Ich denke, du trinkst keine harten Sachen."

„Hin und wieder schon."

„Ich hab nur noch einen Rest Whisky."

„Whisky ist okay. – Von was lebst du eigentlich momentan?" Broszinski holte Gläser und Flasche und goss ein.

„Das hat mich Pit letztens auch schon gefragt. Ich verkaufe einiges an private Sammler. Leider nicht genug, um damit über die Runden zu kommen. Birtes Vater unterstützt mich nach wie vor mit einer größeren Summe. Er ist der Meinung, es steht mir zu."

„Aus Birtes Erbe?"

Broszinski nickte. Er stieß mit Fedder an.

„Darf ich ... darf ich fragen, wie .. wie viel?"

„Was für Birte gedacht war? Ich weiß es nicht. Ich weiß es nicht genau. Wahrscheinlich einige Millionen. Er überweist mir monatlich Zehntausend."

„Euro?"

„Nein – Schweizer Franken. Ich hoffe, du bist nicht von der Steuer geschickt."

„Zehntausend Franken – immerhin. Da kann ich nur von träumen." Fedder kippte den Whisky und musste husten. „Scheiße, ich ... ich neide dir das nicht, ehrlich nicht. Nein, du hast es ... ich meine, das ... das ist in Ordnung. Es ist fair."

„Es ist kein Ersatz", sagte Broszinski. Er setzte sich auf den hochbeinigen Hocker und wies auf den einzigen im Raum stehenden Sessel. „Willst du dich nicht setzen? Sorry, aber du bist sozusagen der erste Besucher."

„Der erste?"

„Nicole schläft nur hier." Er registrierte Fedders überraschtes Gesicht. „Ach ja, du kennst sie ja noch nicht. Eine Journalistin – Nicole Claasen."

„Die ... *die* Claasen?"

„Die Fernsehfrau", bestätigte Broszinski. „Hast du mal eine ihrer Sendungen gesehen?"

Fedder überlief es heiß. Er hatte die Stimme der betrunkenen Cornelia im Ohr: Die Hure hat ihn zu Tode gefickt! Er hörte sie ruhig und klar sprechen: Die Claasen hat meinen Vater auf übelste Weise eingewickelt. Mein Gott, wie kam ausgerechnet Jan jetzt an diese Frau? Fedder schüttelte heftig den Kopf.

„Nein, nein", sagte er schnell. „Nur mal was von gehört. Bist du ... bist du schon länger mit ihr zusammen?"

„Seit einigen Wochen." Er lächelte wieder. „Wir sind noch im Versuchsstadium."

„Ah ja. – Na ja, ich ... entschuldige, ich ... ach, Scheiße! Du kannst dir sicher denken, dass ich nicht einfach so vorbei gekommen bin."

„Hast du Hennings frühere Freundin noch aufspüren können, diese Monika Behr?"

„Nein. Die scheint damals tatsächlich für immer nach Afrika gegangen zu sein. Juckt dich wirklich nur, dass deine Galeristin dich in Bezug auf Henning angeschwindelt hat?"

„Das lässt sich nicht so einfach erklären", sagte Broszinski. „Danke jedenfalls. Aber jetzt mal raus mit der Sprache. Was drückt dich denn nun?"

Fedder setzte sich endlich. Er räusperte sich einige Male. Dann gab er sich einen Ruck.

„Okay – okay. Wir hatten vor kurzem noch mal mit Altmann zu tun. Eine ... eine Routinebefragung. Dabei hat er uns ein Fundstück präsentiert, ein im Sekretär seiner Ex versteckt gewesenes Heft. Es sind Zappas Notizen." Er wehrte Broszinskis impulsiven Ansatz nachzufragen ab. „Hör bitte erst noch zu. Ich habe das Heft im Haus nicht weitergereicht, ich habe es unterschlagen. Altmann versucht natürlich, mich anzupinkeln, aber ich habe unserem Alten gegenüber steif und fest behauptet, der Mann habe mir in seiner geistigen Verwirrtheit ein vollkommen unbeschriebenes Notizheft übergeben."

„Du bist verrückt", konnte Broszinski jetzt doch sagen.

„Was Zappa aufgeschrieben hat, ist weitgehend für den Arsch. Jedenfalls bringt es kaum neue Erkenntnisse. Bis auf ...

ja, außer im Hinblick auf zwei Personen. Milstadt, Hans-Peter Milstadt und ein gewisser U."

„U ...?"

„Ich habe eine zeitlang gebraucht, um dahinterzukommen, wer dieser U. ist. Die im Zusammenhang mit ihm notierte Abkürzung ‚Pont' hat's schließlich bei mir klingeln lassen. ‚Pont' – ein Pontiac. Horst Ullhorn hat Mitte der Siebziger Jahre einen Pontiac gefahren. Gekauft offenbar von dem Geld aus einem Bruch."

„Ullhorn? Den hatten wir bei Zappa nie auf dem Zettel. Der ist doch auch dann nach Miami."

„Ja", sagte Fedder. „Aber bis dahin war er offenbar dick mit Milstadt. Du hast Milstadt verhaftet."

„Jörg – was soll das? Das sind alte Geschichten. Was bringt das noch?"

Fedder schwieg einen Moment, bevor er wieder aufstand und Zappas Notizheft hervor zog.

„Zappa hatte euch gesteckt, wo Milstadt untergetaucht war. Als ihr ihn geschnappt habt, war Milstadt klar, dass das auf Zappas Konto ging. Er hat Zappa in der U-Haft eine Nachricht zukommen lassen. Im Klartext gelesen: Ich sorg dafür, dass du raus kommst. Aber nicht, um zu leben. – Ullhorn sollte ihn umnieten."

Broszinski schüttelte den Kopf.

„Wir hätten Zappa nie laufen lassen."

Fedder reichte ihm das Heft.

„Du musst nur die letzten Seiten lesen." Er rang offensichtlich mit sich, bevor er weiter sprach. „Du hast es damals selbst vermutet. Zappa sollte mit Birte frei gepresst werden. Ullhorn ..."

„Nein", sagte Broszinski. „Nein. Da kam nichts, das weißt du doch auch."

„Zappa hat notiert: Glück gehabt. U. hat's versaut. B. gekalkt. – B. Jan, B. ist ... ist zweifelsfrei Birte. Er schreibt an anderer Stelle auch ‚Lady B.'"

Broszinski verspürte ein schmerzhaftes Zucken seiner Nerven. Seine Hände zitterten unmerklich. Lady B., Lady B. – ja, Zappa hatte Birte bei den Verhören gelegentlich ‚Lady B.' genannt. Plump vertraulich und mit einem bösen Unterton: *Wie geht's der Lady B.? Man weiß, wie wichtig dir deine Frau ist ... deine Lady B., deine Birte! Pass gut auf sie auf!*

„Birte", sagte er tonlos.

„Ullhorn hat ..." Fedder schluckte. „Er hat Birte ... er hat sie offenbar getötet, Jan. – Gekalkt."

Broszinski schloss die Augen. Ihm war, als werde sein Herz von einer stählernen Faust zusammengepresst.

Gekalkt. Gekalkt.

Er wusste, was das hieß. Es hieß erschossen, erschlagen, niedergemacht. Das hieß in eine Grube geworfen. Mit Kalk überschüttet – mit Löschkalk.

„Wo?", brachte er schließlich heraus.

Fedder umarmte ihn. Er drückte Broszinski fest an sich, und Broszinski ließ es geschehen.

„Wo?", wiederholte er. „Wo? Wo? Wo ist das passiert? Wo liegt sie?"

„Es tut mir Leid, es tut mir unendlich Leid", sagte Fedder. „Aber das krieg ich auch noch raus. Ich finde das Schwein. Ullhorn ... er ist inzwischen wieder in Deutschland. Ich weiß nicht, wo er steckt. Noch nicht. Aber ich stöbere ihn auf. Darauf kannst du dich verlassen. Ich schwör's dir."

7

Der Polizeipräsident der Freien und Hansestadt Hamburg wurde am Mittwoch, dem 27. November, um 6.13 Uhr telefonisch informiert.

Er war bereits auf und trank soeben seine erste Tasse Tee. Nach dem Anruf duschte und rasierte er sich, zog sich an und stopfte seine Pfeife. Er rauchte sie an, packte Pfeifenset und die in der Nacht noch studierten Akten ein und verließ sein karg eingerichtetes Apartment. Der Wagen der Fahrbereitschaft hielt bereits mit laufendem Motor vor dem Haus.

Die Fahrt zum Alsterdorfer „Polizeistern" dauerte knapp 12 Minuten. Kurz vor 7 Uhr betrat der Polizeipräsident zügigen Schritts das vor zwei Jahren in Betrieb genommene neue Präsidium. Er nahm den Fahrstuhl zu seinem Eckbüro im 5. Stock, Flügel 3.

Vom Fenster aus sieht man auf die U-Bahnstation Alsterdorf, doch der Polizeipräsident hatte an diesem Morgen dafür keinen Blick. Er wurde von den leitenden Beamten des LKA über die Vorkommnisse der Nacht zwischen 2 und ca. 5 Uhr unterrichtet.

Um 2.07 Uhr hatte eine Streife auf dem Kinderspielplatz Sartoriusstraße, Ecke Luruper Weg in Eimsbüttel zwei durch aufgesetzten Kopfschuss hingerichtete Männer entdeckt. Sie konnten als Ülkü und Aslan Hakan identifiziert werden. Das türkische Gebrüderpaar war schon seit längerem des Crack-Handels verdächtigt und observiert worden.

Nur wenige Minuten später war es im Kellinghusenpark zu einer Schießerei gekommen. Die alarmierte Streife fand dort den mit mehreren Schüssen tödlich niedergestreckten Chilenen Miguel Perra vor. Der Mann hatte offenbar anfangs noch das Feuer auf ihn mit seinem Revolver erwidert. Auch Perra, Weingroßhändler in Eppendorf, war den LKA-Beamten nicht unbekannt. Über seinen Großhandel lief vermutlich der Import größerer Mengen Kokain.

Zeitgleich wurde auf der Toilette der Discothek „Glam", St. Pauli, dem Albaner Pjeter Z. Ullaj das Genick gebrochen. Ullaj soll nach Ermittlungen der Abteilung Organisierte Kriminalität einen Schlepperring aufgezogen haben.

Gegen 3 Uhr wurden ein halbes Dutzend Handgranaten durch die Fenster einer Etagenwohnung in der Bernadottestraße, Ottensen, geworfen. Vier der im Präsidium ebenfalls bekannten Männer des Albaner-Clans „Medusa" kamen bei den Explosionen um, zwei weitere wurden lebensgefährlich verletzt.

Zwischen 4 und 5 Uhr schließlich wurden in Billstedt, Barmbek, Osdorf, Altona, Hamm, Lohbrügge und Wandsbek elf kosovoalbanische Zuhälter und Steigenbetreiber sowohl erschossen wie auch erstochen oder zu Tode geprügelt.

„Es kommt aber noch schlimmer", sagte der berichtende LKA Beamte. „In Altona wurde auch einer unserer verdeckt arbeitenden Ermittler – Knut Sievers – tödlich verletzt. Er ist Vater eines soeben erst mit einer künstlichen Niere versehenen Sohns. Und ..."

„Mein Gott", sagte der Polizeichef gepresst.

„Und bei der Schießerei in Wandsbek hat es auch die Besatzung eines Streifenwagens erwischt. Polizeiobermeister Ernst Biehl ist auf dem Transport ins Krankenhaus verstorben. Seine Kollegin Monika Schöne konnte noch operiert werden, wird aber vermutlich gehbehindert bleiben. Den bisherigen Zeugenaussagen zufolge waren die Täter einzeln und in Gruppen auftretende Motorradfahrer – offenbar die Hell's Angels. – Eine Blutnacht", schloss er.

Der Polizeichef stopfte mit versteinertem Gesicht eine zweite Pfeife und ließ den Pressesprecher herbeirufen. Dann ordnete er eine Krisensitzung an und griff, nach einem Blick auf die Uhr, zum Telefon, um Innensenator Henning zu unterrichten.

Siebter Teil
Dezember 2002

Man muss ihm an einem klaren Wintermorgen
entgegen gegangen sein,
dem Kaispeicher in der Hafencity.
Einem quadratischen Klotz, einem Bunker gleich,
dem Hindernis vor einem der herrlichsten Ausblicke,
die es in Hamburg gibt.
Stünde er nicht da,
das Auge könnte ungehindert die Elbe bewundern,
die Landungsbrücken mit ihren Barkassen und Booten,
die Ahnung von Weite und Abenteuer.
Keine Schlote, keine Wohnsilos, nichts,
was die Leichtigkeit des Stadtlebens trübt,
würde stören. – Könnte, würde.
Aber der Klotz steht im Weg
wie der Cherub vor dem Paradies.
Doch nun soll er selbst zum himmlischen Garten werden,
zur Lustwiese, auf der zu hämmernden Discorhythmen
und einschmeichelnden fernöstlichen Klängen
Generationen übergreifend
Nachtschwärmer lagern und herum tollen sollen.

Szene Hamburg, Dezember 2002

Dein Wille geschehe,
im Himmel, wie im Club

DJ-Ansage

„Realto", Hamburg. Mittagszeit. *Er kommt auf die Minute pünktlich die Stufen herunter. Zwei Bodyguards nehmen am Nebentisch Platz. Sein Händedruck ist fest. Der Mann wirkt kein bißchen gestresst. Er lehnt die Speisekarte dankend ab:* „Ich nehme den *gegrillten Bachsaibling." Sein Anzug sitzt perfekt. Dunkelblaues Hemd, Hanseatenkrawatte. Die Designerbrille. Buschige Augenbrauen. Das Haar korrekt frisiert. Er muss einen Haarfestiger verwendet haben. Draußen weht ein starker Wind.*

„Warum bleiben Sie bei Ihrem Drei-Tage-Bart?"

„Er gefällt mir."

„Eitelkeit?"

„Leugne ich nicht. Wer das tut, lügt meines Erachtens."

„Lügen Sie nie?"

„Ich unterscheide zwischen eigennütziger Lüge und der Lüge zum Schutz der Privatsphäre. Zur Letzteren bekenne ich mich."

„Was sagen Sie Ihren Wählern, denen Sie versprochen haben, die Kriminalität in Hamburg binnen hundert Tagen zu halbieren?"

„Das war ausschließlich aus den Reihen der mit uns koalierenden Partei zu hören. Ich habe immer nur gesagt, es ist möglich. Es ist möglich, wenn wir die entsprechenden Voraussetzungen dafür schaffen. Wie da sind: Personelle Aufstockung der Polizei, bessere Verdienstmöglichkeiten, also mehr Geld, und vor allem eine dem internationalen Standard angepasste technische Ausstattung. Aber dafür gibt der uns von den Sozis hinterlassene Haushalt vorerst nichts her."

„Wer führt bei Ihnen zuhause das Haushaltsbuch?"

„Meine Frau und ich haben getrennte Konten. Unsere festen Kosten tragen wir zu gleichen Teilen. Alle weiteren Ausgaben werden je nach Anlass von meiner Frau oder von mir bestritten. Wir sind nie in Versuchung gekommen, über unsere Verhältnisse zu leben."

„Kaufen Sie die Frühstücksbrötchen?"

„Sonntags, ja. Die Woche über bin ich früh im Amt."

„Wie verläuft Ihr Tag als Innensenator?"

„Ich nutze die Zeit vor neun Uhr, um die lokalen und überregionalen Tageszeitungen zu lesen, zumindest die mir wichtig erscheinenden Artikel. Die allgemein politische Lage, Interviews. Dann sind Besprechungen, viele Telefonate, Ausschusssitzungen.

Auch Gespräche mit den Bürgern. Das ist mir wichtig, weil ich wissen will, wo der Schuh drückt. Abends finden oft noch Veranstaltungen statt. Meistens bin ich nicht vor zwölf Uhr nachts zu Hause.

„Sind Sie am Wochenende erreichbar?"

„Jederzeit. Meine private Handynummer ist innerbehördlich bekannt. Das ist übrigens ein ‚Muss'."

„Wie verbringen Sie Ihre Freizeit?"

„Mit meiner Frau. Samstag ist unser Tennistag. In den Sommermonaten segeln wir. Ansonsten besuchen wir Freunde auf dem Land, machen Spaziergänge und entspannen. Meine Frau ist sehr an meiner Arbeit interessiert. Ich bespreche eigentlich alles mit ihr. Sie gibt mir immer wieder neue Kraft."

„Wo haben Sie Ihren letzten Urlaub verbracht?"

„Auf Ibiza. Im Ferienhaus meines Schwiegervaters."

„Wissen Sie, wie viele Ausländer zur Zeit in Hamburg leben?"

„Ordnungsgemäß gemeldet sind etwa 300.000."

„Wie hoch, glauben Sie, ist die Dunkelziffer?"

„Darüber liegen uns keine genauen Angaben vor. Ich denke aber, die Zahl ist wesentlich höher als uns lieb sein kann. Allein in den ersten beiden Monaten meiner Amtszeit mussten 500 Illegale ausgewiesen werden."

„Lebten die Opfer der in diesen Tagen stattgefundenen Anschläge illegal in Hamburg?"

„Dreizehn der zu Tode gekommenen Personen waren uns bekannt. Sechs nicht. Die beiden Überlebenden werden zur Zeit überprüft."

„Der Hintergrund der Morde?"

„Die Ermittlungen laufen. Ich kann zur Zeit noch nichts dazu sagen."

„Würden Sie als Anwalt die Täter vor Gericht vertreten?"

„Ein klares Nein."

„Ihr letzter Fall vor Gericht?"

„Die Schadensersatzklage eines Komponisten. Eine Urheberrechtssache. Unsere Klage hatte Erfolg."

„Werden Sie wieder als Anwalt arbeiten?"

„Sie sprechen die Gerüchte über meinen Rücktritt an. Ich kann Ihnen versichern, dass daran nicht zu denken ist. Der Erste Bürgermeister hat mir erst gestern sein volles Vertrauen ausgesprochen. Nein – solange ich im Amt bin, schließt sich eine juristische Tätigkeit aus."

Henning.
Wilm Heinrich Henning.
Innensenator der Freien und Hansestadt Hamburg.

1

Peter „Pit" Gottschalk war heimlich in seine Wohnung zurückgekommen. Er hatte sich mittags von seinem Personal verabschiedet und vorgetäuscht, übers Wochenende auf der Hochzeit eines alten Freundes in Frankfurt zu sein. Jetzt kleidete er sich um und öffnete seinen Safe. Er entnahm ihm eine nicht registrierte Magnum. Es war Freitag, der 6. Dezember, der Nikolaustag, 18.38 Uhr.

Fünf Minuten später erhielt Jan Broszinski in seiner Wohnung über dem *Piceno* einen Anruf von Fedder.

Fedder telefonierte von seinem Handy aus. Er hatte soeben das Alsterdorfer Präsidium verlassen. Seine Nachricht an Broszinski war kurz: „Christa Dierks, Rönnkamp 8. Frau Tüsdan."

Broszinski dankte und legte auf. Er ging ins Bad, duschte sich ausgiebig und kleidete sich, wie schon anlässlich seiner Fahrt in die Heide, ganz in Schwarz. Dann wählte er den Schneideraum im Sender an. Nicole war gleich am Apparat. Er sagte ihr, sich kurzfristig mit Fedder verabredet zu haben. Es könne spät werden. Nicole schien erleichtert zu sein. Sie sagte, auch sie habe sicher noch bis Mitternacht zu tun. Sie kamen überein, sich heute nicht mehr zu sehen und morgen gemeinsam zu frühstücken.

Fedder fuhr vom Präsidium aus auf dem direkten Weg zur Wohnung seiner Ex. Evelyn empfing ihn reisefertig. Sie hatte sich längst wieder mit ihrem Rathauslover ausgesöhnt. Am morgigen Samstag um 6.30 Uhr würde sie mit ihm für 8 Tage nach Mallorca fliegen. Larissa sollte in der Zeit bei Fedder wohnen und von ihm beaufsichtigt werden.

„Ich hoffe, du weißt um deine Verantwortung", sagte Evelyn. Fedder ersparte sich einen Kommentar. Er umarmte seine apathisch dastehende Tochter und streichelte ihr Haar.

Cornelia Bossardt war schon den ganzen Tag über aufgeregt gewesen. Sie hatte kurz nach 14 Uhr im Lokstedter Sender Feierabend gemacht und eingekauft: Obst und Gemüse, italienisches Brot, Oliven und Käse, Wurstaufschnitt, Hack, Milch und auch drei Packungen Fischstäbchen. Cornelia wohnte in Ottensen. Von ihrem rundum verglasten Eckraum im vierten Stock des Hauses hatte man einen herrlichen Blick auf den Stadtteil. Nach ihren Einkäufen hatte Cornelia Stühle und Tisch ausgeräumt und auf dem beheizten Boden ein Matratzenlager ausgebreitet. Für den Fall, dass die bedauernswerte Larissa doch nicht mit ihr und ihrem Papa in einem Raum schlafen wollte, hatte sie in ihrem bisherigen Schlafzimmer entsprechende Vorkehrungen getroffen. Jetzt stand sie am Herd, briet Zwiebeln und Hack an und konnte es kaum abwarten, Jörgs Tochter nun endlich persönlich kennen zu lernen.

Währenddessen hatte Gottschalk seine Waffe überprüft und einen drei Seiten langen Brief an Jan Broszinski geschrieben, in dem er seinem ehemaligen Kollegen offenbarte, was er zu tun gedachte und zu welchen Konsequenzen das möglicherweise führen würde.

Es war inzwischen 20.04 Uhr.

Elke Henning hatte es sich vor dem Fernseher auf der Couch bequem gemacht. Die *Tagesschau* brachte schlechte Nachrichten. Die Lage des öffentlichen Haushalts war desaströs. Dem Bund fehlten allein in diesem Jahr 13 Milliarden Euro, im nächsten würden es 20 Milliarden sein. In der Rentenversicherung fehlten sechs, bei den Krankenkassen zwei Milliarden. Die Beiträge stiegen weiter. Der Finanzminister musste 34 Milliarden Euro Neuschulden aufnehmen und den zweithöchsten Nachtragshaushalt in der gesamten Geschichte der Bundesrepublik vorlegen. Der Kanzler verwies bei allem auf den 11. September 2001, die schlechte Weltkonjunktur und die hohen Lasten der deutschen Einheit.

Unbemerkt hatte Henning den Raum betreten und musterte seine lasziv auf den Polstern ausgestreckte Frau. Er hatte sie schon seit längerem in Verdacht, einen Liebhaber zu haben. Die Vorstellung, dass sie sich lustvoll einem anderen Mann hingab, machte ihn innerlich rasend. Er räusperte sich und hielt das der aktuellen *SZ* beiliegende Magazin hoch: „Hast du das Interview mit mir schon gelesen ...?"

Der Taxifahrer, von dem sich Broszinski hinter der Kreuzung Schleswiger Damm/Oldesloer Straße absetzen ließ, war ein lässig in seinem Sitz hängender Countryfreak. Er hatte Broszinski zu Beginn der Fahrt gefragt, ob die Musik störe. Broszinski hatte verneint und war in den Genuss einiger neu produzierter Johnny Cash-Songs gekommen. Jetzt zahlte er und der Countryboy verabschiedete ihn mit den Worten: „So long, man in black, mach dein Ding." Er konnte nicht wissen, wie richtig er damit lag.

Fedder parkte Am Born, half Larissa den Rucksack zu schultern, griff nach ihrer Rechten und mit der anderen Hand sein Wochenendköfferchen.

Gottschalk schnallte ein Schulterholster um und überprüfte den Sitz seiner Jacke. Sie saß bequem und beulte nicht aus.

Elke hielt das *SZ-Magazin* in der Hand und lachte schallend.

Cornelia ließ Spaghetti in das kochende Wasser gleiten.

Nicole verordnete der Cutterin und sich eine Pause.

Draußen war eine für die Jahreszeit ungewöhnlich milde Temperatur.

Im Zimmer 108 des Hotels am Hafen wurde Horst Ullhorn vom Weckdienst angerufen.

Broszinski drückte die Haustür des Siebziger Jahre Bungalows weiter auf. Christa Tüsdan, geborene Dierks, wich verängstigt zurück.

„Ich habe nur eine Frage", sagte Broszinski. „Wo finde ich Ullhorn?"

„Ich habe nichts mehr mit ihm zu tun!"

„Sie lügen!"

„Bei Allah ... !"

Broszinski betrat den Flur und stieß die Tür hinter sich zu. Christa kreischte entsetzt.

Evelyn hob den Hintern an. Sie saß in einem niedrigen,

schwarzen Ledersessel. Ihr Lover streifte ihr den Slip ab. Evelyn spreizte die Beine über die Sessellehnen und hakte den BH auf.

„Warum fahren wir eigentlich weg?", sagte sie. Ihr Lover lächelte. Er stieg aus seinen Boxershorts und legte sie sorgfältig zusammen.

„Eine kleine Luftveränderungen tut uns beiden gut", sagte er. „Außerdem geht mir Henning augenblicklich enorm auf den Zeiger." Er klopfte einige Male mit der flachen Hand auf seinen Schwanz und baute sich dann vor Evelyn auf.

Christa schlug die Hände vors Gesicht. Sie trug einen hoch geschlossenen und bis zu den Füßen reichenden grauen Kittel und ein Kopftuch.

„Ich weiß es nicht, ich weiß es nicht", brabbelte sie. „Er verlangt Geld, bei Allah, viel Geld, Allah möge ihn verdammen, er ist des Teufels, ein Ungläubiger, ein Mörder, mein Mann kommt gleich, er hat Freunde ..."

„Was ist mit dem Geld?", stoppte Broszinski sie.

„Er bringt auch Sie um, es ist sein Haus ...!"

„Hören Sie", sagte Broszinski. Er hielt demonstrativ sein Handy hoch. „Ein Anruf und in fünf Minuten wimmelt es hier von Polizei! Ich lass Sie mitsamt Ihrem Mann und seinen Freunden einbuchten, wenn ich jetzt keine klaren Antworten zu hören bekomme! Und das zu allem, was ich frage! Haben Sie das verstanden? Geht das in Ihren Kopf ...?!"

Gottschalk stieg in seinen auf dem Bürgersteig am Schwanenwiek geparkten Wagen. Als er ihn zurücksetzte, sah er im Rückspiegel einen heranfahrenden Grünweißen.

„Sie ist nett", flüsterte Cornelia Fedder zu. Fedder nickte. Er war erleichtert. Larissa hatte gegenüber Cornelia keinerlei Scheu gezeigt. Sie hatte sich sämtliche Zimmer angesehen und gefragt, ob Cornelia reich sei. Cornelia hatte ihr erzählt, wo und wie sie ihr Geld verdiente: „Weißt du, ich überlege mir, was die Leute gern im Fernsehen sehen würden. Ich denke mir Geschichten aus, und dann suche ich Leute, die diese Geschichten so schreiben, dass die Schauspieler sie spielen können ..." Fedder hatte währenddessen Larissas Rucksack ausgepackt und in der Tasche ihres Sweatshirts einen mit dem Stoff verklebten Schokoriegel entdeckt. Er verfluchte seine schlampige Ex.

Evelyn baute in dem schwarzen Ledersessel eine Kerze. Ihr Lover hielt sie an den Fußgelenken fest und drang rektal in sie ein.

Gottschalk zückte seine Brieftasche, um die Ordnungsstrafe gleich bar zu bezahlen. Er hatte nicht bedacht, dass dabei sein umgeschnalltes Holster sichtbar wurde. Ehe er sich versah, hatten die beiden Streifenbeamten ihre Waffen gezogen und forderten ihn auf, die Hände zu heben.

„Ich liebe meine Frau!", zitierte Elke mit höhnischem Lachen zum wiederholten Mal Hennings Interviewantwort. „Du hast deine Mama geliebt – Gottchen, ja! Und wie du sie geliebt hast!"

Henning konnte sich nicht länger beherrschen. Er ging seiner Frau an die Gurgel. „Und du?!", schrie er. „Was tust du?!

Broszinski stand drohend vor der Tüsdan.

„Weiter", sagte er. „Sprechen Sie weiter!"

„Er war ... er hatte da schon diese Babsi. Er kam nur noch nach Hause, um die ... um die Wäsche zu wechseln, um sich auszuschlafen. Er hat ... er hat auch telefoniert. Meist wurde er zurückgerufen. Es ging dann um ... um irgendwelche Summen. Ich habe ... einmal habe ich gehört, dass er was ablehnte. Das hatte mit diesem ... diesem Killer zu tun ... mit diesem Zappa. Der war verhaftet worden. Ich hab nur verstanden, dass ihm das zu ... zu riskant war. Aber später ... ich hatte später das Gefühl, dass man ihn doch noch überredet hatte. Mehr weiß ich nicht, ich schwöre, bei Allah, er ... er hatte dann nur sehr viel Geld ... über Hunderttausend. Er hat ... er hat mir Dreißigtausend geschenkt, geschenkt hat er sie mir, für ... für alles, für die Jahre, wo wir .... wir waren ja auch noch verheiratet, das Geld war geschenkt, ich brauchte es, bei Allah, das weiß er, er wusste, was er ... was er mir ... mir zu verdanken hatte. Aber jetzt ist es ihm egal, weil ich ... ich bin damals nicht zu seinem Prozeß gekommen, das ... das wirft er mir vor. Er will jetzt alles ... alles zurück, sonst ... ich hab Angst, ich hab meinem Mann gesagt ....

Ullhorn überquerte die Reeperbahn. Er betrat den *Burger King* und orderte Kaffee und zwei Hamburger. Auf der Davidstraße standen die jungen Hühner und grabschten nach Freiern. Ullhorn verzehrte seine Hamburger und sah dem Treiben zu. Er nahm eine der Schnallen genauer ins Visier. Sie trug rosa Leggins und eine gefütterte Weste. Im Gegensatz zu den anderen sprach sie nicht jeden Typ an. Ihre Haltung und Gestik erinnerten ihn an Babsi. Babsi war damals schier aus dem Häuschen gewesen, als er ihr gesagt hatte, es gehe ab nach Amerika. Urlaub im sonnigen Florida. Sie hatte noch groß einkaufen wollen. Doch er hatte nur mit den Tickets gewedelt: Keine Zeit mehr, up and away! Ullhorn nippte an dem scheiß heißen Kaffee. Diesmal gab es keinen Flieger. Erst einmal nicht. Und es waren noch gut drei Stunden bis diese Türkenschlampe mit der Kohle rüberkommen würde. Drei verdammt lange Stunden. Wenn sie dann nicht spurte, gab es kein Pardon mehr.

Smoltschek ging die unebenen Steinstufen der Himmelsleiter zur Elbe hinunter. Ihm gefiel nicht, dass er derjenige war, der heranzudackeln hatte. Ihm gefiel der Treffpunkt unter freiem Himmel nicht. Ihm gefiel die Dunkelheit nicht. Er war stinkig wie nichts. Ullhorn war verschwunden. Milstadt war verschwunden. Beide wie vom Erdboden verschluckt, und Gunther hatte erst heute Mittag Laut gegeben, ohne weiteren Kommentar Zeit und Ort genannt. Smoltschek stapfte an den alten Häusern vorbei. Die Fenster waren erleuchtet. Er glaubte, den Geruch von Bienenwachskerzen und Lebkuchen wahrzunehmen. Über Nacht war der Nikolaus gekommen. Eine alberne Nummer. Schuhe in den Hausflur stellen und sich beim ersten Espresso des Tages vom stiernackigen Feinkosthändler sagen lassen zu müssen: Männer, denkt an eure Frauen! Beschissene Pipenkerle für zwei Euro fünfzig. Smoltschek konnte gerade noch einem Kackhaufen ausweichen. Elende Köter! Er fluchte halblaut vor sich hin.

„Am Bahnhof ... ich soll ihm das Geld zum Hauptbahnhof bringen, aber mein Mann ... mein Mann holt seine Freunde ..."

„Wann?", unterbrach Broszinski sie hart. „Um wieviel Uhr, und wo genau?"

Fedder stellte das Geschirr zusammen. Cornelia war mit Larissa im Bad. Er hörte sie lachen. Larissa lachte! Fedder bekam vor Rührung einen engen Hals. Sein Augenstern! Sie lachte! Zum ersten Mal seit vielen, vielen Monaten schien sie fröhlich zu sein. Er wischte sich über die Augen. Er schenkte sich noch einen Schluck Wein ein, trank und griff dann nach Cornelias Zigaretten.

Evelyn stürzte auf die Toilette. Von einer Sekunde auf die andere hatte sie heftige Magenkrämpfe bekommen.

„Ullhorn ist dein Mann", sagte Gunther ruhig. „Er hatte bei uns nichts zu suchen."

„Er hat sich in Luft aufgelöst!"

„Dein Problem", wiederholte Gunther.

„Milstadt ebenfalls!"

„HP." Gunther rauchte genüsslich seinen Spliff an. „HP hat sich weggemacht. Auf immer, denk ich. Wurd ihm 'n büschen zuviel mit dem Kontrolletti. Elf Jahre Knast, da werden die Knochen schnell morsch." Er lachte ein leises Lachen. „Ist gut. Muss ich mir merken – morsche Knochen."

„Scheiße, das ist alles eine große Scheiße! Eure Rambonummer war gegen jede Absprache. Damit seid ihr raus!"

Gunther sog den Rauch tief ein. Er legte den Kopf zurück.

„Wow! Stark! Saustarkes Kraut! – Raus, Pisskopf?", sagte er dann. „Ich sag mal, jetzt sind wir erst richtig drin!"

Ullhorn blätterte in einer Davidstraßensteige zwei Fünfziger auf den Tisch. Die Blonde hängt ihre Weste an den Haken.

„Leg noch 'n Fuffi zu, und wir machen's uns schön gemütlich."

„Wer sagt denn, dass ich's gemütlich will?"

Elke folgte der Patentante ihres Sohns in die Küche.

„Ich hab ihm bis morgen früh Zeit gegeben", sagte sie. „Wenn er dann nicht aus dem Haus ist, trommele ich die Presse zusammen: ‚Innensenator würgt seine Frau!' Das gibt ihm den Rest!"

„Elke." Ihre Freundin nahm zwei Gläser vom Bord. „Schlaf erst mal drüber. – Ich hab nur noch Rotwein."

„Mir reicht's, verstehst du? Ich reiche die Scheidung ein! Ich habe keine Angst vor einem Skandal, das kannst du mir glauben!"

Fedder kniete neben seiner Tochter auf dem breiten Matratzenlager.

„Schlaf gut", flüsterte er. „Und träum was Schönes. Ich liebe dich."

Larissa hatte schon die Augen geschlossen.

Broszinski verließ den Flachbungalow mit der Gewissheit, dass weder Christa noch ihr türkischer Mann mit seinen Freunden am Bahnhof erscheinen würde.

„Deine Pläne, Pisskopf, deine vielen schönen Pläne – alle schön und gut. Auch richtig gedacht, durchaus richtig: Der Kiez wieder komplett in deutscher Hand! Die alte Ordnung, ja, das hat was. Das hat echt was. Und ganz oben sitzt du mit den alten Fürzen Ullhorn und HP und machst einen auf Paten! Aber warum eigentlich du? Warum so ein pomadisierter Pisskopf wie du? Verrat mir das mal."

„Weil ich die Kontakte habe!" Smoltscheks Stimme bebte vor Zorn.

„Kontakte – Waffen, ja? Bumm-bumm." Gunther lachte wieder verhalten. „Deine Schießprügel haben wir schon. HP war so nett ..."

„Milstadt ...?"

„War ihm 'n starkes Bedürfnis. Irgendwie schon religiös. Gott vergebe mir meine unzähligen Sünden. Ich habe gestohlen, betrogen und noch aus dem Knast heraus meinen Kumpel Zappa ans Messer liefern wollen, damit mir das Dreigestirn aus Kolumbien, Amsterdam und London wohl gesonnen bleibt. War ne nette Beichte."

„Milstadt ..."

„Wiederhol dich nicht", sagte Gunther. „Ich bin nicht zugedröhnt, ich bin hellwach. Ja, Pisskopf, Milstadt hat geredet und geredet. Hin und wieder unter einigen Schmerzen."

„Ihr ... ihr habt ihn gefoltert?"

„Ich hab ihn erlöst."

Der Revierleiter legte den Hörer auf. Er zuckte bedauernd die Achseln.

„Du hast es gehört, Pit. Ich muss die Waffe einbehalten. – Mein Gott, warum hast du dir denn nie einen Schein dafür besorgt? Als Gastronom ..."

Gottschalk ging schon zur Tür.

Broszinski entschloss sich, bis zum Niendorfer Markt zu Fuß zu gehen. Die frische Luft tat gut. Er überdachte noch einmal, was er gehört hatte. Ullhorn wollte am Hauptbahnhof das Geld in Empfang nehmen und sich davon machen. Wenn seine Ex nicht pünktlich erschien, würde er nicht lange warten. Broszinski zog sein Handy hervor und wählte Fedder an.

Fedder schreckte unwillkürlich zusammen.

Evelyn, dachte er. Doch beim Anblick des auf dem Display angezeigten Namens, fasste er sich.

„Ich brauche dich", sagte Broszinski.

Gottschalk prügelte seinen Citröen über die Sierichstraße zum Lokstedter Weg und weiter zum Siemersplatz und dann die Kollaustraße nach Niendorf hoch. Der Verkehr war mäßig und lief glatt. Gottschalk war in 35 Minuten vor dem Bungalow Tüsdan. Er stieg aus, öffnete den Kofferraum und nahm den bleiverstärkten Baseballschläger heraus. Er schob die Keule mit dem Griff nach oben in seinen rechten Jackenärmel, schnaubte heftig und klingelte an der Haustür.

2

Ullhorn schlenderte mit seiner geschulterten Reisetasche gemächlich durch den Eingang Mönckebergstraße in die Bahnhofshalle und schaute zu der Abfahrtszeittafel hoch. Er registrierte die angezeigten Verbindungen und nickte zufrieden. Lässig schnippte er sich eine Zigarette zwischen die Lippen.

Ullhorn war mit einer dreiviertel langen, dunkelblauen Stoffjacke, Jeans und festen Turnschuhen bekleidet. Der Kragen seiner Jacke war hochgestellt, um den Hals hatte er einen dünnen Schal geschlungen. Er nahm ein paar Züge von seiner Zigarette, bevor er wieder nach der Tasche griff und im Durchgang zu den Bahnsteigen verschwand.

Fedder trat hinter der Säule hervor und folgte ihm.

Er aktivierte sein Handy und meldete Broszinski, dass Ullhorn im Anmarsch war.

An den zu den Gleisen führenden Treppen warteten nur noch vereinzelte Personen. Der Coffeeshop war schon geschlossen. Ullhorn stand mit dem Rücken zum Geländer. Bei Fedders Anblick sah er sich rasch nach allen Seiten um. Fedder ging direkt auf ihn zu, zückte seinen Ausweis und nannte laut und vernehmlich Name und Dienstgrad.

„Wir benötigen Ihre Zeugenaussage im Fall Weber", fügte er hinzu, und leiser: „Zappa."

Ullhorn lachte.

„Ich seh hier keine weiteren Greifer."

„Du irrst dich." Broszinski war hinter ihm die Treppe hochgekommen und fasste Ullhorn hart am Arm.

„Mach keinen Aufstand", sagte Fedder. „Komm mit."

Ullhorn riss das Maul auf, doch bevor er einen Laut heraus bringen konnte, hatte ihn Broszinski am Hals gepackt und drückte den Daumen fest auf seinen Kehlkopf. Ullhorn röchelte. Sie nahmen ihn in die Mitte und schoben mit ihm ab. Ullhorn fügte sich. In knapp zwei Minuten waren sie auf dem Bahnhofsvorplatz und strebten auf Fedders Wagen zu. Als sie ihn erreicht hatten, sahen sie Gottschalks Citröen auf den Parkplatz einbiegen.

Broszinski wechselte mit Fedder einen überrascht-fragenden Blick.

3

Smoltschek fand keine Ruhe. Er tigerte in seinen Räumen umher und zerbrach sich den Kopf darüber, was Milstadt in seiner Todesangst noch alles ausgeplaudert haben konnte. Das Dreigestirn – Scheiße! Allein damit hatte Gunther ihn am Haken. Und er hatte ihm ja schon unmissverständlich zu verstehen gegeben, sein eigenes Ding durchzuziehen. Pisskopf! Das traf ihn am meisten. Sich von einem Typen wie Gunther Pisskopf schimpfen zu lassen. Das hatte sich noch nie jemand getraut. Smoltschek dachte kurz daran, über seine Türsteher ein paar ebenso harte Schläger anzuheuern, um diesem Arsch eine Lektion zu erteilen. Dann aber hatte er die zündende Idee. Die Lösung. Er griff zum Telefon und rief seinen Las Vegas-Partner an. Nach den üblichen Floskeln kam er gleich zur Sache.

„Bob", sagte er. „Hat der Präsident eurer Hell's Angels auch Einfluss auf deutsche Clubs?"

„Ich denke, ja."

„Hört er auf euch?" Sein Partner lachte.

„Sag, was du von ihm willst."

„Den Jungs hier klar machen, mit wem sie es zu tun haben. Sie pissen mich an. Ich hab sie nicht mehr in der Hand."

„Okay", sagte Bob. „Mail mir, was ich wissen muss."

„Du hast es in einer halben Stunde. Wir sehen uns Silvester zur Eröffnungsparty?"

„Wir sehen uns."

Smoltschek legte auf. Er rieb sich zufrieden die Hände und setzte sich an seinen Laptop. Nachdem er die Mail abgeschickt hatte, fühlte er sich schon wesentlich besser. Er ging in seinen

Meditationsraum, um sich gänzlich zu entspannen. Wie immer sah er auf den *Broszinski*, Hennings vorab erteilter Dank für die zugesagte Unterstützung, den Kiez zu säubern – unspektakulär allerdings, nicht mit wüster Knallerei und Ausräuchern! Scheiß Gunther! Scheiß Angel! Er hätte sich nicht mit ihnen einlassen dürfen.

Smoltschek heftete den Blick auf den detailgetreu gemalten Revolverlauf. Wenigstens in Bezug auf Henning konnte er sicher sein, dass er keine Ahnung hatte, was ihm Broszinskis Selbstporträt bedeutete.

Es symbolisierte Broszinskis Kapitulation. Der seinerzeit so erfolgreiche Ermittler hatte bis heute keine Spur von seiner geliebten Birte gefunden, keinen einzigen konkreten Hinweis auf ihr Verschwinden. Auf dem Gemälde brachte er seinen Kopf vor den Revolver und drückte aus, ein Schuss möge sich lösen und auch ihn auslöschen. Ein wirklich beeindruckendes Werk.

Aber es war eine Spur, die auf eine Verbindung zu Henning hinweisen konnte. Möglicherweise. Schlimmstenfalls.

Scheiß auf Henning.

Schweren Herzens hängte Smoltschek das Bild ab und trug es in sein Arbeitszimmer. Er schnitt die Leinwand aus dem Rahmen, schnitt sie in Streifen und zerbrach das Holz. Dann raffte er alles zusammen und warf es in den offenen Kamin. Sich des wahren Wertes des Bilds bewusst, tränkte er den Stapel mit reichlich Cognac und entzündete ihn.

4

„Es geht um einen Tag", sagte Broszinski, „um den 26. Oktober 1990, und ich sage es nur einmal, ich will die Wahrheit hören, sonst gnade dir Gott!"

„Wir sind auf rechtsfreiem Boden." Gottschalk stellte seine Keule griffbereit ab.

Sie hatten Ullhorn in den Vorratsraum seines Lokals gebracht. Er saß vor ihnen auf einer Kiste. An den Wänden waren Kartons mit Zucker, Salz und Mehl gestapelt, Konserven mit geschälten Tomaten, daneben grobmaschige Säcke mit Zwiebeln und Kartoffeln, mit Knoblauchknollen gefüllte Körbe, getrocknete Kräuter. Es roch gut. Es war kühl.

Ullhorn rieb sich den Hals. Er nickte.

„Okay", sagte er. „Okay." Seine Augenlider zuckten nervös.

„Der 26. Oktober", wiederholte Broszinski. „Ein Freitag. Später Nachmittag, denk genau nach, wo warst du da?"

„Das war …"

„Das war kurz bevor du nach Miami abgedüst bist."

„Richtig. Genau. Wo war ich da?" Gottschalk schlug mit der Faust zu. Ullhorn landete auf dem Boden. Er fluchte lauthals.

„Spiel keine Spielchen!", fuhr Gottschalk ihn an. „Ich hab auch noch Fragen an dich! Hoch mit dir, und quak nicht so eine Scheiße!"

Ullhorn rappelte sich auf. Er schüttelte sich und wischte sich mit dem Handrücken über den Mund.

„Wo?", fragte Broszinski noch einmal.

„Ich … ich habe … dieser Security Service hat mich angefordert. Ich war bei ihnen im Büro."

„Bei wem?"

„Beim Chef. Er … er hatte was für mich. Milstadt hatte ihn angespitzt."

Broszinskis Gesicht zeigte keine Regung. Der Security Mann. S-C hatten sie ihn damals genannt. Er war der Drahtzieher hinter der Kiezkulisse gewesen. Der eigentliche Herrscher. Ein cleverer Geschäftsmann mit besten Verbindungen zum kolumbianischen Drogenkartell. Broszinski hatte seinen Abgang miterlebt. Seine ehemalige Geliebte hatte ihn abgeknallt.

Broszinski wartete.

„Muss ich dir schon wieder eine langen?", fragte Gottschalk. „Spul die ganze Geschichte ab!"

„Ich sollte 'ne Frau zu ihm rüberbringen. Vom Bahnhof.

Er ... er hatte sie dahin bestellt, telefonisch. Er hatte sich als ... als Bernie oder so ausgegeben."

„Bernie." Broszinski musste schlucken.

Bernie. Birtes alter Freund. Ein guter Freund. Ein Freund aus ihrer ersten Zeit in Hamburg. Er war dann nach Stuttgart gegangen. Hatte in einer Anwaltskanzlei gearbeitet. Natürlich hatte sie ihn treffen wollen, war unbesorgt aus dem Haus gegangen und ...

„Weiter."

„Hab ich getan. Ich meine, die Frau ... sie wollte erst nicht."

„Ihr Name?"

„Hat sie nicht gesagt. Hab ich erst später erfahren." Er wich Broszinskis Blick aus. „Das war Milstadts Ding."

„Birte", sagte Broszinski. Er sah sie wieder deutlich vor sich. Wie so oft. Zu oft. Zum Greifen nah. Er glaubte, den Geruch ihrer Haut wahrzunehmen. Ihren Atem auf seinem Gesicht zu spüren. Ihr Lachen zu hören.

„Ja", sagte Ullhorn. „Aber ich schwör ...!"

„Was war dann?"

„Ich schwör, dass ich ... ich sollte sie nur rüber bringen. Dass Bernie da auf sie warte, irgend 'nen Termin habe. Bei einem Klienten. 'ne brandheiße Sache, enorm wichtig. Da ist sie dann mit. Ich bin mit ihr hoch zum Chef, und der ist mit ihr in sein Büro."

„Und?"

Ullhorn schüttelte den Kopf. Er schniefte kurz.

„Ich bin dann wieder runter. Hab im Wagen gewartet. Der Chef ... das hat 'ne Ewigkeit gedauert, über 'ne Stunde jedenfalls. Er kam dann und meinte, okay, alles klar. Ich sollte ihn zur Fähre fahren."

„Zur Fähre?"

„Zur Englandfähre. Er ist an dem Abend rüber."

„Und Birte?"

„Keine Ahnung ..." Gottschalk schnappte sich den Baseballschläger und holte aus. „Echt, ehrlich nicht!", schrie Ullhorn.

Gottschalk ließ die Keule knapp über seinem Kopf hinweg an die Wand krachen.

„Verscheiß uns nicht!", schrie auch Gottschalk.

„Warte", sagte Broszinski. Er packte Ullhorn an der Jacke. „Was ist da gelaufen? Was ist mit Birte passiert? Mit Birte Heinrich, mit meiner Frau, Ullhorn, mit meiner Frau!"

„Scheiße, ich ... ich weiß nicht ...!"

„Spuck's aus!", schrie Gottschalk an ihn. „Spuck's aus! Ich ...!"

Broszinski hob zu Gottschalk hin die Hand.

„Zum letzten Mal", sagte er zu Ullhorn. „Was hast du mit Birte gemacht? Warum hast du sie umgebracht?"

„Ich hab nichts ... damit hab ich nichts zu tun!"

Broszinski trat einen Schritt zurück und gab Gottschalk ein Zeichen. Der Keulenschlag riss Ullhorn von den Beinen. Er stürzte lang hin. Sein Kopf schlug auf den Boden. Er schrie und schrie, und krümmte und wand sich. Gottschalk ging neben ihm in die Knie und drehte ihn auf den Rücken. Er stieß ihm die Keule in die Rippen.

„Gekalkt. Gekalkt, hat Zappa geschrieben. Ullhorn hat's versaut. Lady B. gekalkt", sagte Broszinski mit flacher Stimme.

Ullhorn wimmerte jetzt nur noch.

„Ich ... nein, das ... oh, Scheiße! Shit! Das ... das war der Chef! Der Chef! Sie ... sie wollte gleich ... gleich wieder abhauen und ... sie ist mir entwischt! Der Chef ... der Chef hat sie auf der Treppe geschnappt! Sie ... sie ist gestürzt! Die Treppe runter! Gestürzt!"

Gottschalk packte ihn am Kragen. Er hievte sich hoch und schleifte Ullhorn zu den Kartoffelsäcken.

„In der Kühle da ist 'ne Pulle Wodka", sagte er schwer atmend zu Broszinski. „Ich fürchte, wir brauchen noch 'ne Weile!"

Broszinski holte die Flasche. Er nahm einen Schluck und reichte sie an Gottschalk weiter.

„Gestürzt, ja? Tödlich gestürzt oder habt ihr nachgeholfen?

Sie totgeschlagen?"

„Nein! Nein! Ich sag doch …"

„Nein?" Gottschalk stellte die Flasche ab. Er schnappte nach Ullhorns Hand, patschte sie flach an die Kellerwand und hielt die Keule wie einen Speer darauf gerichtet. Ullhorn bäumte sich auf. Gottschalk trat ihn auf den Fuß. „Ich breche dir jeden einzelnen Knochen!"

„Sie … sie war tot! Mein Gott! Sie war gleich tot! Das ist … das ist die Wahrheit! Ja! Ja! Ich … ich hab sie wegschaffen müssen! Das war … mehr hab ich nicht getan! Mehr nicht! Sie … sie weggeschafft!"

„Wohin?"

Gottschalk tippte mit dem Schläger prüfend auf Ullhorns Finger. Dem Schwein brach der Schweiß aus.

„Wohin hast du sie gebracht?"

„Ich … ich bin auf die Fähre. Der Chef … er hat sie … er hat mir diesen scheißschweren Koffer aufgedrückt! Ich hab ihn auf der Überfahrt … ich hab ihn über Bord geworfen." Er brach ab. Er zitterte am ganzen Leib. Gottschalk gab ihn frei und hielt ihm die Wodkaflasche hin.

Broszinski war, als sei er zu Eis gefroren. Er stand regungslos da.

Ullhorn hustete. Er keuchte.

Gottschalk atmete tief durch. Er suchte Broszinskis Blick. Der starrte ausdruckslos auf einen imaginären Punkt. Doch dann fuhr er sich flüchtig mit der Hand über die Augen.

„Ein Unfall also, ein Unfall. Und du hast sie nur beseitigt. Versenkt, endgültig ausgelöscht – gekalkt, klar, so geht's auch." Er sah Ullhorn jetzt durchdringend an. „Und dafür kassierst du Hunderttausend, ja?"

„Nein!"

„Pit ."

„Nein!" schrie Ullhorn. „Nein! Nein! Nicht dafür! Die Kohle … das Geld hab ich erst in London gekriegt! Das war … das war für 'ne frühere Sache."

„Was für eine Sache?"

„Waffen ... ich hab Waffen gebunkert. Eingeschmuggelte Ware für ... für den Security Service. Das ... das war von London aus organisiert ... von ... von seinem Partner da."

„Der Partner des Security Manns? Der Kolumbianer?"

„Nein, der Engländer. Das ist ... so nannte sich Smoltschek damals."

5

Fedder kam mit versteinertem Gesicht ins Büro. Wortlos setzte er sich an seinen Schreibtisch und begann, die darauf liegenden Utensilien zu ordnen. Schwekendieck blickte von seiner Arbeit auf.

„Was ist?", fragte er. „Wochenende ist erst morgen."

„Morgen schon?"

„Morgen", bekräftigte Schwekendieck. „Holt deine Ex Larissa dann sofort ab?"

„Larissa", sagte Fedder ausdruckslos.

„Jörg."

„Ja?"

„Ich hab gehört, du warst in Niebüll."

Fedder nickte.

„Ja", sagte er. „Ja, ich war in Niebüll. Ich hab's dir nicht gesagt, weil ... das ist nichts für mich. Das ist mir zu eng, zu provinziell. Dazu kommt ..." Er setzte sich aufrecht und sah seinem Kollegen direkt in die Augen. „Altmann – Altmann gibt keine Ruhe, beziehungsweise sein Anwalt. Er verlangt jetzt eine offizielle Untersuchung. Ich war gerade beim Alten. Er übergibt es den Internen. Ich muss Montag zu ihnen."

Schwekendieck stand auf. Er klopfte ein paar Brötchenkrümel vom Revers und zog den Hosenbund hoch.

„Das stehen wir durch", sagte er. „Wenn du dir bei dieser Cornelia hundertprozentig sicher bist, kann dir niemand was."

„Das bin ich."

„Altmann ist eindeutig von der Rolle. Ein Tablettensüchtiger, ein Irrer."

„Ja", sagte Fedder. „Ein Irrer. Ja. Nicht genug, dass er Larissa ..." Er krallte seine Hände um die Armlehnen. „Ich bring ihn noch um!", brach es impulsiv aus ihm heraus. „Ich mach ihn fertig! Ja, warum eigentlich nicht? Ich brech ihm sämtliche Knochen!"

„Jörg – dreh jetzt nicht durch. Wir bringen die Sache hinter uns und dann ..." Das Klingeln des Telefons unterbrach ihn. Schwekendieck nahm ab und meldete sich.

„Für dich", sagte er. Er hielt Fedder den Hörer hin.

„Wer?"

Schwekendieck verzog das Gesicht.

„Privat", sagte er nur noch.

Als Fedder den Namen des Anrufers hörte, wollte er augenblicklich auflegen. Doch der Mann sprach hastig weiter.

„... *Evelyn ist im Krankenhaus, hier, in Palma, ihr Blinddarm, eine Blinddarmoperation, wir können noch nicht zurück fliegen, frühestens nächste Woche, Mittwoch vielleicht, Donnerstag, es geht ihr soweit gut, ich soll Sie bitten ...*"

„Nächsten Donnerstag – danke." Fedder drückte ihn weg. „Der dämliche Ficker", sagte er zu Schwekendieck und grinste zufrieden. Doch die Genugtuung darüber, den Lover seiner Ex aus der Leitung gekippt zu haben, verflog rasch. Schwekendieck knüpfte wieder bei Altmann an.

6

Mit Einbruch der Dämmerung war Gottschalk von der Fahrt aus dem Ruhrgebiet zurück in Hamburg. Er fand direkt gegenüber des *Paulsen* einen Parkplatz und stieg mit Julie aus. Sie gingen durch das Haus hoch in die Wohnung. Gottschalk stellte Julies Reisetasche ab und zog an allen Fenstern die Vorhänge zu. Er machte in seiner kleinen Küche Licht, nahm den geräucherten Knochenschinken vom Haken und das Krustenbrot aus dem Korb.

„Willst du auch ein Bier?", rief er. Julie stand noch befremdet im Wohnraum. Sie antwortete nicht gleich. Erst als sie alles wie zum ersten Mal in Augenschein genommen hatte, kam sie zu ihm und nahm dankend eine der schon geöffneten Flaschen. Gottschalk stieß mit ihr an. Er nahm ein paar große Schlucke.

„Gut", sagte er dann. „Das tut gut. Wir haben viel geredet. Ich denke, es ist alles gesagt."

„Glaubst du, es geht einfach so weiter?"

„Ja – und zwar ohne wenn und aber."

„Ich hab einen Menschen getötet."

„Das sagst du jetzt zum wer weiß wie vielten Mal. Ich kann dir keine Absolution erteilen. Ich kann nur hoffen, dass dein Rockerkumpel dicht hält oder zumindest dich raus hält."

„Und du? Wirst du das nicht ständig im Kopf haben, wenn wir ... wenn wir zusammen sind?"

„Nein", sagte er entschieden. „Ehrlich gesagt ... ach, was! Du hast getan, worauf du seit Jahren gewartet hast."

Julie setzte sich an den Tisch. Sie bröckelte etwas von dem Brot ab und drehte kleine Kugeln. Gottschalk säbelte weiter an dem Schinken.

„Ich hab Angst, nie damit fertig zu werden", sagte Julie leise.

Gottschalk seufzte. Er legte das Messer weg und setzte sich zu ihr.

„HP war ein übler Finger", sagte er. „Aber dein Vater, Julie ..."

„Ich weiß."

„Dein Vater war auch kein Guter. Okay, man hat ihn benutzt, er war der Ausputzer, und als er seinen Job getan hatte, hat man ihn fallen lassen. Das hat er gesehen und sich gerächt – mit seinen Notizen und vor allem mit dem Stachel, den er dir gesetzt hat. Das war sein letzter Hit. Durch dich Milstadt erledigen zu lassen." Er strich ihr eine Haarsträhne aus dem Gesicht und küsste sie leicht auf die Wange. „Ich habe auch die Grenze überschritten – aus Liebe, aus Angst, aus Sorge um dich. Okay?" Er küsste sie noch einmal. „Leg dich jetzt hin und ruh dich aus. Ich muss noch kurz was erledigen. Geschäftlich. Es dauert nicht lange."

Als er dann später die Wohnung verließ, war Julie bereits fest eingeschlafen. Gottschalk rief ein Taxi und ließ sich zum *Atlantic* fahren. Er war unter den ersten Gästen, die das kleine, ganz in Blau gehaltene DVD-Kino betraten.

Smoltschek begrüßte ihn mit ausgebreiteten Armen.

„Wunderbar! Großartig! Ich freu mich, dass du Zeit hast. Du wirst begeistert sein! Das Gebäude sieht aus, als sei alles schon perfekt! Animation, Computergrafik – phantastisch! Du entschuldigst mich." Er wollte seinem Banker die Hand schütteln.

„Eine Minute", sagte Gottschalk. „Unser Vertrag für die Gastronomie."

„Hab ich dabei. Unterzeichnen wir nachher."

„Er wird geändert."

„Geändert?"

„Ich zahle die vereinbarte Pacht, aber keine weiteren Abgaben."

„Pit ..."

„Dein Sicherheitspersonal hat sich reduziert. Ich spreche von Milstadt und Ullhorn." Smoltschek zog die Augenbrauen zusammen.

„Was redest du da?"

„Ich hab viel zu erzählen. Über heute, und sehr viel über alte Zeiten. Über Verbindungen zwischen London und Hamburg, London-Kolumbien, über drei Männer und ihre Geschäfte, über Drogen und Waffen. Wenn ich mit meinen noch aktiven Kollegen beim Wein sitze, erzähle ich gern solche Geschichten."

Smoltschek begriff.

„Ullhorn", sagte er. „Das hast du von Ullhorn. Wie hast du

ihn dazu gekriegt?"

„Mit nackter Gewalt", sagte Gottschalk. „Setz den Vertrag neu auf und kleb dir das dahin, wo du es immer vor Augen hast." Er zog einen großformatigen Umschlag hervor und drückte ihn Smoltschek in die Hand.

Smoltschek öffnete ihn irritiert.

Es waren mehrere Fotos, die er dann in der Hand hielt.

Fotos von den Hell's Angels. Von den Hell's Angels und Ullhorn in ihrer Mitte.

7

MOPO, 18. Dezember 2002
**Unfassbar! Innensenator Henning auf Hell's Angels-Fete!
Blitz-Razzia: 8 Festnahmen in Hamburg, Winsen an der Luhe und Buchholz!**
20 Tage nach der entsetzlichen „Hamburger Blutnacht", bei der mehrere in Drogen- und Menschenhandel verwickelte Personen, vorwiegend Kosovo-Albaner, ums Leben kamen, konnten in der Nacht zum Montag acht tatverdächtige Hell's Angels festgenommen werden.

Das Unfassbare: In dem Bunkerclubraum der Hell's Angels auf der Veddel stellten die Beamten neben etlichen Maschinenpistolen, „Pumpguns" und Handgranaten auch Abzüge einiger Fotos sicher.

Die MOPO veröffentlicht hier das unzweifelhaft Brisanteste: Innensenator Wilhelm Heinrich Henning inmitten feiernder Hell's Angels.

Nicht allein Polizei und Politiker der Mitte-Rechts-Koalition sind fassungslos. Alle Bürgerinnen und Bürger dieser Stadt werden sich fragen müssen, was ausgerechnet den Mann, der für mehr Sicherheit und Ordnung auf Hamburgs Straßen angetreten ist, zu der kriminellen Vereinigung der Hell's Angels treibt.

Auslöser der Blitz-Razzia war ein anonymer Anruf. Der An-

rufer sprach mit angelsächsischem Akzent und sagte, die „Hamburger Blutnacht" sei der Auftakt zur Machtübernahme der Hell's Angels auf dem Kiez gewesen. Weitere Überfälle und Morde seien geplant. Das Ziel sei, sämtliche einschlägigen Lokale, Discos, Spielhöllen und Absteigen in Besitz zu nehmen oder zu kontrollieren.

War Innensenator Henning darüber informiert?

Hat er die gewalttätigen Übergriffe der Hell's Angels gebilligt oder gar initiiert?

Der Senator war zu einer Stellungnahme nicht erreichbar. Nach Verlautbarung seines Staatsrats hat er kurzfristig Urlaub genommen. Der Urlaubsort sei nicht bekannt.

Infokasten

Hell's Angels: Kriminell, professionell, gnadenlos.

Das Gesetz ist ihnen fremd. Ihr Zeichen: Der geflügelte Totenkopf. Eine Rockergruppe aus Harley-Davidson-Liebhabern, die mit wilden Mähnen und Lederjacken auf röhrenden Maschinen gröhlend und Bier saufend über die Landstraßen fährt. Das nostalgische Bild stammt noch aus alten Zeiten, als die Hell's Angels 1948 von ehemaligen US-Bomberpiloten gegründet wurden und die kalifornischen Highways unsicher machten.

Mittlerweile verbirgt sich hinter dem romantischen Mythos der „Höllenengel" eine weltweit kriminelle Organisation. Allein in Deutschland gibt es nach Angaben des Hamburger LKA rund 40 Gruppen mit 700 Mitgliedern. Ihr Motto ist fordernd: „The world is not enough" (Die Welt ist nicht genug). Ihre Kämpfe haben nichts mehr mit Blutrache und verletzter Ehre zu tun, hier geht es knallhart um Waffen, Drogen, Schutzgeld, Prostitution und Macht.

Die Hell's Angels sind die am schnellsten wachsende kriminelle Vereinigung der Welt. Erst Anfang dieses Jahres vereinigten sie sich mit Deutschlands mächtigster Rockerband, den „Bones". Die Bosse sind aber längst keine wilden, bärtigen Kerle ohne jede Manieren mehr. Hinter den Herrschern in dieser klaren, mafiösen Hierarchie verbergen sich Familienväter, Banker und Manager, die ihre Geschäfte in Vier Sterne Hotels, aber auch Anwaltskanzleien machen.

8

Nicole stürmte in die Küche. Aufgeregt hielt sie Broszinski die Zeitung hin.

„Henning", sagte sie. „Henning ist dran! Unglaublich!"

Broszinski nahm die Pfanne mit Rührei vom Herd und überflog den Artikel. Er nickte, als erfahre er daraus nichts Neues.

„Gut", sagte er nur.

„Jan – Henning muss seinen Hut nehmen, das ist doch klar! Ich will ihn vor der Kamera! Ich wette, er hat sich in seinem Heidedorf verkrochen."

„Frühstücken wir erstmal."

„Das kann ich jetzt nicht! Ich muss in den Sender, ein Team organisieren!"

Broszinski legte die von ihr mitgebrachten Brötchen in den Korb. Er verteilte das Rührei auf die Teller und veranlasste Nicole mit sanftem Druck, sich doch an den Tisch zu setzen.

„Ja", sagte er. „Ich glaube auch, dass er auf dem Land ist. Aber du wirst ihn nicht finden. Er ist nicht so dumm, sich im Haus seiner Mutter einzuigeln. Da wird ihm die gesamte Presse auflauern."

„Wo soll er denn sonst sein?"

„Nun iss was", sagte Broszinski. „Ich bring dich dann hin."

„Du weißt, wo er sich aufhält?"

„Ich bin mir ziemlich sicher."

„Ja, wo denn? Jan, wenn ich ihn als Erste und vielleicht Einzige stellen kann ..."

„Ich weiß, ich weiß. Ich weiß, dass du damit Punkte machen würdest. Das sollst du auch."

„Dann sag's – bitte."

Broszinski nahm in aller Ruhe einen Schluck Kaffee.

„Du hast doch bestimmt eine dieser kleinen Videokameras. Mehr brauchen wir nicht. Kein Team, nichts Offizielles. Du meldest dich bis morgen Mittag im Sender ab. Wir fahren gegen Drei, Halbvier los. Dann sind wir im Dunkeln da. Vorher kommen wir nicht unbemerkt an ihn ran."

Nicole schüttelte den Kopf.

„Jan", setzte sie an.

„Nur wir beide", sagte Broszinski. „Du kriegst schon, was du willst. Und ich werde bei der Gelegenheit klären, wie mein Bild von Henning zu Smoltschek gekommen ist. Zu welchem Preis." Für einen Moment verschattete sich sein Gesicht. „Als Schlussstrich", sagte er dann. „Als Schlussstrich unter meine Malerei – damit ist es vorbei."

9

„Das Foto ist getürkt! Das ist eine Fälschung! Aber das zahl ich ihm heim! Ich war nie auf der Veddel, ich nicht! Ich kenne diesen Scheißfleck überhaupt nicht!"

„Das spricht auch nicht für dich", sagte Ann. Sie packte weiter die Tasche aus, legte alles, was im Kühlschrank von Hennings Elternhaus gelagert hatte, auf den Tisch. „Wie lange willst du unerreichbar sein?"

„Die können mich alle mal! Scheiß drauf!" Er furzte ungeniert. Ann sah durch das Fenster nach draußen zum angrenzenden Wald. Die Bäume waren in der tiefen Dunkelheit nur noch zu erahnen.

„Das Geld ist fällig", sagte sie.

„Herrgott noch mal!", fuhr Henning sie an. „Ich bin Hals über Kopf aufgebrochen! Ich habe alles stehen und liegen lassen! Glaubst du, in so einer Situation spaziere ich erst noch gemütlich zur Bank!"

„Bilde dir nicht ein, die Zahlungen jetzt einzustellen."

„Du hast die ganzen Jahre über verdammt genug eingesackt! Du kannst auch mal ein paar Tage warten!" Er schraubte den Verschluss der Whiskyflasche ab, um sich einen kräftigen Schluck zu genehmigen. Um seine angespannten Nerven zu beruhigen. Mitten in der Bewegung hielt er inne. Ein sarkastischer Zug umspielte seine Lippen. „Ja, du kannst warten", sagte er. „Du kannst ewig und drei Tage warten. Warum soll ich weiter zahlen? Lauf doch hin und erzähl allen, was ich auf dem Gewissen habe! Ja, tu es! Ich bin ohnehin erledigt! Hau du auch noch drauf!"

„Du hast mehr als mein Schweigen bekommen."

Henning lachte höhnisch.

„Ich hab für alles bezahlt! Für jedes Bild, für jeden Fick – bis auf den letzten Cent hast du dein Geld gekriegt!"

„Deine Frau wird dafür ein offenes Ohr haben."

„Meine Frau! Meine Frau! Du hast ja keine Ahnung! Scheiß auf meine Frau!" Er nahm jetzt einen großen Schluck aus der Flasche. „Nein, Ann, nein – du kannst ruhig reden. Du trampelst nur auf einem rum, der schon mit sich Schluss gemacht hat!"

Ann riss ihm die Flasche aus der Hand.

„Bist du etwa deshalb hier?! Willst du dich hier umbringen?! Tabletten, Alkohol?!"

„Warum nicht?"

Ann trat dicht an ihn heran. In ihren Augen lag Verachtung.

„Verschwinde", sagte sie. „Verschwinde. Auf der Stelle."

„Ja, ja – nun beruhig dich." Henning lachte. „Dir flattert doch nur das Hemd, weil es dann auch für dich Ärger geben könnte – Fragen, Fragen, Fragen, viele unangenehme Fragen."

Ann verstaute die Lebensmittel bereits wieder in der Tasche.

„Du gehst", sagte sie. „Das ist mein Haus."

Henning reagierte augenblicklich. Er schlug ihr die Tasche aus der Hand und packte sie. Er packte sie so heftig, dass beide das Gleichgewicht verloren und zu Boden stürzten. Ann schrie schmerzhaft auf. Sie strampelte um sich. Henning setzte sich auf sie. Er drückte ihre Arme auf die Holzbohlen.

„Dein Haus, deine Galerie!", keuchte er. „Diese beschissene Scheune – nichts ist deins! Hörst du?! Nichts!"

„Lass mich ... lass mich los!" Sie bäumte sich mit aller Kraft auf, wand sich unter ihm. Eine Naht ihrer knapp sitzenden Hose platzte. Der Gürtel scheuerte. Sie trommelte mit den Absätzen ihrer Stiefel auf die Bohlen.

„Hörst du?! Nichts! Sieh mich an! Verdammt, sieh mich an!"

Ann spuckte ihm ins Gesicht. Reflexartig wischte er sich den Rotz ab. Ann krallte ihre freie Hand in sein Haar, riss seinen Kopf beiseite.

Henning stieß einen gellenden Schrei aus.

Ann kam frei. Sie rollte sich zur Seite und sprang auf. Mit einem Satz war sie an der Tür und stürmte nach draußen.

Henning stolperte ihr nach.

Ann rannte zu ihrem auf dem Waldweg geparkten Wagen. Abrupt stoppte sie. Sie glaubte, ihren Augen nicht zu trauen.

Zwei, drei Schritte vor ihr stand Broszinski. Und neben ihm eine ihr auf den ersten Blick unbekannte, hoch gewachsene Frau.

Henning hatte Broszinski ebenfalls erkannt. Broszinski und diese als karrieregeil bekannte Moderatorin. Er sah die Kamera in ihrer Hand.

„Kein Kommentar!", rief er und war sich sogleich bewusst, wie albern das war. Er drehte sich um und lief auf die andere Seite des Waldes zu.

Nicole hängte sich an ihn. Sie schaltete die Kamera ein, richtete sie auf den davonhastenden Henning.

Henning blickte hinter sich. Seine Füße verfingen sich im locker über den Waldboden verstreuten Geäst. Wie in Zeitlupe segelte er hin. Seine nach vorn gestreckte Hand bohrte sich überraschend tief in die Erde. Die Finger stießen auf etwas Glattes, Feuchtes. Angeekelt zog er die Hand zurück. Was er sah, war entsetzlich. Grauenvoll. Er öffnete den Mund, aber er brachte keinen Ton heraus.

Nicole war neben ihm.

Sie beugte sich vor und erstarrte. Doch dann schluckte sie und hielt die Kamera drauf – auf die gekrümmte, bleiche Leichenhand.

10

Als an diesem Samstag im Dezember, drei Tage vor Heiligabend, der Morgen graute, waren die Straßen der Freien und Hansestadt Hamburg noch menschenleer. Das Gelände der neuen Hafencity vermittelte den Eindruck einer Geisterstadt. Allein hoch oben auf dem alten Speicher, vor dem Eingang der bis auf wenige Innenarbeiten fertig gestellten Discothek, über dem schon die Neonröhrenschrift *Paradies Now* prangte, stand ein in einen hellen Trenchcoat gehüllter Mann. Der Mantel reichte ihm bis zu den Fußknöcheln und ließ ihn noch kleiner erscheinen, als er ohnehin war.

Es war Wilm Henning.

Sein sonst sorgfältig gepflegter Drei-Tage-Bart war struppig ausgewachsen. Er trug keine Brille, seine Augen lagen in tiefen Höhlen. Sein Blick war stumpf.

Henning fror. Doch er blieb unbeweglich stehen. Ein Gnom auf einer der Zinnen der Stadt.

Dann aber vernahm er, dass der Aufzug sich in Bewegung setzte.

Fünf lange Atemzüge später öffnete sich vor ihm die Fahrstuhltür und Smoltschek trat aus der Kabine.

„Was soll das?", raunzte er. „Wir haben nichts mehr zu besprechen. Die Kacke steht dir bis zum Hals."

„Das verdanke ich dir."

„Erzähl das, wem du willst. Du hast ausgeschissen."

„Noch nicht."

Smoltschek lachte.

„Ich kann dir nur raten, den erstbesten Flieger nach sonst wohin zu nehmen! Weit, weit weg jedenfalls!"

„Ich habe Milstadts Leiche entdeckt", sagte Henning.

„Na und? Wen kümmert's?"

„Vor Zeugen. Zeugen, die mir auch das anhängen werden. Aber der Mord geht auf dein Konto. – Nein, sag jetzt nichts. Es ist müßig. Es interessiert mich nicht mehr. Du sollst nur noch mein Geschenk zur Eröffnung deiner Scheißdisco haben – mit Sorgfalt ausgewählt. Ein Knaller, ganz auf dich zugeschnitten. Auf all deine Scheißgeschäfte!"

Er ging auf ihn zu, knöpfte den Mantel auf und bevor Smoltschek in irgendeiner Weise reagieren konnte, hatte Henning sein Feuerzeug gezogen, klickte es an und setzte einen aus dem Innenfutter heraushängenden Stofffetzen in Brand.

Die Flamme schlug hoch.

Henning zog den fassungslos auf die Flamme blickenden Smoltschek mit einem Ruck eng an sich. Er bleckte die Zähne und grinste ihn höhnisch an.

Die Explosion schleuderte sie über die Brüstung.

Brennend sausten ihre zerrissenen Körper in die Tiefe.

Danach

Der spektakuläre Tod Wilhelm Heinrich Hennings und Dennis Smoltscheks, verursacht durch ein vermutlich in mehreren Plastiktüten am Leib getragenes Benzingemisch, sorgte einige Tage für Schlagzeilen in der Hamburger Presse.

Anfang Januar des Jahres 2003 erschien im „Stern" ein Dennis Smoltschek betreffender Hintergrundbericht. Ein Reporterteam deckte auf, dass Smoltschek sowohl zu kolumbianischen Drogenkartellen als auch zu Drogenbaronen in Afghanistan langjährige Kontakte gehabt hatte.

Horst Ullhorn las den Artikel in einem Amsterdamer Café.

Er wartete dort auf eine Kontaktperson, die ihm eine Schiffspassage nach Lateinamerika organisieren sollte. Neben ihm am Stuhl lehnte eine Krücke, die er noch immer zum Gehen benötigte.

Nicole Claasen hielt die Videoaufzeichnung der Geschehnisse vor Anns ausgebauter Scheune bis auf Weiteres zurück. Henning hatte in seiner Verzweiflung und Wut bei laufender Kamera auch die Aufschlüsselung des Kürzels „SG" preisgegeben. Bei der Übergabe Hennings an die aus Hamburg herbeigerufenen LKA-Beamten beschränkte sich Jan Broszinski auf knappe Informationen. Per Handy vereinbarte er mit Fedder und Gottschalk ein Treffen.

Am nächsten Abend saßen sie in Broszinskis Wohnung bei einem aus dem „Piceno" heraufgebrachten Essen und fügten die jeweiligen Puzzlestücke zusammen.

Am ersten Weihnachtstag schlug Cornelia Bossardt dem ohnehin immer über Nacht bleibenden Fedder vor, seine Wohnung zu kündigen und zu ihr zu ziehen. Fedder bat um Bedenkzeit. Merkwürdigerweise hatte sich nach der Blinddarmoperation auf Mallorca Evelyns Verhalten ihm gegenüber positiv verändert. Auch Larissa schien sich darüber zu freuen.

In der Silvesternacht kam es vor dem Wohnhaus Wilfried Altmanns zu einem Unglück. Ein vereinzelter Chinaböller durchschlug das Fenster im Erdgeschoß und löste einen Brand aus. Der aus dem Haus auf die Straße rennende Altmann wurde von einem

Wagen erfasst und starb noch vor Eintreffen eines Notarztes. Der Fahrer des Wagens war geflüchtet.

Fedder erfuhr davon bei seinem Dienstantritt am 6. Januar. Schwekendieck schob ihm das Protokoll der Streifenbeamten hin und kommentierte mit sichtlich gespieltem Bedauern: „Unfallflüchtiger konnte nicht ermittelt werden."

Mitte Januar begann Julie auf Anraten Gottschalks eine Therapie.

Die Eröffnung der „Paradies Now" Discothek in der Hafencity wurde auf Freitag, den 31. Januar verschoben. Als Inhaber zeichnete ein amerikanisches Konsortium mit Sitz in Las Vegas.

Von Gunther war erst ein Jahr später zu hören: „Hell's Angel Gunther B. in Pattaya gefasst. Zielfahnder spürten ihn in Thailand auf."

Monate zuvor hatte Gottschalk der verwitweten Elke geholfen, das Elternhaus ihres sich in die Luft gesprengten Mannes auszuräumen. Dabei hatte er mehrere handgeschriebene Seiten entdeckt. Nach der Lektüre gab er sie mit Elkes Einverständnis an Broszinski weiter.

Ich bin auf dem Weg zu meiner Mutter. Wenn eben möglich besuche ich sie am Wochenende. Ich könnte auch sagen, dass ich jedes Wochenende mit ihr verbringe. Aber das wäre mir unangenehm. Ein vierzigjähriger Mann, der, aus welchen Gründen auch immer, regelmäßig zu seiner Mutter fährt – nein, das ist absolut unmöglich, einfach grotesk. Wenn man mich in der Kanzlei fragt, was ich am Wochenende mache, erzähle ich von einer kleinen Hütte auf dem Land. Sie ist einsam gelegen, und ich brauche diese Abgeschiedenheit, um das zu tun, wozu ich die Woche über nicht komme. Ich studiere Akten und bereite mich auf Gerichtstermine vor. Ich mache lange Spaziergänge und höre Musik.

Meine Mutter hat einen völlig anderen Musikgeschmack. Sie hat eine Sammlung klassischer Klavierkonzerte und Symphonien, zum Teil sehr seltene Schellackaufnahmen. Die Platten gehörten meinem Onkel Hans, der wie mein Vater früh verstorben ist. Es gab um sie einen üblen Erbschaftsstreit mit meiner Tante, einer auch sonst unangenehmen Person. Ein Luder, sagt meine Mutter, und ich nicke zustimmend. Für meine Mutter sind alle anderen Frauen bösartige Luder. Inzwischen tut mir meine Tante irgendwie leid. Sie vegetiert seit einigen Jahren in einem Altersheim vor sich hin und hat Wasser in den Beinen. Meine Mutter stellt oft mit unverhohlener Befriedigung fest, dass sie sie mit an Sicherheit grenzender Wahrscheinlichkeit überleben wird. Das fürchte ich allerdings auch. Meine Mutter ist immer noch relativ rüstig – ein zähes Luder, ha-ha! Wenn wir im Wald spazieren gehen, bemüht sie sich, immer ein paar Schritte voraus zu sein. Gehe ich dir zu schnell? fragt sie. Nein, sage ich, pass nur auf, dass du nicht stolperst. Warum sollte ich stolpern? fragt sie. Wünschst du dir etwa, dass ich hinfalle? Bei Gott, sage ich, nein. Ich muss sofort wieder furzen. Den Gefallen tue ich dir auch nicht, sagt meine Mutter und bleibt stehen. Du wartest doch nur auf einen Anlass, um mich ins Krankenhaus abschieben zu können oder in ein Pflegeheim. Ich gehe in kein Pflegeheim. Lieber bringe ich mich um. Energisch stößt sie mit ihrem Stock auf und geht weiter. Es fällt mir schwer, ruhig zu bleiben. Ich unterdrücke meinen Ärger und zünde mir eine Zigarette an. Ich rauche eigentlich kaum noch, nur am Wochenende, in einer solchen Situation. Warum tut sie mir das an? Ich denke doch nicht im Entferntesten daran, sie irgendwo einzuliefern. Sie ist soweit gesund und bei klarem Verstand, und ich verhalte mich ihr gegenüber wirklich anständig. Fast immer bringe ich ihr eine Kleinigkeit mit, Pralinen oder Blumen, die ich schnell noch am Hauptbahnhof kaufe. Der Mann am Stand glaubt, dass ich eine Geliebte habe. Ich widerspreche nicht, denn eigentlich stimmt es ja. Ich liebe meine Mutter, obwohl sie es mir mitunter nicht gerade leicht macht.

Diesmal habe ich nichts dabei, keine Blumen und auch kein Gebäck. Ich stehe mit leeren Händen da. Du siehst verludert aus, stellt meine Mutter fest. Sie hat sich aus dem Bett gequält und trägt die dunkelbraune Hose und die in Herbstfarben gehaltene Bluse. Ich küsse sie flüchtig. Wie geht es dir heute? Besser als dir, will ich meinen, sagt sie. Nimm erst mal ein Bad. Ich lehne dankend ab, bitte sie aber um ein Aspirin oder besser gleich zwei. Das muss ja eine wilde Nacht gewesen sein, sagt meine Mutter und kramt nach der Tablettenschachtel. Du musst nicht jedes Wochenende kommen, nicht wegen mir. Ich bin gern hier, sage ich und nehme die Tabletten, die sie mir reicht. Meine Mutter schaut mir zu, wie ich sie zerkaue und mit einem Glas Wasser herunterspüle. Sie hat eine Platte aufgelegt, die „Wassermusik" von Händel. Wir hören sie oft bei unserem späten Frühstück. Die Musik löst die anfängliche Spannung zwischen uns, stimmt heiter. Ich nehme am Tisch Platz, und meine Mutter schenkt Kaffee ein. Wie immer hat sie sich viel Mühe gemacht. Der Tisch ist reichlich gedeckt. Lass uns heute mal ins „Heidecafé" gehen, schlage ich vor.

Das „Heidecafé" ist ein schön gelegenes Lokal am Waldsee. Ich will meine Mutter zu Buchweizentorte einladen, die sie so gern isst. Außerdem kommt sie dann auch wieder mal raus. Denkst du schon an deine Rückfahrt? fragt meine Mutter. Ich bin entrüstet. Ich bin doch gerade erst angekommen, sage ich. Eben, sagt meine Mutter, und wir frühstücken noch. Ich dachte an das Wetter, es ist heute wirklich angenehm. Das „Heidecafé" hat unverschämte Preise, sagt meine Mutter. Ich muss einen abdrücken und huste kräftig. Das „Heidecafé" ist im Verhältnis zu vergleichbaren Lokalen in Hamburg spottbillig, aber ich unterlasse es, das anzumerken. Ich wollte dir eine Freude machen, sage ich. Eine Freude machst du mir, wenn du den Schinken aufisst, Dr. Siebolds Transuse hat ihn für mich eingekauft, mir ist er zu salzig. Ich bin inzwischen völlig gesättigt, nehme aber widerspruchslos die beiden letzten Scheiben. Dein Vater hat nach so einer Nacht ein ordentliches Frühstück gebraucht, sagt meine Mutter und schiebt mir die Käseplatte hin. Du hast den Gouda noch nicht probiert. War es wenigstens nett? Beruflich, lüge ich. Und, war es wichtig für dich? Für die Kanzlei, sage ich und hoffe, dass damit das Thema erledigt ist.

Später sitze ich auf der Terrasse und döse vor mich hin. Meine Mutter hat sich das Album mit herausgenommen und sortiert die letzten Fotos. Es sind Schnappschüsse von unserer Reise nach Ko-

penhagen. Ich hatte vor etlichen Monaten beruflich dort zu tun und habe meine Mutter mitgenommen. Es war mein Geburtstagsgeschenk an sie. Als wir zurück waren, hat sie gesagt, na ja, man muss das alles nicht gesehen haben, es war auch anstrengend.

Wir waren mal eine große Familie, sagt sie unvermittelt. Ich reagiere nicht. Und jetzt ist alles vorbei, fährt meine Mutter fort. Nur noch du und ich. Du bist der Letzte. Hm, mache ich und öffne die Augen. Meine Mutter blättert in dem Album. Monika, sagt sie. Was ist eigentlich aus deiner Moni geworden? Keine Ahnung, sage ich wahrheitsgemäß. Moni – ha! Meine Moni! Das war alles in allem doch ein ganz nettes Mädchen, sagt meine Mutter. Wahrscheinlich hat sie inzwischen eine Familie. Ich seufze. Das jetzt wieder. Alle haben eine Familie, fährt meine Mutter fort. Warum heiratest du nicht? Ich meine, eine anständige Frau, nicht so ein Flittchen, das du mir letztens ins Haus gebracht hast. Ich werde ärgerlich. Ich liebe Elke. Sie ist in den besten Kreisen zuhause. Warum hackt meine Mutter schon wieder auf ihr herum? Das ist nicht normal. Meine Mutter schaut mich prüfend an. Hast du sie noch am Hals? fragt sie. Ich stehe auf. Gehen wir spazieren, sage ich. Wir müssen ja nicht ins „Heidecafé". Nur einen kleinen Gang. Das wird dir gut tun.

Wir nehmen den Weg am Wald vorbei. Es ist wirklich ein schöner Tag. Meine Mutter stützt sich auf ihren Stock. Sie hat sich einen Hut und eine Sonnenbrille aufgesetzt. Wie immer geht sie ein paar Schritte vor. Ich schließe auf. Ich fahre dann gleich nach dem Kaffee, sage ich entschlossen. Damit habe ich schon gerechnet, sagt meine Mutter. Du hättest gar nicht kommen brauchen. Du machst mir nicht die geringste Freude. Ich bin noch mit Elke verabredet, sage ich. Ich wusste, dass du lügst, sagt meine Mutter. Du hast mich schon immer angelogen. Ich werde Elke heiraten, sage ich. Lügner, keift meine Mutter. Erbärmlicher Lügner. Lässt sich von mir durchfüttern und dankt es mir mit Gemeinheiten. Sie hebt den Stock, als wolle sie mich damit schlagen. Ich schüttele nur den Kopf. Ich kann nicht immer für dich da sein. Ich brauche dich auch nicht, sagt meine Mutter und stößt den

Stock auf den Boden. Sie trifft einen Stein, und der Stock gleitet ab. Meine Mutter verliert das Gleichgewicht. Ich stürze zu ihr, um sie zu halten, aber sie wehrt mich ab. Ich muss zusehen, wie sie hinfällt. Es tut mir weh, als ich ihren schmerzvollen Schrei höre. Sie liegt auf der Seite und sieht böse zu mir hoch. Lass mich ruhig so liegen und lauf zu deiner Hure, bringt sie hervor. Mein Hals wird eng. Ich strecke meine Hand aus. Meine Mutter übersieht sie. Sie versucht, sich an ihrem Stock hoch zu stemmen. Sie schafft es nicht. Sie beschimpft mich weiter. Meine Augen füllen sich mit Tränen. Ein Gedanke setzt sich bei mir fest. Nur einer. Es ist der richtige Gedanke. Er basiert auf Liebe. Denn ich liebe Meine Mutter wirklich. Ich kann ihr Elke nicht zumuten. Das würde sie nicht verkraften, nicht überleben. So ist es besser. Trotzdem zittert meine Hand, als ich mich bücke und den schweren Stein hebe.

Es ist vorbei. Plötzlich steht Ann vor mir. Ich erschrecke mich wahnsinnig. Ich habe alles gesehen, sagt Ann und nickt nachdenklich. Ich kann das in Ordnung bringen, aber – Sie macht eine bedeutungsvolle Pause. Aber das wird dich was kosten, eine Art Schweigegeld. SG, sagt sie. Ich verbuche es unter SG.

Ich danke Renate und Rolf Barkowski, Hildegard und Werner Bloss, Jutta und Wilfried Wilkens, ihrer Tochter Johanna, Dieter Bednarz, Bernd Schadewald, Dieter Thöle, Michael Töteberg, Günther Butkus und dem Lektorat des Pendragon Verlags und ganz besonders meiner Frau Eva für Hinweise, Unterstützung, Geduld und Zuneigung während der Arbeit in Haltern, im Heidekreis Soltau/Neuenkirchen und in Hamburg.

Hamburg, Februar 2006

Unsere Bücher im Internet:
www.pendragon.de

2. durchgesehene Auflage November 2006

Originalausgabe
Veröffentlicht im Pendragon Verlag
Günther Butkus, Bielefeld Oktober 2006
© Copyright by Pendragon Verlag 2006
Alle Rechte vorbehalten
Lektorat: Günther Butkus, Moritz Meyer
Umschlag und Herstellung: Michael Baltus
Foto: Jörg Fokuhl, Hamburg (www.joergfokuhl.de)
Satz: Pendragon Verlag auf Macintosh
Gesetzt aus der Adobe Garamond
ISBN-13: 978-3-86532-050-6
ISBN-10: 3-86532-050-3
Printed in Germany

D.B. Blettenberg

D.B. Blettenberg

Berlin Fidschitown

★ Deutscher Krimi-Preis 2004 ★

Der Eurasier Surasak „Farang" Meier bekommt in Bangkok einen Auftrag, der ihn ins Heimatland eines deutschen Vaters führt. In Berlin gerät Farang schon bald zwischen die Fronten asiatischer Banden, allen voran die als Fidschis bekannten Vietnamesen, die das labyrinthartige System aus Bunkern, Tunneln und Stollen unter der Stadt kontrollieren. Auf seiner Suche in der Unterwelt Berlins findet Farang bald heraus, dass es um weit mehr als Zigarettenschmuggel geht. Dabei erhält er Unterstützung von zwei starken Frauen, der suspendierten Kripobeamtin Romy Asbach und der Journalistin Heliane Kopter. Doch ohne die bewährte Hilfe seiner Freunde Tony Rojana und Bobby Quinn käme Farang in Berlin nicht über die Runden.

Krimi · 2. Auflage · 344 Seiten · Hardcover
Euro 19,90/SFr 33,60 · ISBN 3-934872-56-5

KRIMI bei Pendragon

D.B. Blettenberg

D.B. Blettenberg

Siamesische Hunde

Vier Männer stehen im Mittelpunkt des actionreichen Polit-Thrillers. Keiner von ihnen ahnt, dass sie sich längst im Netz des thailändischen Rauschgifthandels, der chinesischen Geheimbünde und der internationalen Sicherheitsdienste verfangen haben.

Verfilmt mit Heiner Lauterbach, Rolf Hoppe und Günther Maria Halmer in der Produktion „Bangkok Story" von Oscar-Preisträger Manfred Durniok („Mephisto").

„Spannungslektüre, die entspannt. Ein Buch für den Nachttisch, ein Buch für unterwegs, das – so ganz nebenbei – auch noch Wissen vemehrt."
– Volksblatt –

Krimi · 336 Seiten · Paperback
Euro 9,90 · ISBN 3-934872-50-6

KRIMI bei Pendragon

Fred Breinersdorfer

Fred Breinersdorfer

Das Biest
Ein Fall für Abel

Eduard Hablik ist Richter und hat ein wenig Schwierigkeiten mit Frauen. Eines Abends liest er eine verwirrte junge Frau auf der Straße auf, Stella, aufregend und rätselhaft. Sie lebt seit Jahren entmündigt in einer Nervenheilanstalt und ist anscheinend entflohen. Hablik verfällt ihrem Charme und will ihr helfen, die Entmündigung aufzuheben. Die beiden bitten den Rechtsanwalt Abel um Hilfe. Doch offenbar verschweigt Stella einiges: Weshalb flieht sie vor ihrem amtlichen Betreuer? Warum sucht der undurchsichtige Leiter der Klinik nach ihr? Bald stellt sich heraus, dass Stella ein großes Vermögen besitzt. Ihr Betreuer wird ermordet, die Ereignisse überschlagen sich, und Jean Abel gerät plötzlich in Lebensgefahr...

Krimi · 336 Seiten · Paperback
Euro 9,90 · ISBN 3-934872-95-6

KRIMI bei Pendragon

Fred Breinersdorfer

Fred Breinersdorfer

Noch Zweifel, Herr Verteidiger?

Ein Fall für Abel

Jean Abel vertritt den Automechaniker Andreas Böhm vor Gericht. Ihm wird fahrlässige Körperverletzung vorgeworfen, weil er den Bremsschlauch in Silke Weiß' Auto nicht richtig befestigt haben soll, was dazu führte, dass sie einen schweren Autounfall erlitt. Böhm ist vorbestraft und auf Bewährung.

Als Silke Weiß plötzlich im Krankenhaus stirbt, erfährt Abel von dem Arzt, daß es ein sehr unerwarteter Tod gewesen sei und die Patientin habe sich schon auf dem Weg der Besserung befunden. Abel vermutet, dass es ein Kunstfehler war. Doch plötzlich meldet sich der Liebhaber von Silke Weiß und belastet den Ehemann schwer...

Krimi · 200 Seiten · Paperback
Euro 9,90 · ISBN 3-86532-010-4

KRIMI bei Pendragon

Shaft bei Pendragon

Ernest Tidyman

Shaft und die sieben Rabbiner

Wer mischt mit Auftragsmorden die Diamanten-
branche der Fifth Avenue auf? Und warum?
Ein scheinbar einfacher Job für Shaft,
den schwarzen Privatdetektiv aus Harlem.

Als die sieben Rabbiner ihm den Auftrag erteilen,
ahnt Shaft jedoch noch nicht, dass er in dieser
Partie um Leben und Tod gefährliche Mitspieler
hat – die gerissensten Diamantenhändler der Welt,
den israelischen Geheimdienst und eine
mysteriöse, schöne Fremde.

Neu übersetzt aus dem Amerikanischen
von Emanuel Bergmann.
Erstmals ungekürzt und unzensiert

Krimi · 216 Seiten · Paperback
Euro 9,90/SFr 17,50 · ISBN 3-934872-35-2

KRIMI bei Pendragon